村山淳彦

ドライサーを読み返せ

甦《よみがえ》るアメリカ文学の巨人

花伝社

ドライサーを読み返せ——甦るアメリカ文学の巨人◆目次

第I部

『シスター・キャリー』論の再構築へ

第一篇　『シスター・キャリー』にあらわれる群衆

ドライサー小説第一作『シスター・キャリー』の主役はキャリーやハーストウッドといった人間であるとふつうは理解されるが、ほんとうはシカゴやニューヨークといった都市が真の主役であるとも言われる。たとえば、『アメリカ都市小説』の著者ブランシュ・ハウスマン・ゲルファントは、この小説は「二〇世紀都市小説というものの総称的作品であったし、ドライサーはこのジャンルの総称的作家」(64)であったと論じ、「都市小説」というジャンルにおいて「都市は人間のドラマのなかで重要な行為者(a key actor)となる」(4)と言う。そして、「都市はふつう敵役(antagonist)を演じる。主役の欲望充足を妨げる存在だからである。と同時に皮肉にも、欲望を助長したりかき立てたりする存在にもなりうる」(5)と見る。また、「ときには、それ自体が主役(protagonist)になることもありうる」(5)とも言う。だが、都市が小説の主役になるとはいかなることを意味しているであろうか。

米国の都市がアメリカ文学に新しいジャンルをもたらしたわけは、それがヨーロッパの諸都市に比べて短期間のうちに出現成長し、資本主義の発達に伴って科学技術に依存して遂げてきた急激な変化や、巨大な建造物、交通機関などの衝撃をもたらしたから、という一面もあるが、何よりも、膨大な人口、稠密な居住環境、激しい新陳代謝をはらむ異質混在的な構成といった特徴を有するかつてない生活のなかで人びとがそこに暮らすようになった、という人的要因に求められよう。ゲルファントは、米国の都市のさまざまな特徴がドライサーの著作に何をもたらしたかということをくわしく論じているが、私は、都市の諸特徴のなかでももっとも本質的特徴と思われる都市住民集団が『シスター・キャリー』にどうあらわされているかということを見据えながら、個人としての登場人物ではなく、集団としての群衆が文学にどう表象され、その表象にどのような意味がこめられているかという問題を考えてみたい。

『シスター・キャリー』で都市は、たとえば「都会は狡猾な手練手管をそなえており、それよりもはるかに卑小な、人間の姿をした誘惑者に引けをとらない。都会には強大な力があり、もっとも教養のある人間にしかできそうもないほどの、真情をたっぷりたたえた表情でおびきよせる。町の無数のともしびの輝きには、多くの場合、口説こうとする男のあだっぽい目の輝きの説得力に劣らぬ効果がある」(3) などと擬人化される。しかしこの小説で都市が主役に劣らぬ行為者になるといっても、ここで注目したいのはそのような擬人化ではない。

あるいは、大都会の夕刻について、「そのとき世間は、一つの領域ないし状態から、もう一つのそれへ移行しようとしている。ああ、夜への期待。(略) この時刻になると、昔ながらのはかない期待が、絶えることなく繰り返し息を吹き返す。勤労者の魂はみずからにこう言う。「もうじき自由になるぞ。(略)」だれもがまだ工場に閉じ込められていても、興奮は巷を駆けめぐる。興奮は大気中にもみなぎっている。どんなに鈍感な者でも、ふだんはあらわすことも述べることもできないような何かを感じる。それは、労働という重荷からの解放である」（9）と述べられている。これはたんなる擬人化ではなく、都市の住民の大半を構成する労働者の集団的心理を、登場人物に等しいとみなされる都市の心理としてとらえているのだが、それでもここにおける人間集団はきわめて抽象化された概念的なものにとどまっている。

擬人化された都市や概念としての人間集団は、『シスター・キャリー』の随所に見られるが、本稿で注目したいのはもっと具体的な現前をそなえた人間集団としての群衆である。人民、民衆、大衆、などという表現は、ともすれば概念や観念にとどまる怖れがあるけれども、都市にはまぎれもなく目に見える実体をそなえた人間集団としての群衆が見出される。群衆は成員各人の描写の和としてあらわされはしない。成員一人一人はだいたい無名にとどまり、その輪郭はぼけて、不定型な集塊としてあらわされる。その集塊からときどき成員の手や足や顔が突き出てきたり、だれの声ともわからぬ発言が聞こえてきたり、一部の成員の全身像が束の間見えることもあったりするものの、群衆全体は、マンガの表現に見るように砂塵か何かの朦朧たる煙靄みたいに描かれることが多い。そのなかの個人は匿名性を帯び、個人主義は打ち消されぬばかりとなる。『シスター・キャリー』にはこのような群衆の表象が、あまり注目されてこなかったかもしれないが、ちょっと気をつけてみればわかるように、いくつもあらわれるのである。

しかも『シスター・キャリー』にあらわれる群衆は一様ではない。本稿ではこの小説に登場する群衆を四態に分けて考察する。分けるといっても小説のなかで作者が意識的に分けているのではなく、読者としての私の解釈行為の結果にすぎないし、態様間の境界も流動的、相対的であり、些細なことで別の態様に移行すると理解されたい。

　群衆の第一態は、都市に行けばまず目にする町の雑踏としての群衆である。多くは消費者であり、また、何の用事かはさておき、所用に追われて街中を通り過ぎる多くの人々も含む、ごく雑多な集団である。第二は、観衆である。物語の成りゆき上小説で何度もあらわれる劇場の場面には観客としての群衆が出てくるし、人波を眺めるためだけに市街に出てくる観衆に等しい群衆や、人目を引くできごとのまわりに集まる野次馬にすぎない観衆もあらわれる。第三は、労働者の群れである。工場、商店、事務所で時間的、空間的に拘束されている労働者だけでなく、労働から解放されて町に遊びに出てくる群衆や、失業して落魄の暮らしに沈むルンペン・プロレタリアートの群衆も描かれる。そして第四に、小説の終わり近くで描かれるストライキに参加する労働者の群衆があらわれる。これは第三態の労働者と質を異にする行動的な群衆である。

　これらさまざまな群衆が登場する場面の実例を、これから『シスター・キャリー』のなかに探ってみるが、そのすべてを洩れなく列挙するのは煩雑になるだけだろうし、論を進めるために必要とも思えないので、いくつか選択して示すにとどめたい。あとは推して知るべしというつもりで、他の箇所にもあらわれるが本稿で取りあげない類似例は、おのずと明らかになると期待したい。

1

第一態の群衆は、キャリーがシカゴに到着したとたんにあらわれる。シカゴ駅の構内が「雑踏と喧噪と目新しい情景」(11) を呈してキャリーに衝撃を与え、「無慈悲な荒海」(11) に見立てられる。職探しの一環としてデパートを訪れたキャリーは、「客で混雑している通路」(22) を通り抜けながら、「女性が身につける品で新しく快いものなら何でも欲しくなって、心が乱れただけでなく、すてきなご婦人がたが人を肘で突き飛ばし、無視することにも気づいて、心が痛んだ」(22)。職探しをしながら歩く商工地区では、「さまざまな男女が雑然と前後しながら、つぎつぎに足早にそばを通り過ぎていく。この人波のなかに潮のごとくに流れているのは、利得をめざして奮闘するさまざまな思惑だ――それをキャリーは感じ取ったけれども、自分もこの潮に流されているわらしべであることには思い至らず、無力さばかりを感じていた」(26)。しかし、求職に挫折したあとキャリーが「ドアから外へ出て群衆のなかにまぎれこみ、ようやくほっとした」(20) り、「もうただ歩きまわり、人波のなかに身を沈めることに一種の安堵感を覚え」(23) たりすることで、一種の救いを得ることもできる。

つまり都市の群衆は、素朴で繊細な個人に対して脅威を感じさせるとともに慰撫をもあたえる。ゲルファントが二〇世紀文学の主要テーマとみなす「孤独や疎外感」(21) は、都市の群衆との出会いによって「伝統や共同体の崩壊」(40) に直面する人間が陥る「人格解離 (personal dissociation)」(21) を通じてあらわされるが、列車で故郷を出ていくキャリーは、「少女の頃の思い出と家庭とに、細ぼそとではあれつなぎとめてくれていた絆は断ち切られ、二度と元に戻れなくなった」(13) と小説の冒頭であっさり描かれ、「絆」はそれきりあらわれないことからもわかるように、「伝統や共同体の崩壊」はこの小説の所与であって、物語の出発点にすぎない。キャリーはいきなり「無慈悲な荒海」のような群衆のなかに投げ出されて衝撃を受けるが、ゲルファントの指摘するように、「組織だった社会から受けた強制的な圧迫感から派生する心理的抑圧とは対照的に、解離が生じるのは主として社会的統合が欠如しているためである」（21）とすれば、逆説的にも、群衆のなかにまぎれこむことで無名性を獲得した者は、名を重んじる「抑圧」から解放され、「放恣（indulgence）」（39）に走って幻想的な慰撫を見出すのである。

このような群衆の治療的効果について『孤独な群衆』の著者デーヴィッド・リースマンは、一九世紀末いわゆるフロンティアの消滅と同時期に、大衆消費社会や大衆文化という新たな相貌を帯びはじめた米国で顕著になってくる「他人指向型（Other-directed types）」の人びとに注目し、「他人指向型」の人間は「孤独であることにたえられず、その孤独感をやわらげるために群衆のなかにまぎれこむだけでなく、ちょうど鏡をのぞきこむのと同じように自らの関心事を投げかえしてくれるにすぎない自分自身についてのファンタジーにふけることで、孤独感をやわらげる方法も知っているのである」（186）と論じている。

他方ハーストウッドはニューヨークで落ちぶれ始めると、しきりに市街を歩くようになる。キャリーに捨てられた日には朝、一七丁目の自宅から出発して、七番街がハーレム川の岸に出外れるところ（一五〇丁目あたり）まで歩き、そして夕方「五時半にアパートに」（395）戻ってくる。つまり日がな一日歩きまわってマンハッタン島をほぼ縦断往復しているのである。ハーストウッドが小説中で何度もしてみせるこのようなニューヨーク彷徨は、職探しの体裁をとりつくろいながらホテルの「椅子暖め屋（a chair warmer）」（313）になって行き交う客を眺めて時間つぶしをしたり、賭場に出入りしたり、はては物乞いする相手を物色したり、慈善事業の配給にありつけるところを探したり、というような、何か一種の目的をもって歩きまわっているようにも見えるが、「シカゴ時代の生活のなかの一こまや出来事の思い出に、心のなかでひたっている［うちに］（略）昔ある人に返事をしたときの言葉を自分がそのまま繰り返していることに、はっと気づくようなときもあった」（416-17）りするような、あきらかに人格解離の症状を呈していることからも察せられるように、実はあてどなく群衆のなかをさまよっているだけというほかあるまい。その意味でハーストウッドは、ポーが短篇で「群集の人」と呼んだ老人とあまり変わらず、ここにも私が拙著『エドガー・アラン・ポーの復讐』で指摘したような、ドライサーがポーに学んだ形跡が見出されるかもしれない。

キャリーにしてもハーストウッドにしてもこのような「群集の人」めいて、遊歩者（flaneur/flanuese）としてであろうと、通行人ないし行きずりの人（passant/passante）としてであろうと、孤独感にふけりながら、匿名性に乗じて現実の自分とは異なる自己を幻想する自由から得られる慰撫に耽溺することができるのは、都市で出会う雑多な群衆のなかに溶け込むからである。

2

第二態の群衆である観衆ないし聴衆は、当然のことながら劇場の場面で多く見出される。キャリーがシカゴで素人芝居に引っ張り込まれて出演したいきさつのなかで、上演当日のハーストウッドやドルーエを含む観客も描かれるが、もっと鮮明にあらわれるのは、キャリーがニューヨークで女優になった段階での観客である。たとえば、キャリーがコーラス・ラインの職を得てはじめて出演した芝居がはねた後、帰途についた彼女が目にした観客たちは、つぎのように描かれる。「外へ出ると、辻馬車がひしめいていて、すてきな服で身なりを固めた若者たちが待ちかまえていた。キャリーはじろじろ品定めされていることがわかった。ちょっとまばたきしてやれば、お供がすぐにあらわれるだろう。だがそんな真似はしなかった。」(351)

しかし観衆の性格を帯びる群衆は、劇場の観客だけとは限らない。都会で見物に値するものを嗅ぎつけて集まってくる物見高い群衆もいる。たとえば日本の〈銀ブラ〉にも似た「ブロードウェイのそぞろ歩き」(282)に集まる群衆である。アパートの隣人ヴァンス夫人に誘われて出かけたキャリーは、つぎのように描かれる。

二人は、三四丁目でケーブルカーを降りてから気楽な足どりで歩いていたが、やがて、まわりに集まってきていっしょに歩き始めた美男美女の一行に、キャリーの目は釘付けになった。ふと気づくと、ヴァンス夫人の態度は、ハンサムな男性たちや優美に着飾ったご婦人たちに見つめられて、少し硬くなっていた。こういう人たちのまなざしは無遠慮なもので、不作法も気にしていない。じろじろ見るのが作法にかなった当然のやり方みたいだった。キャリー自身も見つめられ、色目を送られる。りゅうとしたトップコートやシルクハットできめて、頭頂部が銀製のステッキを持ったような男たちが、人波をかき分けて近づいてきては、硬くなっているこちらの目をのぞきにくるのも、一度や二度ではない。ご婦人たちは堅い布のドレスを着て、衣擦れの音も高くそばを通り過ぎ、作り笑いと香水のにおいを振りまいていく。このなかにはまともな女性もいるけれど、大多数は堕落した商売女だとキャリーは見抜いた。口紅を引き、おしろいを付け、髪に香をたきしめ、目はやけに大きくて霞がかかったようにもの憂げ。その種の手合いがめずらしくなかった。はっと気づいてみたら、流行を競う群衆のまっただなかにいて、閲覧会場のような街頭での行列に加わっていたのだ。(283)

あるいは、落ちぶれたハーストウッドがニューヨーク市街を彷徨する場面であらわれる、ホームレスたちに一夜の宿を借りてやるための募金を街角で始める風変わりな軍人あがりの男の首尾を見物に集まる人びと。「集会でも始まりそうな模様に引き寄せられて、数人の見物人がたむろすると、やがて次第に人が集まってきて、たちまち人垣を作り、押し合いへし合い、口をあけてのぞき込もうとする」(425)。

観衆としての群衆は、第一態の群衆の不均一性と異なり、何かを見るという共通の目的によって集まっているという、いかに単純であっても一種の連帯感や興奮で結びつけられた同質性を有している。たんに一人の人間が単独で何かを見るというのとは異なり、集団で一つのできごとに立ち会って同じものを目撃するという共通の体験に与った群衆であることが肝要である。同時に彼らは見る／見られるの権力構造によって階層化されている。見られる者は注目を集め、見る人々を魅することにより優位に立つとも言えるが、反対に見る者は見られる者に対して、一体化を求めるにせよ、忌避排斥を求めるにせよ、強い感情的反応を抱いて操作しようとする。見る者はさらに、自らの見たことを見なかった人々に語らずにいられなくなることによって、結果的に宣伝家の役割を演じる。キャリーやハーストウッドも、小説のなかでこのような観衆の一員として描かれている。

観衆とはいかなる人々かということについてドライサーは身をもって知悉していた。なぜならば、貧しい移民の子だった彼は兄弟姉妹たちと共に、数少ない娯楽を大衆芸能の世界に求めて入り浸り、大衆芸能を通じてアメリカ人になりきるためのスタイルを学んだからである。なかでも長兄はミンストレル・ショーに夢中になってその座員になりおおせたあげく、やがてポール・ドレッサーという芸名でシンガー・ソングライターとしての成功をおさめた。ドライサー自身は新聞記者時代に新聞劇評欄を担当し、芸能界に出入りしながら自らも劇作家になる夢を抱いた。小説家になる前に長兄のコネで得た方便として編集した『エヴリ・マンス』は、流行歌売り込みを本領とする大衆芸能雑誌だった。

世紀転換期の大衆文化は新たに浮上しつつあった大衆消費社会の副産物でもあるが、『ちょっと見るだけ』の著者レイチェル・ボールビーは、大衆消費社会の市場に出入りする群衆の「見る」という行為が新たに獲得した意味に注目する。彼女によれば、「消費文化はナルシスの鏡を店のショーウィンドーに変貌させ」(32)、「ちょっと見るだけ」という、商品に惹かれながら買うことに慎重になろうとするときに発せられる言葉は、ナルシス然とした消費者が、商品を我がものにしたらなれるかもしれない理想化された自分の姿をショーウィンドーのガラスに写して幻視するために必要な猶予を得るための名分となる。「見ることを見る人(spectators of spectatorship)である自然主義作家」(15)としてのドライサーは、『シスター・キャリー』を「ナルシス的な消費者＝演者をめぐる小説」(65)に仕立て上げたと言うのである。さまよい込んだデパートのなかに陳列されている商品にとりつかれ、「ここには、あたしに使えないものは一つもない——欲しいものばかりだ」(49)と考えるキャリーは、何も個性的な反応をしたわけでなく、デパートにたむろする大勢の顧客を代表しているだけである。

『民主の花形』の著者ナンシー・ルッテンバーグによれば、「アメリカにおける最初の群衆の現出」(435n14)も一種の観衆としてあらわれた。ここで米国最初の群衆とされているのは、ピューリタン社会でおこなわれた死刑執行前の説教に集まってくる観衆のことである。「死刑執行は通例六千人にのぼる群衆を誘い寄せ、ときには一万二千人に達したという記録も見られる」(Loc. cit)と言われ、注目を浴びた死刑囚の悔悛の告白は、〈大覚醒〉時代の福音主義的宣教師ジョージ・ホイットフィールドと比較されて、公開死刑が「人寄せにかけてはホイットフィールドが野外信仰復興集会でおこなった説教に迫るほどの牽引力」(Loc. cit)を有していたとみなされる。

ルッテンバーグは、米国の宗教的、社会的主流に違背する下積みの者たちが、魔女裁判、〈大覚醒〉によって「民主の花形(democratic personality)」として登場することが可能になったと論じるのだが、そこには、魔女を告発する者たちや〈大覚醒〉を促す回心者たちが呈する情景にそなわる「根本的に劇的な性格、ひいてはその見世物としての潜在的可能性」(87)が介在している。したがって、たとえば「ホイットフィールドは事実上「スター」になってしまった」(91)とも言えるわけで、何かに憑依されたように見える「民主の花形」が登場する現場は、現代のロック・コンサートを思わせる節がある。重要なのは、劇的な見世物が群衆の目の前で現出されて立ち会った人びとに影響をおよぼすことであるが、「私的に想像されたシナリオにしたがって教会聖職者の役割を引き受ける青年ホイットフィールドと、自ら企画した見世物に集まってきた何千人もの人びとの前で説教する壮年ホイットフィールドとの違いは、模倣と憑依との違いであると解しうる」(92)とも言われているように、「模倣」は演技にすぎず「憑依」は信憑ないし信仰の賜物という違いがあるにしても、じつは「模倣」であろうが「憑依」であろうが、見かけ上は似ているのではないだろうか。『人民とは何か』の序論でブルーノ・ボスティールスがルイ・アルチュセールに倣って言うように、「人民の側に立つということにはいつも、人民であることを演じてみせるということがまつわっている」(13)という次元もある。いずれにしても、裁判や宗教集会における立会人としての群衆は劇場性を醸し出して、彼らは注目を浴びる「民主の花形」を真似ようとし、また観客同士がたがいを真似ようとする。

宗教に劇場性がつきまとうのは何も米国特有の現象ではなく、劇場と折り合いの悪いピューリタン社会としての米国なりの偏りはあるとしても、宗教と劇場との親密な関係は古今東西に見出せる。ピューリタンは現実の「模倣」としての劇場を斥けても、非日常的存在の「憑依」に信頼を寄せることにはけっきょく躊躇しなかった。そういう過程を通じて「民主の花形」は、既成社会の抑圧的規範を穿ち、裂け目を目立たせて、それを目撃する観衆に自らに続く行動をするようにそそのかす。

この種の観衆が『シスター・キャリー』と同時代にあらわれるもう一つの重要な実例は、リンチに加わる暴徒集団(mob)である。リンチ・モブは行動しているように見えるが、リンチに立ち会う群衆の大部分はたんなる観客のようなものであり、リンチのターゲットと処刑実行グループはこの見世物のスターにあたる。モブを構成する大部分はただ現場に押し寄せて見物するだけであるが、群衆集団の同質性を確認することにともなう宗教集会や裁判と同様の祝祭や儀礼の質を帯びる。植民地時代の米国でピューリタン社会の法規に従ってなされた合法的な処刑の説教に群衆が詰めかけたとすれば、超法規的な処刑であるリンチに群衆が集まるとしても不思議ではない。『シスター・キャリー』と同時代のリンチの現場に何万人も押し寄せる例はいくつも知られているが、群衆の規模がそれほど大きくないとしても、多くの人びとが目撃するなかで実行される処刑がリンチである。この群衆の構成要素も雑多である。

ドライサーは、『シスター・キャリー』にリンチ・モブを描いてはいないが、拙稿英語論文「セオドア・ドライサーにおけるアメリカの悲劇としてのリンチ」で論じたとおり、いろいろな著作でリンチの犠牲者に同情してリンチ・モブを糾弾し、リンチの観客になる群衆に惹きつけられたと書いている。それとともに、黒人や性犯罪者が住民の排斥感情の標的にされて裁判で死刑判決を受ける、スコッツボロ裁判やジレット＝ブラウン事件、エドワーズ＝マッケチニー事件など、現実に起きたいわゆる合法的リンチにも批判の矢を放った。

だが、劇場の観客やらブロードウェイの野次馬のような群衆も含めて、この小説にあらわれる何の取り柄もなさそうにも思える観衆的な群衆に、リンチ・モブに通じる性格が揺曳している可能性があるだろうか。あるいは、「民主の花形」に呼応する可能性がうかがえるだろうか。そういう可能性の有る無しの対立を弁証法として考えてみたい気にはなる。そうすれば、この時代のアメリカ社会に対するドライサーの捉え方が見えてくるかもしれないからだ。

3

群衆の第三態を構成するのはもっぱら労働者であり、第一態、第二態の群衆の階級構成が雑多であるのと異なる。産業革命後大量生産、大量輸送が急増したのにともない、労働力が集約され、大勢の労働者が集団で仕事をすることが常態化したから、労働者の群衆があらわれたことに何の不思議もない。それが近代都市出現の原因にほかならなかった。

一時は女工になったキャリーも、失業したハーストウッドも、労働経験をするなかで労働者集団に入りまじるから、小説には労働者集団の描写がいくつもあらわれる。これらの描写について、『アメリカ小説におけるストライキ』において一九世紀中葉以降のアメリカ文学に描かれたストライキの扱い方について論じたフェイ・M・ブレイクは、「『シスター・キャリー』における靴の部品を打ち抜く機械の描写は、細部にわたり信頼できる」(81)と高く評価し、以下のように述べている。

労働者階級の生活描写における新たな真正さは、小説家も読者もその出身階級が変化したことを反映している。(略)とくに工場について書いている小説家は、最初にジャーナリストの仕事をしていた職業作家であるのがふつうである。彼が鉄工場や綿工場を知悉してるのは、記者としてその内部を見たことがあるからである。(82)

たしかにドライサーは、若いときにさまざまな労働体験をしただけでなく、小説家になる前約一〇年間はジャーナリストとして工場や工事現場など、さまざまな場所に入り込んでいって取材した。何冊かの雑誌記事集成に収録されたドライサーの文章には、かつての拙稿「バミング、スラミング、マックレイキング」で論じたように、バミング、スラミングの産物としてのルポルタージュ、あるいは当時「ヒューマン・インタレストもの」と呼ばれたたぐいの記事で、労働現場を観察した経験をうかがわせるものが少なくない。

『シスター・キャリー』における労働者群衆の描写に注目すれば、たとえばキャリーが働くことになったシカゴの製靴工場では、「いやでも触れるほかない職場の雰囲気は、粗野な感じだった。キャリーはあたりを見まわすなどという大それたことはしなかったけれど、機械のパチン、パチンという音のあいまに話し声が耳に入ってき」(36)て、「黄褐色の髪の毛をぼさぼさに伸ばした若者が、機械のあいだをぶらぶら歩いてやってきた」(36)と思ったら、「この男は右手を伸ばして、一人の女工の胸をつかんだ。／「キャッ、はなしてよ」女工は怒鳴った。「バカ」／若者はそれに答えて、ただニヤリと笑ってみせた」(36)のが目に入り、キャリーは「三時には六時になっているにちがいないと思い、四時には、会社は時間を忘れて、みんなに残業させているみたいに思えてくる。主任はまさしく鬼に見える。たえずうろつきまわり、あたしをこんなひどい仕事に縛りつけておこうとしているのだ。まわりのおしゃべりが聞こえてきても、その中身ときたら、こんな人たちとはだれとも親しくなりたくないと思わせるような話題ばかり」(39)と感じる。

だが職場で就業している労働者は集団をなしていても管理統制されているから、同じく集団をなしている軍隊を群衆と同一視しにくいのと似て、まとまりのなさを中心的特徴とする普通の意味での群衆とは見なしにくい。労働者が群衆になるのは、管理統制から自由になったとき、つまり、出勤で集まってきたばかりでまだ始業時間にならないうちの束の間や、短い休憩時間や、なかんずく終業後仕事から解放された後のときのことだが、そういう自由をむさぼる労働者群衆には啓発的な要素など少しも見られない。それどころか労働者の群れは、キャリーにとって「印象が悪い」(50)し「おぞましい」(50) だけである。

とはいえキャリーは根っから労働者に反感を持っているわけではなく、ときには深い共感を寄せることもあると描かれる。彼女自身が女工から情婦の身分に変わった段階では、「弱者や無力な人びとを見ると、他愛もなく悲嘆の情がわき起こる。(略) 貧弱な身なりの娘たちが風に吹かれながら、夕方、ウェストサイドのどこかの工場から家路を急ぐ姿を窓から眺めては、心の底からかわいそうに思った」(133-34) り、「こういう人たちを見るとキャリーは、工場で働いていたころに見た情景を隅ずみまで、心のなかに思い浮かべた。めったに口に出してはいわなかったけれど、こういうことは悲しい現実だと思っていた。あの陽のあたらぬ世界にいる勤労者たちに、いつも同情し」(134) たりする。そういうことならば、スト破りをするハーストウッドだってストライキに入った労働者たちのことを新聞で読みながら、「はじめは労働者の要求に共感した――たとえやがて矛盾する行動をとるようになったにしろ、じつは最後までずっと労働者に同情し続けていなかったとは言い切れないくらいなのだ」(367) と描かれている。そうではあっても、キャリーもハーストウッドも、労働者に同情するのは自分が外側に立っている場合だけであって、みずからもその一員となっている労働者群衆と心を通わせることはできない。

ゲルファントはドライサー小説の主人公の特徴についてつぎのように論じ、ドライサー文学に対してもっとも核心に迫る批判を提起している。

主人公が社会集団に加わることは決してない。集団生活が存在しているように見えないからだ。主人公は社会的良心も社会的責任感も社会問題についての差し迫った知見も育むことが決してない。二〇世紀小説のなかでもっとも自己中心的で、個人主義に凝り固まり、享楽的な登場人物の部類に属する。その自己中心的な性格には、統合的伝統が崩壊したあとにもたらされた社会制度の頽廃や社会的空白という事実が反映されている。(79)

キャリーもハーストウッドも、ゲルファントが描き出すドライサー小説の主人公の実例である。彼らは労働者のなかで暮らしていても、連帯や階級闘争について学べる余地が何一つ与えられていないし、触発してくれる同僚や指導者と出会うこともないから、ゲルファントが主人公に期待するような成長を遂げる可能性も与えられていないと言えよう。

キャリーが女工として雇われた製靴産業は、メアリー・ブルーイットによれば、南北戦争のための軍靴需要に刺激されて機械化、工業化が比較的早くから始まっていたので、それにともなって労働者の組織化も進み、一八六〇年代から労働騎士団系の労組「聖クリスピン騎士団」や女工のための「聖クリスピンの娘たち」（the Knights and Daughters of St. Crispin）がストライキや団体交渉をおこなっていた。聖クリスピンとは古くからの靴職人の守護聖人のことである（II 747-49）。これらの労組は一八七〇年代後半の不況期に衰退したが、この分野における労働運動は根強く、キャリーがシカゴで働きはじめたとされる一八八九年には、アメリカ労働総同盟傘下の製靴労働者組合（the Boot and Shoe Workers' Union）として復活した（III 1242-44）。したがってキャリーが労働運動に出会う可能性もなくはなかった。とはいえ、組織率が限定的であったにちがいない当時、キャリーが女工経験を通じて労組の唱道するような連帯を知ることもなく終わるのはむしろ蓋然的と言えるだけでなく、そういう成り行きは作品の主題に適うようにドライサーによって選ばれた筋書きであるとも言わなければならない。

　だがドライサーは、たとえばヨーロッパ旅行記『四〇歳の旅人』に、英国マンチェスターやその近隣の地域を訪れてわざわざ紡織工場街を見て歩いたときの随想を、つぎのように書くこともできる作家だった。

> わたしが確かと思えることがひとつある。労働時間の長さ、給料の低さ、待遇の悪さに関して工場主がいかに攻撃されようとも、工場というものは、どうせ働いて時間を費やすなら、陋屋でありきたりな家事に追われるよりもましな場所だということ。陋屋で皿を洗ったり、床磨きをしたりしたところで何を学べるか。誰かが跳び上がってこう叫ぶ姿をまざまざと思い浮かべることができる。「綿工場でありきたりな糸をつないだり、八台ないし九台もの機械を——女

性たったひとりで担当したりすることで、何が学べるというのだ。何を学べる時間があるというのか」お尋ねなら言ってあげよう。答えはたった一つ――組織というものについての思想が学べるということだ。それだけでじゅうぶんだ。五十人から百人もの人間がするような仕事を成し遂げてしまう偉大な機械というようなものがあるという観念が身につく。（略）わたしは労働運動指導者たちを好ましいと思う。成果の獲得のために――自分を輝かせるために奮闘する、がっしりとして、むき出しの、粗野で、貪欲な者たちがわたしは好きだ。（177-8）

こういうことを言える作家ならば、キャリーに女工経験からもう少し何かを学ばせる物語を書くこともできたのではないかとも思えるが、この時代の米国で衣類産業を中心に女工の組織化やストライキが活発に行われていたにもかかわらず、キャリーの女工経験にはそういう動向の片鱗もうかがえない。

ドライサーは一九二〇年に出版した『ヘイ、ラバダブダブ』の収録論文「民主主義の増進か、あるいは縮減か――愚考」で、「誰もがボスになりたがり、お偉く、非民主的で、個人的成功を遂げた人間になりたがる」という大方の志向を慨嘆し、それが「アメリカ人民全体としての非民主的な国民性」を物語っていると決めつけている（237）。支配的イデオロギーにすっかり毒されているアメリカ国民の度し難さを言い募るドライサーは、現実感覚として、米国における圧倒的多数の労働者が階級意識を深めていくなどという可能性について悲観的に受けとるしかなかったために、キャリーやハーストウッドが労働経験を通じて成長するような物語を構想しかねたのではないかと思われる。

ところで、『シスター・キャリー』には、結末近くで階級的に没落、転落するハーストウッドを通じて、失業者、浮浪者の群れが描き出される。労働者階級はたえず転落の危険にさらされており、ルンペン・プロレタリアート、はては失業者、浮浪者と紙一重の存在であることは言うまでもない。マルクスは『共産党宣言』で、「今日ブルジョアジーに対立しているすべての階級のなかで、ひとりプロレタリアートだけが、真に革命的な階級である」(40)と断言した返す刀で、ルンペン・プロレタリアートについては「旧社会の最下層から産みだされるこの無気力な腐敗物は、ところどころでプロレタリア革命によって運動に投げこまれるが、彼らの生活状態全体から見れば、むしろよろこんで反動的陰謀に買収されやすい連中である」(41)と唾棄し、『ルイ・ボナパルトのブリュメール一八日』においても、「ルンペン・プロレタリアートの首領」(90)と目されたボナパルトの手下たちを、「なんで生計を立てているのかも、どんな素性の人間かもはっきりしない、おちぶれた放浪者とか、ぐれて冒険的な生活を送っているブルジョアの子弟とかのほかに、浮浪人、兵隊崩れ、前科者、逃亡した漕役囚、ペテン師、香具師、ラッツァローニ、すり、手品師、ばくち打ち、ぜげん、女郎屋の亭主、荷かつぎ人夫、文士、風琴弾き、くず屋、鋏とぎ屋、鋳かけ屋、こじき、要するに、はっきりしない、ばらばらになった、浮草のようにただよっている大衆、フランス人がラ・ボエムと呼んでいる連中」(89-90)などと口をきわめて罵った。

だが『資本論』第一巻二三章では、「近代産業の全運動形態は、労働者人口の一部分が絶えず失業者または半失業者に転化することから生ずる」(③221)と述べられて、失業者が「産業予備軍」

と呼ばれ、失業者、労働者間の区別が流動的なものとして描き出されている。とはいえマルクスは、産業予備軍を構成する「相対的過剰人口のいちばん底の沈殿物」は「受救貧民」であるとしながら、かねてからのルンペン・プロレタリアート憎悪をうかがわせて、「浮浪者や犯罪者や売春婦など、簡単に言えば本来のルンペンプロレタリアートを別にすれば」という保留をつけることによって、ルンペン・プロレタリアートを「受救貧民」の埒外に位置づけている（③238）。しかしながら、たとえば『共産党宣言』で指弾されている「反動的陰謀に買収された」とも言えるスト破りに加わったのちに、『ブリュメール一八日』でルンペン・プロレタリアートの部類に数え上げられている「おちぶれた放浪者」にほかならなくなるハーストウッドも、ルンペン・プロレタリアートであると同時に、『資本論』にいわゆる「産業予備軍」たる「受救貧民」の「第三部類」とされる「堕落したもの、零落したもの、労働能力のないもの」（③239）にあたるとも言えないであろうか。そう言えるとすれば、本稿で第三態と呼んでいる群衆には、ルンペンないしルンペン・プロレタリアートも含めてよいことになる。

落ちぶれゆくハーストウッドの出入りする世界には、マルクスによって罵られたような連中が棲息していることが、小説のなかで明らかにされている。ホームレスや乞食はひとりぽっちで暮らしていると思われがちだが、彼らはやむをえず群れをなし集団を組むこともある。ある日ハーストウッドが発見するように、そういう群れをいわば組織化した乞食集団として計画的に現出させたのが、「大尉」と呼ばれる宗教家によって仕組まれた慈善活動であり、ニューヨークの街頭で、その夜の宿泊場所もなく頼ってきた者たち「百三十七人」（429）を収容するための木賃宿の代金が、通行人たちからの募金によって集められる。この慈善にあずかるホームレスの者たちは、この募金が完了するまで何時間も街頭に立ちつくす群衆の体を呈する。

その後乞食をしながら生き延びるハーストウッドは何度も、市街のあちこちに出没する浮浪者たちと救貧院やパンの無料配給所などで落ち合い、列を作ったり、たむろしたりする。自殺の決意を固めた夜に彼は、雪の降るなか、木賃宿に押しかけた群衆に加わる。群衆は施設のドアが開くと「つぎの瞬間、どっとばかりに戸口に押し寄せて、身動きがとれなくなった。その場の殺伐たる気配を立証するかのように、陰惨な野獣めいた沈黙が支配している。やがてその揉み合いもほぐれてきて、材木が川下りをするように流れ出し、内部に消えていく。濡れた帽子や、水を吸った肩を見せながら、凍えて、痩せ衰え、不満をみなぎらせた黒山の人が、荒涼たる壁にはさまれた廊下のなかへ流れこんでいく」(452)。こうしてもぐりこんだ狭い部屋のなかでハーストウッドはガス灯の火を消した後、そのままふたたびその栓を開き、なれの果ての自殺にたどり着くのである。

こうして『シスター・キャリー』における第三態の労働者群衆は、プロレタリアートとルンペンとの境目も定かでなく、相互に位置を交換し合うから、肉体的にも精神的にも惨めきわまるルンペン・プロレタリアートを自らの予備軍として抱え、あたかも救いのない、堕落した集団であるかのように見える。

4

第四態は、ハーストウッドがスト破りに加わったために対峙することになる、ストライキ中の労働者たちや支援する住民たちであり、腑甲斐ないわけでもみじめなわけでもない群衆である。労働者たちはピケを張り、スト破りの電車を通させまいとして線路の上に障害物をおく。「ハーストウッドは障害物のそばまで電車を走らせ、そこで停めた。しかし、停まらぬうちから、人が群がりだした。大多数は運転士や車掌をしていた男たちで、なかにはその同志や支持者もまじっていた」(380)というのが、たたかう群衆にハーストウッドがはじめて直面する場面である。

その後もハーストウッドはスト破りとして電車を運転する道々何度か群衆に襲われるが、「幕切れは、まぎれもない暴徒の襲撃で終わった。電車は復路、車庫まであと一、二マイルの地点で、暴徒の集団に迎えられたのだ。そのあたりは、とびきり貧しい人たちが住んでいる地域だった。ハーストウッドはそこをさっさと通り抜けたかったが、またもや線路に障害物がおいてあった」(385)。停まった電車めがけて群衆が走り寄ってくる。「女が一人——見かけはほんの子どもなのに——群衆に交じって、ごつい棍棒を振り上げている。この女は怒り狂い、殴りかかってきた。これをハーストウッドはかわす。それを見た女の仲間たちが勇気づけられ、電車に飛び乗ってくると、ハーストウッドを引き倒す。言葉を発したり、声をあげたりするいとまもなかった」(385)。このとき顎をすりむく怪我を負わされたハーストウッドは、警察によって群衆が撃退された後ふたたび電車を走らせるように命じられて、電車に「乗り込んだとたんにピストルの銃声がした。肩に何かが突き刺さ」(386)る目に会い、銃弾の「ほんのかすり傷」(387)を受けてはさすがに意気阻喪して、ここそこ逃げ出してしまう。

『シスター・キャリー』におけるストライキ場面は、ドライサー自身が新聞記者時代にオハイオ州トリードの路面電車ストライキについて取材した『トリード・ブレード』紙一八九四年三月二四日付記事(TDJ 269-275)を取り込んでいることで、その現実感を獲得している。ブレイクは小説のこのくだりを、「この時代にストライキを小説に用いてもっとも成功している例」であると高く評価し、「ブルックリンの路面電車ストライキは、ドライサーの手により、ひとりの男が徐々に瓦解していくさまを詳述するための強力な仕掛けに仕立てられている」(83)と述べている。

同様に、『アメリカ文学における群衆』の著者ニコレイアス・ミルズは、『シスター・キャリー』における群衆の描かれ方がアメリカ文学では画期的であると論じる。ミルズが『シスター・キャリー』におけるストライキ場面でとくに注目するのは、以下のような点である。

ストライキを打つ群衆はブルックリンの民衆から寄せられる支援を頼りにしながら行動している。スト破りをする運転手や警官によって運行された電車を攻撃するにあたって、スト中の労働者はまわりの地域社会に助けられる。(略)ハーストウッドが運転する電車を護衛している警官は、守勢に立たされるのである。(92)

ミルズの見方によれば、『シスター・キャリー』は労働運動が急成長し、頻発したストライキに激しい弾圧が加えられた時代を直視している。しかも労働三権がまったく認められていないこの時代に、やむにやまれぬ罷業に立ち上がった労働者を打ちのめそうと、スト破りの市街電車運転手に警官二人を同乗させてピケラインを突破する会社＝権力側の暴力的攻撃に、労働者やその同調者が果敢に立ち向かう姿をドライサーは描き出し、これをミルズは高く評価する。

『シスター・キャリー』でストライキに参加する姿で描かれる群衆はかくして、電鉄会社や警察にとって手強いどころではない相手であると判明する。不利な形勢をものともせずに闘争者たちはがんばり続け、失業に沈む都市において彼らが示した模範は、労働者階級による抗議運動の波を起こすに足る効果があると描かれている（96）

たしかに、スト破りの経験からほうほうの体で逃げ帰ってきたハーストウッドが読みふける新聞記事は、「ブルックリンにストライキ広がる」、「市内各所に暴動発生」（387）と伝えていて、ストライキをした労働者が孤立していないことをほのめかしている。歴史的に見てもこの時代の米国労働運動では、どこかの組合が困難にも負けず絶望的とも思えるストライキに突入すると、他の労組も同調するいわゆる同情ストライキが盛んに起きたことが知られているのである。

このように素朴ながら組織され活性化した群衆は、その後乞食にまで転落したハーストウッドを呑みこんでいったルンペンの無力さと鋭い対照をなす。とはいえ、ストライキに立ち上がった群衆が勝利を得るという物語にはなっていない。この点についてミルズは、「ドライサーは自分が創作する物語をその自然な限界を越えるところまで拡張して、電鉄労働者がストライキに勝利する姿を描こうなどとしない。（略）ドライサーは自分の政治信条を表現するために、自らに課したリアリスティックな領域の範囲内でできるだけのことをやったとわきまえていた」(97) と述べる。

『シスター・キャリー』における群衆第四態に対するこのような評価は稀有ではないかと思われるが、ミルズがこのような評価に達するのは、アメリカ文学全体に対する見直しの企てを踏まえているからである。「ほぼ全史にわたる期間、稠密な集団や人だかりを避けるという選択が可能となるような地理を有する米国において、民主主義イメージとしてもっとも大事にされた縮図は、自然のなか、ないしふたりからなる象徴的な共同体のなかで、ひとり立つ男性である」(14) と見るミルズは、このような伝統のなかで群衆像を軽視してきた主流の学者たちに対して、「アメリカ文学にあらわれる群衆を無視することは、政治的世界を真剣に受けとめようとするアメリカ作家たちの意気込みを無視する結果をもたらしてきた。政治的世界では、体制からはずれるための選択肢とは自然への隠遁でもリベラルな苦悩でもなく、団結すること、家庭や孤立を棄てて街頭や公共の広場に赴くことなのだから」(14) と諌める。だからミルズは、たとえばホーソーン、メルヴィル、トウェインなどの主要作家についても、彼らの著作に群衆がどう描かれているのかを検討し、その政治的な意味を明らかにする課題に取り組む。

その結果ミルズは、これらの主要作家たちも群衆を描いていることに注意を喚起することができるようになるのだが、彼らの群衆の扱い方について疑問を付し、「[トウェインが描く] 主人公たちは、ホーソーンやメルヴィルの主人公たちと同様に、群衆によって犠牲にされたと感じさせられるのが常であり、一時的には自らも加わった群衆によってさえ犠牲にされたというのである」（75）と論じる。したがってこれらの作家たちは、つぎのような評価を下される。

これらの作家たちの目に映るかぎりでは、多数者支配の原理を奉じる国家において多数者となる群衆は、独特の、食人的とさえ言えるような脅威を呈する、という事実が、免れようのないものとして存在していた。そしてこのパラドックスから、最終的な悩ましい結論が引き出された。すなわち、米国では、彼らがもっとも賞賛する個人主義や平等主義がもっとも安全に保たれるのは、政治行動が最小限にとどめられているとき、つまり民主的な人びとが民主的な男から遠ざかってくれているときであるという結論だ。（76）

だから主流に属するアメリカ文学研究者が、作品に描かれた群衆のたたかいよりも個人の苦悩に関心を注ぐのも不思議でなくなるわけである。

このようなミルズの主張に真っ向から対立し、それをほとんど一蹴するのは、同じくアメリカ文学における群衆を論じた『アメリカ文学における群衆をめぐる美学と政治学』の著者メアリー・エスティーヴである。エスティーヴは、「ミルズが言及している群衆の表象はたしかに多数者の圧政を劇化しているが、単に多数者が一者に対置されているのではなく、理性を働かせる能力が衰弱している者たちが、内省的、倫理的判断力を保有している者たち（登場人物、語り手、想定上の読者）に、正当にも対置されているのである」（24）と論じてミルズを批判している。だが、ミルズがとらえているのは、たんに多数者と単独の個人が対立しているということだろうか。また、ミルズ批判を越えるエスティーヴの基本的な立脚点は、つぎのようなくだりにうかがえる。

現今の風潮に棹さしている文学文化研究では、理性とか、抽象的個人主義とか、普遍主義といった、リベラルの原理に基づいた主張を提起したり擁護したりするのが、ますます困難になってきている。保守的権威主義とか、もっとひどいレッテルを貼られかねないからだ。啓蒙主義に対するポストモダン的懐疑のために、理性に対するこのような全般的攻撃が扇動されてきた。そのためにまた、社会的に周縁に追いやられた人びとや政治的に抑圧された人びと――つまり、ユルゲン・ハーバーマスの表現を借りて言えば「理性にとっての他者」――をロマンティックに描き出す傾向も奨励されてきた。他方で、抽象的理性――すなわち、正義とは公平のことであり、一般的法律の規範に合致すべきこと、および法の下での平等、などといったことについての近代の考え方に浸透している理性が、政治的価値として統合されたおかげで、近代の抑圧が抑圧として定義されるようになったとともに、近代史を通じてそういう抑圧の大部分が撤廃されてきた、という事実は説明されぬままに無視されている。（14）

つまり彼女は、左翼やポストモダンの政治的見解を批判して、「リベラルの原理」から群衆を見直そうとしているのである。

「リベラルの原理」とは、持てる者の私的所有を権利として正当化し、損をしない行為を選択するという意味での合理主義を規範と見なし、カントが提起した理性や普遍主義に依拠するユルゲン・ハーバーマスやハンナ・アーレント、ジョン・ロールズにつながる。「リベラルな原理」を奉じる者の目から見れば、群衆は「群衆精神と崇高美学の連関性」(16) を通じて、批判的判断力にとってかわる「普遍的生理としての情動」(27) をかき立てる審美的な力となる。エスティーヴから見れば、ドライサーもたびたび親近感を示したホイットマンが、つぎのように悪玉として浮かび上がる。

民主的善を称揚するホイットマンの美学は、すべてを包容する情動が内省的判断力を無視し、それに取って代わるように促すので、ラディカルな民主主義理論にもっとも近接した詩的相関物をもたらす。(略) 歴史家ジョージ・フレドリクソンがホイットマンを北部ラディカルの一員と見なすのも当然である。北部ラディカルの政治的立場は、「民衆の自然発生的行動が正規の政府に取って代わりうると考えるアナーキストの信条を肯う、非政治的、非制度的大衆民主主義理論」の体裁をとるからである。(29)

リベラル正統派を任ずるエスティーヴから見て、アナーキズムあるいはその類型とみなされるポピュリズムほど嫌悪すべきものはあるまい。したがって彼女は、「反リベラルの群衆精神とリベラルな公共の広場とが深いところで通底しているだけでなく、両者はたがいに取り違えられる含蓄も有していることを露呈する」（21）という懸念につきまとわれ、群衆と公衆（ないし公共圏）の峻別にこだわることになる。

群衆の政治的効力よりも審美的価値に関心を寄せるエスティーヴは、『シスター・キャリー』にあらわれた第一態の群衆に注目して、「『マギー』の著者スティーヴン・クレインよりも」もっと感傷的だと言ってもいいドライサーは、実際、キャリー・ミーバーがシカゴで最初の職探しに失敗したことに打ちのめされたときに潜り込んで癒される逃げ場となる群衆を創造することになる。街頭の群衆はむしろ、そのはなはだしい混雑ぶりによって、まったく皮肉なことに深い私的空間ないし孤絶の場を実現してくれるという意味において、ホームの外にあらわれるホームになる」（96）と述べる。このような着眼は、第一態の群衆に何らかの賦活力を認める点において、たとえばボールビーのように消費文化における消費者大衆の影響力を評価する議論にも通じている。しかしエスティーヴは群衆を論じるその著書のなかで、『シスター・キャリー』で描かれたストライキに参加する第四態の群衆には一言も言及せず目もくれないので、第一態の群衆に言及しないミルズと鮮やかな対照をなす。

5

エスティーヴとミルズの対立の意味を悟らせてくれるのは、先にあげたルッテンバーグの著書『民主の花形』である。ルッテンバーグは、「台頭しつつある〈ポストリベラル〉ないし〈ラディカル〉な民主主義の形勢や貢献についての近年の理論的探究」(2) のなかで、「リベラリズムと民主主義との差異にとどまらず、両者間に潜在する両立不可能性」(Loc. cit) に考察をめぐらし、「アメリカ民主主義のプレリベラル段階の歴史」(3) に注目するべきだと提起する。つまり民主主義はリベラリズム（自由主義）よりも早くに米国に出現したというのである。民主主義がある時期までほとんど無政府主義と等しいと見なされて支配者から憎まれ疎まれたのに、今日では民主主義が、米国のみならず世界中で、「自由主義国家のみならず全体主義国家によっても、資本主義者のみならず社会主義者によっても、個人主義者のみならずコミュニタリアンによっても」(10) 目標とされ、みずからの主義として標榜されているのはなぜなのか。それは、人びとの逆らいにくい、啓蒙思想の核心をなしている「合理的（リベラル的）価値」(3) を掲げる自由主義が民主主義を取りこんでしまったからだが、この取り込みがなされる前の民主主義をルッテンバーグは、米国ピューリタン社会における一六九〇年代の魔女狩りと、一八世紀中葉に起きた〈大覚醒〉運動という宗教的な動きのなかに探りあてたのである。いずれも、ピューリタニズムの土壌によって育まれて地底からあらわれた鬼子のように「神の声（vox dei）」を衒う「人民の声（vox populi）」を発して、ピューリタン社会を揺さぶった激震であった。

この動きのなかで、かつて社会の表舞台に出ることのなかった貧乏人、女、子供、召使い、黒人奴隷などが、魔女を告発する者、劇的回心を遂げる者として、神か悪魔かはさておき超自然的な力に仕える預言者めいた、エリートから見ると非合理な言動をとつぜん始めて、脚光を浴びるようになり、神権政治めいた社会の統治者たる教会司祭たちをあわてさせた。この「無名の集団的な主体

〈モブ、大衆、〈場外の民衆〉〉」(15)を、ルッテンバーグは「民主の花形」と呼ぶ。それは支配者から毛嫌いされ憎まれても当然な、既成秩序を紊乱する民衆であるが、既成宗教の網の目をくぐって影響力を発揮した。

さらにルッテンバーグは、国民文学が「公共圏」に荷担し、民衆の声を「封じ込め」、「馴致する」ことを課題にしていたとして、つぎのように論じる。

ブルジョア的公共圏よりもはるかに先んじて頭角をあらわした民主の花形は、それを封じ込めようとする、ピューリタンの宇宙論から「国民文学的」小説にいたるまでの文化的諸形式の力を凌駕した。(略)民主の花形を馴致しようとし、その原始的エネルギーをアメリカ独自のものとして奉る一方で、その特徴的な声を国民文学の美名のもとに抑え込もうとする著作家たちのたたかい［が起こった］。(3)

ここからも明らかなように、彼女の見方は、アメリカ主要作家による群衆の扱い方についてミルズが下した判断に似ている。

ルッテンバーグは、アメリカ革命史をめぐって「どちらの形の言説の力がアメリカ革命につながったのか――啓蒙哲学か、あるいは土着の草の根行動主義か」(17)という論争があるなかで、じつはリベラリズムに先行する非合理とも思える群衆の動きこそ、やがて起きたアメリカ革命をになった民主主義であると言うのである。ルッテンバーグの著書は啓蒙哲学以前に民主主義が存在していたという事実を明らかにした点で意義があるが、「リベラル民主主義的主体」(16) と対比される「ラディカル民主主義的主体性」(15) をそなえた人びとは、なるほど、魔女を告発する者たちや信仰復興集会で憑依された者たちなど、宗教においては正統からの逸脱として目立ちやすかったかもしれない。

アメリカ革命史研究者アルフレッド・ヤングは、「ラディカリズムの深い根」(319) として、やはり非正統的で下積みの人びとからなる「福音主義的非国教徒たちの奉じる信仰」(322) の持ち主たちに注目する。北米植民地で既成教会からの逸脱を遂げた持たざる者たちは、千年王国運動や再洗礼派の流れを汲みつつ、一七世紀の英国革命において英国国教会にとどまらずピューリタン指導者層にも反抗したレヴェラーズ、ディガーズらに似た役割を、やはり一七世紀の米大陸植民地において演じたと言えるかもしれない。米国における民主の思想の淵源を探ろうとしたら、古代ギリシャなどに遡るよりも、むしろもっと直近のイギリス革命から鬼子のようにあらわれた人民主権 (popular sovereignty) の概念に赴くべきである。英国における騒乱を「ピューリタン革命」の枠内で捉えるのでなく、「英国革命」ないし「内戦」として捉えるべきだと主張して、一八世紀には社会や歴史から抹殺されていったさまざまな異端的下層集団に光を当てようとした、クリストファー・ヒル、エリック・ホブスボームらの英国史家の視点が、アメリカ独立革命にいたる植民地の動向を探る際にも共有されうる。こうなってくると異端的下層集団に対する見方は、その宗教的外被にとらわれずに政治的内実をつかもうとする試みとなる。

この視点を実際に共有したアメリカ史家には、アルフレッド・ヤングが編集した論集の寄稿者たちがいて、たとえばそのひとりゲーリー・B・ナッシュは著書『知られざるアメリカ革命』で、「民主主義の荒々しい誕生」を支えてアメリカ革命を推進したのは、宗教的外被をまとっているとはかぎらない「モブ」だったと論じ、次のように述べている。

「モブ」はあらゆる時代を通して上流階級の権力保有者たちに恐れられてきた。また、歴史家たちもこの恐怖から免れてはいなかった。恐怖の根には、大衆は理性に欠け、無責任な民衆扇動家によって突発的な暴力に向かうようにけしかけられ、標的の選び方もでたらめだと見なす臆見がある。モブはいったん解き放たれたら何をしでかすかわかったものではない。したがって、多くの愛国派指導者をはじめとする一八世紀の著作家たちは、行動に立ち上がった庶民を「思慮のない有象無象」「悪魔のような連中」「逆上した社会の澱」などと呼んだものだ。こういう集団は、自然発生的で、凶暴化した、戦略目標を持たぬモブだと見なされたのだ。上からの指令で操られてロボットのように行動するモブと見なす者もいた。(57)

ナッシュが注視するこのようなモブも、ルッテンバーグによって「プレリベラル民主主義の伝統」(6)と呼ばれたものの形成に与っていたと考えられる。それは、現代にも潜在的であるにせよ(支配的な理性を逆撫でする被支配層のなかの不満分子のヒステリーなどと解されながら)存続しているのだが、これが自由主義に取りこまれてかき消されたように見えるようになったのはいつごろからか、またなぜなのか。ルッテンバーグによれば、合理主義を掲げ、普遍的論理に忠実に従うことを建前にしている自由主義は、内在する「自由主義自体の自己充足的論理」（14）に操られ、また、なるべく多くの大衆を市場に巻き込まなければならない必要性にも迫られて、少しずつ多くの社会構成員に平等を譲っていった結果、民主主義をとりこまざるをえなかった。あまつさえ、もっと決定的だったのは、アメリカ革命後の支配者が自らの抱く「〈民主的有象無象〉に対する健全な恐怖」（14）に駆られ、そのために「民主主義の〈馴致〉」ないしリベラル化」（14）に乗り出さずにいられなかったことである。そう言えば、愛国派指導者のひとりトマス・ジェファソンは、シェイズの反乱の報に接した折りのある書簡で、「反乱のひとつも起きぬまま一世紀半も存続したような国なんか、かつてどこにあったろうか。（略）やつらに武器を取らせたらいい。自由の樹は愛国者や暴君の血でときどき生気を回復させてやらなければならないのだ」（911）と言い放ったが、そこには群衆の底力をみくびるシニシズムが紛れ込んでいるとしても、反逆的群衆が社会の民主化に貢献する可能性を認めているとも読みとれる。

自由主義が民主主義を取り込む過程で、共和制を自由主義と調和させる段階があったと論じるのは、フィリップ・グールド『契約と共和国』である。米国独立に際し独立運動指導者層は民主制ではなく共和制を新生米国の国是とするという共有理解に立っていたが、その共和主義とは、古代ローマの男性市民が奉じた国家防衛責任を担うための名誉と自己犠牲の精神に立つ倫理的行動規範に倣ったものだった。だがグールドによれば、私有財産所有者だった指導者層は、名誉や自己犠牲精神に背いてでも利害を守ろうとする自由主義を、共和制の建前と折り合わせなければならなかった。革命の成果を確定するべく一八二〇年代に始まった米国史構築の企てにほとんど共謀していた歴史ロマンスや国民文学では、たとえば男性原理にとらわれた共和主義が女性作家たちによって修正を受けたり、ピューリタニズムの再解釈を通じて共和主義が自由主義と調停されたりした。このときに、ロマン主義（26）や、スコットランド啓蒙主義の常識哲学が説いた、理性を頂点としながらも感情にも位置づけを与えた「能力心理学（faculty psychology）」（177）も援用された。この結果、「一七八〇年代に民衆が〈場外で〉行動することに固執することによってもたらされた革命後の米国における政治的難局」（181）が、首尾よく乗り越えられたというのである。

このような見地に立てば、サクヴァン・バーコヴィッチによって描き出されたような「米国一流作家たち」による「合意の儀礼」とは、ピルグリム・ファザーズやジョン・ウィンスロップなどのピューリタン指導者の先見の明のおかげで、共和主義や自由主義の原理が早くから北米にもたらされたと描き出した、ロマン派歴史家ともいうべき人々による歴史改竄をなぞっているのではないかとも見えてこないであろうか。こうして作り上げられた建国神話は、魔女裁判や〈大覚醒〉運動などが孕んでいた民主の契機を、馴致された形で米国の原理として取り込むにいたったと捉えられる。

民主主義と言えば、何はともあれ民が主権を握るというのが本来の意味だったはずなのに、理性的な話し合いで問題を解決する平和的な政治手法だなどという決まり文句が通用するようになったのは、革命後、自由主義が資本主義的経済発展に乗っかって新生共和国の主導権をとり、民主主義馴致に成功した後のことでしかない。本来の意味に照らせば、投票選挙制も多数決制も民主政治の副次的、付随的要素でしかない。民主政治も支配の一つの形であり、支配はいつも暴力や強制を孕んでいることは忘れるわけにはいかない。とりわけアメリカのような拓殖型植民地主義（settler colonialism）が素地になっている社会では、先住民や新移民との角逐や確執が容易に消えず、力ずくの結着がはかられることも、いわば必然となる。このような視野から見れば、ミルズは現代まで生き延びた「プレリベラル民主主義の伝統」に根ざし、エスティーヴは「リベラル民主主義」の本流に乗っていると見えてくる。第四態の群衆描写を高く評価したミルズが、エスティーヴによってほとんど無政府主義者、ないし現代風に言えばポピュリストに等しいと唾棄されても、それは当然の成りゆきであると言える。

「プレリベラル民主主義の伝統」に注目した論者には、ジョージ・リューデもいる。一八世紀、一九世紀ヨーロッパの群衆に関する研究において、ホブズボームやヒルなどと並んでよく知られるリューデは『歴史における群衆』で、本稿であげているような群衆四態といったあまりに多種多様な群衆に考察を広げても仕方がないと言い、「じっさいわれわれが注目するのは、政治的デモや、社会学者が〈攻撃的モブ〉ないし〈敵意にみちた暴発〉と名づけてきたもの――ストライキ、暴動、反乱、蜂起、革命といった活動――である」(4)と述べている。つまり、彼が研究対象とするのは本稿で第四態と呼んでいる群衆に絞られ、それのみが歴史学にとって意味のある群衆であるとしている。文学作品としての『シスター・キャリー』がさまざまな群衆を見つめるのに比して、活動的な群衆以外の群衆を問題外と見なすのは、歴史家の性《さが》のなさしむるところであろう。フランス革命史家ジョルジュ・ルフェーヴルも『革命的群衆』で、「電車が通ったあとの駅の周辺とか、学校や事務所や工場が終わってどっと人間を吐き出し、彼らが買い物や散歩をする人々に合流した時の街路や広場などにできる」「純粋状態の群衆」(19)という、本稿で第一態、第二態としたたぐいの群衆への言及から始めているものの、ほんとうの考察対象を、書名に明示されているとおり、やはり「革命的群衆」＝「革命的結集体」（33）に限る。

ここにはリューデ、ルフェーヴルともに、人民や民衆を抽象的に美化する左翼の傾向への批判とともに、群衆研究の創始者と一般に目されてきた『群衆心理』の著者ギュスターヴ・ルボンの所論に強い批判をもっていたことが介在している。たとえばルフェーヴルは、ルボンを「群衆という概念のもとに動物と大多数の人間とを同一視する」（64）と批判し、リューデもほぼ同じ見方を開陳している。ルボンはエドマンド・バーク、イポリット・テーヌの反動的な群衆観を受けつぎ、ジークムント・フロイトやヴィルフレド・パレート、ホセ・オルテガ・イ・ガセットやエリアス・カネッティの群衆観に収斂すると言えよう。

戦後米国で一定の評価を得たエリック・ホッファーの『狂信的活動家』では、フランスや米国の革命運動もナチスも共産主義運動も宗教もナショナリズムも同一の平面で、「家族的類似」（xv）を有する大衆運動としてとらえられ、運動の素材となる大衆は「挫折して欲求不満を抱えている者たち」であって「自然成長的な自己疎外を抱えている」（75）などと、おおよそ否定的に描き出されている。大衆運動の構成員とりわけ指導者は、リースマンが「他人指向型」と呼んだタイプにも似て、リベラルが期待するような「自律的個人」（42）からもっともかけ離れている狂信者と見なされている。もっともホッファーはこの本の結末近くで、「政府が慢性的な無能の兆候を見せはじめたら、それを強力な大衆的騒乱によって転覆するほうが――この転覆によって人命や富がかなり失われることになるとしても――国にとってはおそらくましであろう」（204）と書いて、それまでの自説をやや相対化しているけれども、基本的には群衆を否定的に見る米国主流のリベラルに連なっていると見ても間違いではないであろう。

ルフェーヴルもリューデも、権力を脅かす反抗的な群衆に注目して歴史学にとってのその意味を探ろうとしているのだが、その際、群衆を組織化するのに重要な役割を演じる指導者に両者とも焦点を当てる。彼らが考察するのは、ホッファーが注目する「狂信的活動家」（true believer）とは似て非なる指導者像である。リューデは、多少とも組織的な行動を示す反逆的群衆を陰謀によって操作されていると見なす保守派に反論して、「民衆の動乱の起源、進展、昂揚には自然発生性がかなり重要性な役割を演じると認めなければならない」（244）と言い、ホッファーが注目した多少とも組織化された〈大衆運動〉よりも、むしろそれ未満の「動乱」の「自然発生性」を重視しているようである。その一方で、「しかしながら、このような二次的指導者を通じてこそ最高指導者と平の構成員との間の絆が維持されたと想定しうるであろう」（250）とも論じて、組織化への契機にも考察を及ぼしている。ルフェーヴルも「〈指導者〉meneur の問題」（54）を論じているが、この箇所に訳者二宮宏之は「ここでルフェーヴルが想起しているのは、民衆運動がその内部から生み出したリーダーたち、革命史全体のなかで言えばサブ・リーダーの問題である」（84）と注記している。

この関連で刮目させられるのは、『シスター・キャリー』にサブリーダーの表象が書き込まれていることである。ハーストウッドが線路上の障害物に妨げられて電車を停めると人が群がってくるのだが、その際、「群衆のなかから、懐柔しようというような調子で話しかけてくる者が一人出てきた」（380）。これが、明らかにストライキの現場を指揮しているサブリーダーである。

「なあ相棒」群衆の先頭に立った者は警官には目もくれず、ハーストウッドに呼びかけた。「おれたちゃみんな労働者だ。おまえさんと同じさ。おまえさんも正規の運転士で、おれたちみたいな扱いを受けたとしたら、だれかに職を奪われたりするのはいやだろ。正当な権利を獲得しようとするのを、だれにも邪魔されたくはないだろが」（381）

こう静かに語りかける男は、肝のすわった優秀なサブリーダーとうかがえる。この男はこの後もう一度登場して、「「降りてきなよ」男は穏やかに繰り返した。「貧乏人たち相手にたたかうことはないだろ。争ったら絶対にだめだぜ」」（384）と描かれる。

この一節のなかの「とことん冷静で弁の立つ運転士だ」という一文は、ドライサーの小説に頻出する独特の自由間接話法と解される。つまりこの一文は見かけ上、登場人物の内的独白とも小説の語り手による地の文ともつかぬ表現になっている。つまりこれがハーストウッドの認識なのか、あるいは作者に近いと解される語り手による評価なのか、はっきりさせていない。その両方であると受けとめれば浮かび上がってくるように、このようなサブリーダーの重要性をドライサーは認識し、それにふさわしい人物としてハーストウッド説得を試みる男を、名前も与えないまま描いていることになる。ハーストウッドは、おそらくこの男の言葉に衝撃を受けたためにスト破り行為を放棄するにいたったと見なすこともできるが、この男の説得に応じることができなかったために立ち直るきっかけをつかみそこねたと見なすこともできよう。

ハーストウッドに立ち直るきっかけを与えたかもしれない登場人物がストライキのサブリーダーたる労組オルグだとすれば、キャリーに自己変革を促そうとする登場人物はロバート・エイムズである。エイムズはキャリーが女優になる前に知り合った男性で、「電気関係の会社」(290)に勤めていたが、その後仕事の関係でニューヨークを離れ、キャリーが人気女優になった頃に「ニューヨークに戻ってき［て、］西部でちょっとした成功を遂げ［たので］、ウースター通りに実験所を開設するようになった」(436)おかげで、キャリーとの再会を果たす。電気関係といえば当時最先端の科学技術であり、その分野で実験所を開設したとなれば、エイムズは科学者にして合理的人間、すなわちキャリーには無縁だったインテリであるにちがいなく、それにいかにもふさわしく、キャリーの向上を助けようとして次のように言う。

「世界はみずからを表現しようとしていつももがき苦しんでいるのです。たいていの人びとは、自分の感じていることを言いあらわす能力を持ち合わせていません。ほかの人を頼りとするのです。天才とはそのためにこそいる。人びとに代わってその欲望を音楽で表現する者もいれば、詩で表現する者もいます。また別の天才は芝居であらわしてくれる。(略)あなたの場合がそれなんですよ」(439)

民主主義を理性のもとに馴致しようとするリベラルの口調にも似たエイムズの勧説は、「天才」的芸術家の社会的責務についてのロマン派的な構想をも持ち込みつつ、「世界」とか「たいていの人びと」とか、ちょっと抽象的な言葉であらわされてはいるにせよ、漠然と民衆とみなせる人間集団に身を寄せるようキャリーに促している。その主旨は、ハーストウッドにオルグが説いたことにも似ていないわけではない。ところが、このくだりの結末近くの地の文では「こんな会話の効果も、どうにもならない水をかきまわしたに等しかった」（439）と述べられ、キャリーを啓発しようとしたエイムズの努力も無益に終わるとされて、リベラルの啓蒙的な説得の限界が示唆されている。エイムズの期待に反してキャリーは、「最新の最高級ホテル」（407）の、「東側の三つの窓は、賑やかなブロードウェイを見おろせるようになっていて、ブロードウェイと交差する横町を見おろす側にも、窓が三つある」（409）ような豪勢な部屋に、広告塔代わりに滞在する身分になり、芸能界仲間の享楽主義的なローラをほぼ唯一の友として、無聊を託つと窓の「外に目をやり、通行人の群れを眺め」（415）ると描かれる。さらに最終章ではもっと高級なウォルドーフ・ホテルに暮らし、「くたびれてきたのであくびをすると、窓辺にきて外に目をやり、五番街をいつものようにくねくねと列を作って進んでいく馬車を眺めおろ」（448）す。つまり群衆に身を寄せるどころか、かけ離れて高みから見おろすようになっただけなのである。

こうして見てくれば明らかなように、ハーストウッドもキャリーも啓発されて成長したかもしれない機会を結局ものにすることができず、作品の結末では群衆から孤立することで終わっている。そこに、ドライサー小説登場人物に対する「二〇世紀小説のなかでもっとも自己中心的で、個人主義に凝り固まり、享楽的な登場人物の部類に属する」と断じたゲルファントによるあの批判が、図星を指していると言える様相を見出すこともできよう。

しかし、ドライサーは先にあげたエッセイ「民主主義の増進か、あるいは縮減か——愚考」では、つぎのように述べている。

わが国の連邦憲法は、少なくとも理論的には国民に群衆政府（a crowd government）を授けている。ただ、アメリカ国民の徹底的に反民主的な国民性のために、これがとっくの昔から金権ないし財閥政府（money or trust government）に取って代わられている。すなわち買収した権限に基づく富裕な人びとによる支配である。（略）わたしの考えでは、人民の側からの権力や統制についてのもっと活気ある意識に支えられた専制政治がわが国の民主主義に取り込まれなければならない。さもなければ、わが国の民主主義はほんとうに消滅するであろう。今日の金権支配の流れは、歯止めもかけられずに続けさせるわけにはいかない。指導者たちがもっとずっと強硬に、また大衆はもっと警戒心を高めて油断のない本来の姿勢を取り戻すか、それともわが国に民主主義の片鱗もなくなるかであろう。（236-7）

ここで彼は、憲法と異なる現実の「アメリカ人民の根本的な非民主性」を慨嘆しながらも、この文章が発表された一九二〇年で、あらわれてまだ間もないロシア革命ボルシェヴィキ政府の掲げたプロレタリア独裁政府をなぞったとも思えるような「群衆政府」なるものが、合衆国憲法に含意されていると解釈することによって、人民が支配者たるべき民主主義に対する確固とした信念を表明しているではないか。

「アメリカ人民の根本的な非民主性」についてドライサーが吐露したあの慨嘆を視野に入れれば、ゲルファントが批判するドライサー小説の登場人物の限界は、ドライサーが現実のアメリカ国民に見出した暗愚さに対する悲観的な見方を表現した結果であると解することもできるであろう。ゲルファントの批判は、ドライサーによってアメリカ人の現実に対する批判として意識されていたのかもしれない。「根本的な非民主性」の根底に「誰もがボスになりたがり、お偉く、非民主的で、個人的成功を遂げた人間になりたがる」志向があると見ていたがゆえに、それがもたらす孤立する個人の悲劇性こそ、ドライサーの描きたかった主題であった。この主題に照らすと、群衆は『シスター・キャリー』のなかでハーストウッドともキャリーとも対比されて、ギリシャ悲劇におけるコロスと似た役割を密かに担わされていることになるのかもしれない。

6

ハーストウッドがスト破りをしようと決意したころのストライキの情勢は、つぎのように述べられている。「ストを打っている者たちは、それまでは組合幹部や新聞のいうことに従い、一応穏健な戦術にとどまっていた。大した暴力沙汰もなかった。確かに、乗員は議論をふっかけられた。なかには説得されたり、連れ去られたりした者もいたし、窓ガラスが割られたり、嘲笑を浴びせられたり、野次り倒されたりする事件もいくつか起きた。だが、重傷者は五、六人ほどしか出ていなかった。それも、指導者たちに言わせれば、労組の方針に従って動いているわけではない群衆の仕業だった」(378)。群衆の自然発生的な行動に対しては、労組のオルグであるサブリーダーの統制も利かなくなりつつあったというのだ。

さらにそれだけではすまなくなってくる。「だが、無為のまま、会社が警察の後押しを受けて勝ち誇っている様子を見せつけられているうちに、労働者は怒りだした。日ごとに運行する電車が増え、会社の幹部が毎日、ストライキによる妨害を排除したという声明を発表している。これを見て、労働者たちはすてばちな気持ちになってきた。平和的手段をとっていれば、会社はやがて電車を全部運行させるようになり、不満の声を上げた者たちは忘れられてしまう、そう労働者たちは見てとった。平和的手段ぐらい、会社を助けるものはないのだ」(378)。平の罷業者たちが「労組の方針」に逆らって暴力に訴えることも辞さなくなってくる。こういう情勢では、リューデが論じているように、「〈底辺層〉ないしサンキュロットに、不満解消を訴求するための平和的な運動手段いっさいが事実上許されなくなった場合」(239)には、「〈自然の〉正義を実現するための直接行動に訴える以上に(略)民衆の抗議を表現するのにふさわしい形式が他にあろうか」(240)と言わざるをえまい。この「形式」は、ヴァルター・ベンヤミンが「暴力批判論」で「神話的暴力」(290)に対置した「神的暴力」(299)に通じるのではないか。

先の引用文最後の一文「平和的手段ぐらい、会社を助けるものはないのだ」という言葉は、地の文であるからには語り手の発話のように見えるが、自由間接話法として「労働者たち」の言葉と解釈するべきであろう。とはいえ、自由間接話法の常であろうが、そこには語り手の思いと「労働者たち」の思いが重なっていると考えられるだけでなく、ドライサーの場合は語り手を著者と区別する必要があまりないので、ドライサーの考え方もこめられていると言える。ドライサーはサブリーダーが果たす重要な役割を認識するだけでなく、労働争議の枠をはみだそうとする群衆の自然発生的な戦闘性にも引きつけられているとうかがえる。

このような「労組の方針」と平の組合員との齟齬は、『ストライキ！』の著者ジェレミー・ベッヒャーがつぎのように述べているように、米国労働運動史上繰り返し起きた。

じっさいのところ、この歴史のなかでもっとも顕著な特徴と呼んでもいいことに、労働者たちは自らの行動が、自分たちを代表すると称している組合や労組役員によって控かれるのを、さんざん見せつけられてきたのである。組合や労働運動指導者はストライキや反抗を醸成するどころか、しばしばそういう動きを食い止めたり封じ込めたりしようとしてきた。他方、そういうたたかいを盛り上げる推進力は、とても従順な一般労働者から発せられることが多かった。こうなる理由の一部は、労組は――教会、政府、その他の組織と同様――職業的な幹部が上に立つために官僚主義になることが多いからという点にある。幹部の経験や物質的利害は彼らが代表する選出母体の労働者たちからかけ離れているのである。それだけでなく、労働者の絶え間ない抵抗や反抗に手を焼いた会社や政府は、徐々に労組との和解協調路線（accommodation）をとるようになることも、理由となる。(3)

このようなベッヒャーの見方によれば、群衆の自然発生的な戦闘性は、組合の組織防衛を第一義的に考える幹部の官僚主義とつねに対立するのである。ここには、組織不信を根底にして成り立つ無政府主義への傾斜がうかがえよう。

無政府主義への傾斜などと言いだしたら、ルフェーヴルもリューデも無政府主義に近づいたと言えば言いすぎになるだろうか。彼らはジャコバン派歴史学に連なるマルクス主義歴史学者であることは間違いないとしても、民衆の日常的営みに下からの社会変革の可能性を探ろうとする社会史やカルチュラル・スタディーズ系の方法や、人類学、民俗学の志向に近づいているので、レーニンが『国家と革命』で提起したような、国家権力奪取こそ究極的目標であるとする革命観と比較すれば、もっと長期にわたるゆるやかな変化を展望する無政府主義とあながち無縁でもない。ここには、短慮な群衆らしい自然発生的戦闘性をときにかいま見せるルンペン・プロレタリアートを毛嫌いしたマルクスとの距離も浮かび上がってくるのではないだろうか。

だが、ミンストレルの起源から現代のヒップホップまでの低俗芸能を注視した『乱痴気騒ぎ』の著者W・T・ラーモン・ジュニアが言うように、ルンペンとプロレタリアートの区別は絶対的なものではない。「雑労働間の共通性は、大西洋文化史のなかでほとんど語られることのなかった話題である」(63)と論じるラーモンは、この共通性を「最下層の人びとの間の共通性（mudsill mutuality)」(63)と呼び、「騒ぎを起こすルンペンは、カール・マルクスさえ一八五一年、すなわち、メルヴィルが『白鯨』でやはり大衆を見捨てられた文化として中心舞台に登場させたのと同じ年に、蔑み、恐れ、忘れがたい言葉で定義してみせた大衆である」(64)と述べている。

『シスター・キャリー』後半にあらわれるハーストウッドは、打ちのめされたプロレタリアートやルンペン・プロレタリアートからなる、本稿で第三態と呼んだ群衆に加わるが、この群衆と第四態の群衆の区別は紙一重であり、一部重なっているはずである。ハーストウッドの自滅は、第三態にとどまって第四態に移行できなかった事例と見ることもできよう。第四態の群衆には復讐の女神フューリーたちがついてまわる。また、運命の女神モイラたちもまぎれこんでいそうである。この群衆は、歴史的必然がみずからを貫こうとして遣わすエージェントなどという大それた役割を演じるわけでなくても、ハーストウッド没落の必然性を確実なものにするエージェントという役柄にはまっている。ハーストウッドはそのような群衆に引導を渡されて、あとは辛うじて自殺によってしかみずからの尊厳を保てないところまで突き落とされる。そこにアナグノリシスは欠けていても、悲劇的ハマルティアは看取できる。

このストライキの成否は作品のなかに描かれていないが、当時の実例に照らしてみるとけっきょく敗北した可能性が高い。それでもこのストライキは、ハーストウッドを打ちのめす力強さをたたえているととらえられるし、「歴史における群衆の重要性を、ただその勝敗の記録に照らすだけで判断してよいだろうか」（268）というリューデの問いを考えてもみなければならない。この問いにリューデは歴史家らしく、「これら初期の、未熟な、たいていは生硬な実力行使の試練を、たとえ失敗するのにきまっていたとしても、意義深く永続的な成果をあげた後世の運動の先魁と見なしても、おそらく不合理ではあるまい」（268）と答えて、無政府主義者とは一線を画している。

群衆第四態のうちでもルンペンに近い者たちは、ラーモンが注目したブラックフェース・パフォーマンスの芸人だけでなく、『多頭のヒュドラー』の著者ピーター・ラインボー、マーカス・

レディカーが注目した、劣悪な労働条件のもとで海運労働に携わる船員から海賊にいたるまでの、海や川、湖水で活動する荒くれ者たちや、ジョン・レノンが『ボックスカー政治』で取りあげた放浪労働者ホーボーも含まれ、これらの人びとはすべて、ルッテンバーグが注目した「民主の花形」に通じる、社会の最下層に属する第四態の部類であると言って差しつかえないであろう。そういう部類は、エスティーヴが期待するような「リベラル民主主義の主体」にも、マルクスが期待するような革命主体にも、無縁の存在であろうが、「プレリベラル民主主義の伝統」ないし非リベラル民主主義の伝統を待望する論者にとっては、救いの糸なのかもしれない。

しかしそういう期待を抱く人は無政府主義者と目されるのではないだろうか。レノンは、ホーボーというルンペンの政治的可能性を説明するための理論的支柱として「存在論的無政府主義(ontological anarchism)」(54)の信奉者ハキム・ベイを紹介し、「一時的自治区(Temporary Autonomous Zone=TAZ)」とベイが呼ぶものについて、つぎのような説明を引用する。「TAZとは、国家と直接交戦しない蜂起のようなもので、ゲリラ作戦として(国土、時間、想像力の)ある領域を解放したあげく、国家がそれを鎮圧できないうちにやがて自己解体して、別なところ／別な状況での改革に取り組む手法のことである」(55)。どことなく新製品の効能宣伝めいたあやしげな響きをともなっているが、通常の社会変革のイメージと異なることはわかる。これに限らず昨今のポストモダンや左翼がさりげなく掲げる無政府主義的ヴィジョンは、永続的な新社会の展望を提起することにこだわらず、一時的な「解放」の手立てを指し示そうとする傾向を帯びていると思われる。社会を永続的に変えようとめざすのではなく、一時的にでも権力に反抗、抵抗し、社会を攪乱すればこと足れりという姿勢である。つまり、長続きはしない一時的な鬱憤晴らしでもいいから暴れてやれという気持ちに発していると見ることができる。どうせ革命を起こしたところで元の木阿弥になる、などというあきらめが先に立つのかもしれない。非力な下層の、たとえばルンペンなどにはなじみやすい考えかもしれない。大事なことは集団行動としてあらわれる点であり、それを許さない社会を覆う抑鬱は、孤立した個人を、自殺か、攻撃性が内向から外向に転じて無差別殺人かに走らせる。

このような発想に対してケネス・バークは『動機の文法』で、「野獣的腕力（brute force）は詩や哲学よりも戦闘性が不徹底である」と批判する。なぜならば「その表現力はあまりにも粗雑浅慮にすぎるし、それが人間の奥底に響くと言えるのはもっぱら、わずかばかりのかき立てられやすい態の憤怒や復讐心が人類の〈深奥〉に渦巻いている、などと考える愚かな習性が近代にはびこっているためにすぎない」（370-371）からだと言う。この揚言を支えるバークの基本思想は、彼が下した「人間の定義」で「人間とは象徴を使用する（象徴を作成する、象徴を誤用する）動物である」（16）と述べられているように、「象徴」（＝言語）を人間の本質と見なし、行動の動機は象徴に左右されているとする考え方にある。

さらにバークは、現代の人類が「世界史上かつてなかったほどの巨大な（政治的執行体制と商業的経営陣の両方面における）官僚主義なしには成り立たないような発達」を遂げたために、地球資源の「消尽（dissipation）」か、あるいは「専制政治（fanaticism）」の引き起こす世界戦争に突き進む危険に直面しているので、「産業成長の必要性を断念する〈ネオ・ストイックな忍従〉」が求められている、と見る的確な危機意識に駆られている（442）。そのために、暴動などではなく、言語の正しい使用法を探究する「ネオ・リベラルな思索的姿勢（a neo-liberal, speculative attitude）」、つまり「詩や哲学」の戦闘性に頼るべきだと提言するのである（443）。バークが謂う「ネオ・リベラル」とは人類滅亡を回避するための希望をこめた姿勢であり、一九七〇年代以後浮上したネオリベラリズムともエスティーヴが掲げるリベラルとも違っているとはいえ、それが危機に瀕した群衆の救済になる保証があるのかという危惧は消えないし、せっぱ詰まった者たちによる「野獣的腕力」に訴える反抗や抵抗を食い止めるだけの説得力を有しているか定かでない。まして、リベラルの指呼に必ず含意される理性や言論への依拠は、世界大戦勃発を防いだり、社会全体の統制を食い止めたり、市場原理の跳梁を抑止したりする成果につながると保証されているのかはっきりしない。

他方、群衆にはアリやハチにも通じるような集団的理性がそなわっていて、暴動においてすら攻守転換のタイミングのとり方や、リーダーの選出、要求や標的の設定、戦術の創意工夫などに、いかに低級短期的であろうと合理性を発揮する可能性もある、と言えないだろうか。群衆が、たとえはかない一時的なものであろうと反抗、抵抗に打って出れば、支配権力はあわて、怖じ気をふるい、ベッヒャーが「和解協調路線」と呼ぶものに恃んで多少は下層に譲歩するかもしれず、それが長い目で見れば人民の生き延びる方途なのかもしれないのである。

このような支配権力による下層への譲歩は、アメリカ革命史において群衆の果たした役割を積極的に評価しようとする歴史家によっても重視される。たとえば「革命というものはつねに不完全である」と見通すナッシュは、革命の完全勝利などありえないとしても、革命の動乱が下層の民衆にとってまったくの無益に終わるわけではないとして、次のように論じる。

無視されてきたラディカルたちにとって、アメリカ革命によって獲得された部分的な成果を測るもう一つの尺度は、自分たちの労働を必要としているくせに自分たちの政治的社会的進出は欲しない者たちがしぶしぶせざるをえない譲歩を目安にしていた。革命家たちのなかの保守派は、通常のアメリカ国民には、責任をもって自由を行使するだけの見識が欠けているし、新国家の秩序や治安を脅かす習性が見受けられると確信していたので、上からの権力が必要だと再度言いはじめ、民主的に選出された郡や市の役所だけでなく国家の立法府をも機能不全に陥らせようと精力的に活動した。だが、保守派が一七八〇年代にアメリカの新支配階級を創り出そうとしたとしても、この支配階級は権力の保持にごく慎重に臨む必要に迫られ、たえず和解協調路線にしたがい、たえず取引し、たえず人民に釈明する立場に追い込まれざるをえなかった。(454)

このような事態の推移は、自然界も人間社会も、衡平（equity）をあまり大きく損なう事態が生じたら、かならず何らかの形で揺り戻しを起こして「平衡状態（equilibrium）」を回復しようとすると見るドライサーの抽象的な哲学によっても諾われるだろう。その哲学とは、矛盾の止揚を法則と見る弁証法の思想に似ていなくもない「平衡化は不可避（Equation Inevitable）」の思想である。天命が易姓革命として現出すると見る東洋的な思想に通じるみたいでもあるが、社会的平等への希求が集団間の葛藤を引き起こすと見ているかぎり、西欧とりわけイギリスの下層民反乱で見られた「衡平」重視の系譜を引き継いでいるにちがいない。「平衡化は不可避」は、『ヘイ、ラバダブダブ』所収の同名のエッセイにまとまった形で述べられているが、ドライサーのそれ以外の著作でもたびたび浮上してくる。たとえば『巨人』の巻末コーダのような「追想」では、「結局はかならず釣り合いがとられる。（略）強者は強くなりすぎず、弱者は弱くなりすぎないように釣り合わされねばならない」(500) と表現されている。

ドライサーは、本書第五篇で論じるように、リンチを徹底的に批判し、陪審制を米国司法制度の宿痾と見なした。にもかかわらず、彼が小説家になる以前の若いころ、雑誌『エヴリ・マンス』編集主幹として書いた論説のなかで、陪審制は「封建時代から引き継がれた遺物」(118) にすぎないとしつつ、かつては「それなりの有用」(118) 性を有していたと暗に認め、陪審制に権力濫用に対する抑止効果がありえたと示唆している。このことに鑑みればドライサーは、リンチについても一定の状況下では、シャリヴァリやラフ・ミュージック、あるいは自警団など英国中世以来の伝統の延長として、また、アメリカ革命で国王派をつるしあげた記憶の残像として、庶民による共同体維持活動の一つの形態になりうると認識していたと思われる。そういう認識をうかがわせる表現は、ハーストウッドにスト破り行為を放棄させた暴動に集まった群衆にも、『巨人』の結末部で描写される、クーパーウッドのシカゴ市内鉄道独占の策動に反対して市議会に押しかける群衆のリンチ・モブぶりにも見られる。これらの群衆は、ポール・ギリエが『アメリカにおける暴動』で「古来の遺産を受け継ぎ、一六四〇年代から一六五〇年代にかけてクロムウェル時代の英国でつかの間表面化したどぎつい民衆的反権威主義」(177) と呼ぶものを、世紀転換期の米国で体現した存在と見ることもできるかもしれない。

そのような反逆的直接行動は、南北戦争後に蔓延したテロとしての非合法の（illegal）超法規的（extralegal）処刑であるリンチと異なり、一種のデモ、示威活動だったから、これに参加する群衆は第二態の観衆ではなく、第四態の活動的群衆と見なされなければならない。ヤングが論じるように、「庶民の目から見れば、アメリカ革命の成功は超法規的行動を正当化した」（345）とすれば、合法主義の枷におさまらない群衆の行動には合法性（legality）にとどまらない正当性（legitimacy）が認められることになる。やはり『エヴリ・マンス』の論説で若いドライサーが、教育に対する公的支援の乏しさを批判しながら、「学校教育制度改革の訴えは、上流社会ではなく大衆にこそ向けられなければならない――票を投じ、税を払い、子どもたちを公立学校に通わせる人民にである。彼らこそ苦しんでいる者たちであり、彼らが苦しんでいる無能な体制を終わらせる力は、彼らにある」（200）と論じたように、ハーストウッドを襲う暴徒集団や、『巨人』にあらわれるリンチ・モブめいた群衆の描き方には、アメリカ社会変革の源泉を「大衆」「人民」に求めようとした姿勢があらわれている。

この姿勢は、ドライサーが作家としての地位を確立した後も明確に表明されている。たとえば、雑誌『セヴン・アーツ』の依頼に応じて一九一七年夏に執筆したエッセイ「アメリカの理想主義とドイツの恐ろしさ」でドライサーは、第一次世界大戦への米国参戦を批判し、それがこの時期の情勢では防諜法に抵触すると恐れられたために掲載を拒否されて未刊になったのだが、ロシアにおけるボルシェヴィキ革命成功以前の段階であったにもかかわらず、米国には「大衆に味方しその利益を図る、賢明にして強力な組織や統制――つまり、人民自身によって望まれ、人民を代弁すべく選出された専制的統制機関」(60)を打ち立てることが必要であるなどと、まるでボルシェヴィキみたいな主張をしているのである。

衆庶群民に期待しつつ高みから俯瞰するこのような見方に立つことによってドライサーは、ときには無力で、移り気で、非合理的で、みじめな群衆と、ときには力強く、暴力的で、破壊的で、強大な群衆との落差に、惑わされたり慌てふためいたりしないで、群衆の観察にあたって冷静さを保とうとしていたにちがいない。そうすることで『シスター・キャリー』にさまざまな群衆を描き分け、キャリーやハーストウッドの生き方が群衆との関わりによって左右される物語を構想しえたのだろう。

■引用文献

Becher, Jeremy. *Strike!: Revised and Updated Edition*. South End P, 1997.

Benjamin, Walter. "Critique of Violence." In *Reflections: Essays, Aphorisms, Autobiographical Writings*. Ed. Peter Demetz. Tr. Edmund Jephcott. Schocken Books, 1986. pp. 277-300.

Bercovitch, Sacvan. *The Rites of Assent: Transformations in the Symbolic Construction of America*. Routledge, 1993.

Blake, Fay M. *The Strike in the American Novel*. Scarecrow P, 1972.

Blewett, Mary H. "Knights of St. Crispin and the Daughters of St. Crispin" & "Shoemaking." *Encyclopedia of U.S. Labor and Working-Class History*, 3 vols. Routledge, 2007, Vol. 2, pp. 747-749; Vol. 3, pp. 1242-1244.

Bosteels, Bruno. "Introduction: This People Which Is Not One." Alain Badiou, et al. *What Is A People?* Trans. Jody Gladding. Columbia UP, 2016, pp. 1-20.

Bowlby, Rachel. *Just Looking: Consumer Culture in Dreiser, Gissing and Zola*. Methuen, 1985.

Burke, Kenneth. *A Grammar of Motives and A Rhetoric of Motives*. 1945; 1950. The World publishing Co., 1962.

____. "Definition of Man," *Language as Symbolic Action: Essays on Life, Literature, and Method*. U. of California P., 1966, pp. 3-24.

Dreiser, Theodore. "American Idealism and German Frightfulness." *Theodore Dreiser: Political Writings*. Ed. Jude Davies. U. of Illinois P., 2011, pp. 56-83.

____. "Equation Inevitable: A Variant in Philosophic Viewpoint." *Hey Rub-A-Dub-Dub*, pp. 157-181.

____. *Hey Rub-A-Dub-Dub: A Book of the Mystery and Wonder and Terror of Life*. Boni and Liveright, 1920.

____. "More Democracy Or Less? An Inquiry." *Hey Rub-A-Dub-Dub*, pp. 225-237.

____. *Sister Carrie*. 1900. In *Theodore Dreiser: Sister Carrie, Jennie Gerhardt, Twelve Men*. Ed. Richard Lehan. Library of America, 1987, pp. 3-455. 村山淳彦訳『シスター・キャリー』、岩波書店、一九九七年。

____. *Theodore Dreiser's* E'vry Month. Ed. Nancy Warner Barrineau. U. of Georgia P., 1996.

____. *Theodore Dreiser Journalism, Volume I: Newspaper Writings, 1892-1895*. Ed. T. D. Nostwich, U. of Pennsylvania P., 1988.［本文中の典拠表示には TDJ と表記する。］

____. *The Titan*. 1914. (Signet Classic) New American Library, 1965.

____. *A Traveler At Forty*. 1913. Rinsen Book Co., 1981.

Esteve, Mary. *The Aesthetics and Politics of the Crowd in American Literature*. 2003; Cambridge UP, 2007.

Gelfant, Blanche Housman. *The American City Novel*. 1954. U. of Oklahoma P., 1970.

Gilje, Paul A. *Rioting in America*. 1996. Indiana UP, 1999.

Gould, Philip. *Covenant and Republic: Historical Romance and the Politics of Puritanism*. Cambridge UP, 1996.

Hill, Christopher. *The World Turned Upside Down: Radical Ideas during the English Revolution*. Temple Smith, 1972.

Hobsbawm, Eric J. *Primitive Rebels: Studies in Archaic Forms of Social Movement in the 19th and 20th Centuries*. Manchester UP, 1971.

Hoffer, Eric. *The True Believer: Thoughts on the Nature of Mass Movements*. 1951. Harper & Row, 2019.

Jefferson, Thomas. "The New Constitution: To William S. Smith, Paris, Nov. 13. 1787." *Thomas Jefferson: Writings*. Library of America, 1984, pp. 910-12.

Le Bon, Gustave. *Psychologie des foules*. 1895. 櫻井成夫訳『群衆心理』、講談社、二〇〇六年。

Lefebre, Georges. *Foules revolutionaires*. 1934. 二宮宏之訳『革命的群衆』、岩波書店、二〇〇七年。

Lennon, John. *Boxcar Politics: The Hobo in U. S. Culture and Literature, 1896-1956*. U. of Massachusetts P., 2014.

Lhamon Jr., W. T. *Raising Cain: Blackface Performance from Jim Crow to Hip Hop*. Harvard UP, 2000.

Linebaugh, Peter, and Marcus Rediker. *The Many-Headed Hydra: The Hidden History of the Revolutionary Atlantic*. Verso, 2012.

Marx, Karl. *Das Kapital*. 1867-94. 岡崎次郎訳『資本論』全九巻、大月書店、一九七二年。

———. *Der 18. Brumaire des Louis Bonaparte*. 1852, 1869. 村田陽一訳『ルイ・ボナパルトのブリュメール一八日』、大月書店、一九七一年。

——— & Friedrich Engels. *Manifest der Kommunistischen Partei*. 1848. マルクス＝レーニン主義研究所訳『共産党宣言・共産主義の原理』、大月書店、一九六四年。

Michaels, Walter Benn. *The Gold Standard and the Logic of Naturalism: American Literature at the Turn of the Century*. U. of California P., 1987.

Mills, Nicolaus. *The Crowd in American Literature*. Louisiana State UP, 1986.
Murayama, Kiyohiko. "Lynching as an American Tragedy in Theodore Dreiser." *Mississippi Quarterly*, vol. 70/71, no. 2, Spring 2017/2018: 163-179.
____.「バミング、スラミング、マックレイキング——アメリカ文学における階級のリプリゼンテーション」『アメリカ研究』三二、一九九八年、一九-三九頁。
____.『エドガー・アラン・ポーの復讐』、未來社、二〇一四年。
Nash, Gary B. *The Unknown American Revolution: The Unruly Birth of Democracy and the Struggle to Create America*. Penguin Books, 2005.
Riesman, David. *The Lonely Crowd: A Study of the Changing American Character*. Doubleday, 1953.
Rudé, George. *The Crowd in History: A Study of Popular Disturbances in France and England, 1730-1848*. 1964. Serif, 2005.
Ruttenburg, Nancy. *Democratic Personality: Popular Voice and the Trials of American Authorship*. Stanford UP, 1998.
Young, Alfred F. "Afterword: How Radical Was the American Revolution?" Young, ed. *Beyond the American Revolution*. pp. 317-364.
____, ed. *Dissent: Explorations in the History of American Radicalism*. Northern Illinois UP, 1968; *The American Revolution: Explorations in the History of American Radicalism*. Northern Illinois UP, 1976; *Beyond the American Revolution: Explorations in the History of American Radicalism*. Northern Illinois UP, 1993.

第二篇　『シスター・キャリー』と語りの文体

ドライサー批評において文体の問題はアキレス腱だったように見える。ドライサー評価の変遷をたどれば、ドライサーを否定してかかる者たちによって狙いをつけられた急所はいつもそのまずい文体であったし、ドライサーを擁護しようとする者たちによってもその文体は戦線上の弱点ととらえられ、そこから前線を後退させた地点で戦略を立てられてきたとも思える。たしかに文体はまずい、と譲歩した上で、にもかかわらず何らかの文学的価値は高い、と論じるのが、多くの論者が踏襲した論法である。

しかし、この論争の当事者たちによって共有されている文体についての理解そのものに、どこかあやしげなところがありはすまいか。文体に良し悪し、美醜があり、その差異を見分けられない者は文体に対する感覚や趣味に欠けている文学研究欠格者にほかならないという、文学擁護派のあいだにはびこっている前提がまかり通るならば、文体についての通例の理解を背景にしてこの論争に加わろうとする者がいるはずもない。ドライサー批評の立て直しのためには、文体観の再検討を通じてドライサー文学の見直しをはからなければなるまい。

そのために本章は、文体と呼ばれるものについて考察を及ぼしながら、拙訳書で訳文作成のために払った苦心を踏まえて、『シスター・キャリー』の文章を多少くわしく検討することに充てられる。

1

さて、文体（style）を扱う学術である文体論（stylistics）は修辞学（rhetoric）の一分野であるが、修辞学が二〇世紀初頭には言葉の使い方や解釈の仕方についてのマニュアル的な技術論に堕したのにともない、文体論も、あるべき文体の規範を定めようとする動機に引きずられ、良い文体を探りあてることに精励するようになったと考えてもよいだろう。だが、とりわけ小説の文体については、批評におけるレトリック甦生の潮流に乗って、作品の主題との関連における表現の必然性をよしとする見方があらわれてきた。

レトリック批評甦生のなかでも重要な観点となったのは、ミメーシス＝模写（mimesis=showing）とディエゲーシス＝語り（diegesis=telling）の区別であろう。プラトンは対話篇『国家』「第三巻六〜九」で、「語り方」を「出来事の叙述」（＝ディエゲーシス）と「真似」（＝ミメーシス）に区別するソクラテスの説を伝えている（194）。その説では、「創作（詩）や物語」は、「その全体が真似というやり方による」劇的形式（＝ミメーシス）と、「作者自身の報告によるもの」（ディエゲーシス）と、「その両方によるもの」である叙事詩的形式との三種類に分けられ（198）、「真似」にすぎないミメーシスはなるべく避けられなければならないから劇的形式は斥けられて、ディエゲーシスが重視される。「真似と単純な叙述との両方のやり方を含みはするけれども、真似が占める部分は、長い話のなかで少ししかないことになる」「ホメロスの叙事詩」をはじめとして、「語り方」の混合された作品が許容される（205）。大多数の小説（言説のジャンルとしては叙事詩的形式を引き継いでいる）の言語表現はミメーシスとディエゲーシスとの組み合わせで成り立っているから、ほんとうは必要かもしれない細かな解説をすっ飛ばして言ってしまえば、世界の物象化に応じたブルジョア的リアリズムが跋扈する近代小説において、ミメーシスがハイライトを浴びたのに対して、その影に隠れ、目立たぬ客観（真理）性におさまっていたディエゲーシスは、モダニズムに顕著な主観的な語りの浮上とともに再発見された。こうしてプラトン＝ソクラテスのディエゲーシス評価がレトリック批評に受け継がれたとも言えよう。『シスター・キャリー』の文体を吟味する際にも、その主題との関連における必然性に照らしながら、ミメーシスとディエゲーシスの絡み合いに目配りをしていくべきだと思われる。

『シスター・キャリー』の主題は、資本主義や消費文化の強烈な支配力であると言ってもいい。キャリーをはじめとする登場人物の描写からうかがえるように、作者があの支配力に魅了され、あの輝きに心を躍らせているのは間違いない。資本主義がこの世を支配し、強力であるということは誰も否定しようがないだろう。しかし問題は、その支配力がどのようなものとして描かれているかという点にある。

『シスター・キャリー』では資本主義が都市としてあらわれる。そして、小説の冒頭で次のように述べられているように、都市は「誘惑者」に見立てられる。

都会は狡猾な手練手管をそなえており、それよりもはるかに卑小な、人間の姿をした誘惑者に引けをとらない。都会には強大な力があり、もっとも教養のある人間にしかできそうもないほどの、真情をたっぷりたたえた表情でおびきよせる。(3)

「卑小な、人間の姿をした誘惑者」としては、最初に登場するドルーエに始まり、採用面接担当者や職場の男性従業員、さらにハーストウッド、そして「私には百万ドルの財産があります」(411)などという書き出しの手紙を人気女優キャリーに寄せるファンから、見方によればエイムズにいたるまで、多種多様の人物があらわれる。女性を巧みにたらし込み、うまくものにする伊達男には、伝記から知られているように作者ドライサーが羨望をこめてあこがれたくらいだから、誘惑者への賛嘆の念は隠れようもない。キャリーも、「人間の姿をした誘惑者」に対しては、場合によっては斥けることができても、結局はその魅力にとらえられてしまう。まして、それよりもはるかに「強大な力」をふるう「都会」、つまり資本主義ないし消費文化という誘惑者には、とても抵抗できないように思われる。

しかし、小説のディエゲーシスたる地の文を発話する語り手は、少なくとも「人間の姿をした誘惑者」に対しては、「この手合いの人間がいつまでものさばることのないように」(5)などとあからさまな敵意を示してもいるのである。「人間の姿をした誘惑者」が「都会」という誘惑者の縮小版として語られているからには、誘惑者への屈折した敵意は「都会」にも向けられていると解することができる。つまり、「この手合いの人間」に対する妬みほどあからさまではなくても、暗に、「都会」つまり資本主義が「いつまでものさばることのないように、そのもっとも有効な作法と手口のいちばん目だつ特徴を、いくつか書き留めておこう」(5) とも言っていることになる。

未婚の女性が誘惑者の魔手にかからないようにという警告は、スザンナ・ローソン『シャーロット・テンプル』(一七九一年)、ハンナ・ウェブスター・フォスター『男たらし』(一七九七年) などに代表される感傷小説の誘惑物語にこめられた教訓だった。『シスター・キャリー』は、表面上まずこの系譜に属する。この系譜における誘惑の意味について、キャシー・デーヴィッドソンは『革命と言葉』で次のように述べている。

一見したところ「誘惑」とは女性の非力の上に成り立っている。にもかかわらず、初期アメリカの女性読者は、性や結婚に通じる事柄で正しい決断をしたり間違った決断をしたりする女性の登場人物についての物語を読むことによって、結婚適齢期や結婚に関するみずからの夢想を身代わり的に実演してみることができた。少なくともそういう夢想のなかでは、女性読者は、自分の人生をみずからの選択の結果として見ることができたのであり、他人の権力――父親の権威、求婚者の (礼儀にかなった、あるいは狡猾な) 手管、夫の支配力――によってもたらされたものにすぎないとは考えなくてもよかった。(123)

独立革命をたたかったアメリカ合衆国で誘惑物語がはやったのは、暴君としての国王からの自由を謳いあげた国のなかで、その類推として、暴君としての家父（夫）長からの女性の自由も浮かび上がったからだ。一方で結婚によってしか自己実現をはかれない制約にますますしばられるようになった中産階級の未婚女性は、結婚相手の選択という自分の人生にとって最重要な決断に自由を求める結果、誘惑者の魔手に身をさらす危険に直面することになる。いや、むしろそれをおそれたのは、未婚の女性自身よりも、女性の自由をおそれる保守勢力だった。だから誘惑に対する警告が繰り返し発せられるが、女性作家の書き物にあらわれるときには、誘惑はダブル・バインドとなる。つまり、未婚の女性にとって誘惑は、受けてはならないと同時に、自由に伴う危険としてある程度は引き受けなければならないし、もっと俗な言い方をすれば、誘惑されるぐらいでなければ自由を行使する余地もないのである。

誘惑に対する警告をフォーミュラとして含む物語は、労働者階級の未婚女性が大量に家庭の保護から解き放たれて市場に引き出されてきた一九世紀末のアメリカでもう一度活用される。ローラ・ハプケは『働く女たちの話』で次のように述べている。

批評家のあいだで、女性のものであるか否かによらず「下層生活」を主題とする作品をアメリカ国民に与えることの是非をめぐる論争が巻き起こった一方、作家たちは、かつての「邪悪な都会」や「籠絡されし女」をテーマとする小説に用いられていた扇情的メロドラマの改鋳を進めていた。この定式化されたサブジャンルに女性の職場の擬似社会学をつき混ぜて勤労女性を描く文学を生み出した作家として、やがてロワー・イーストサイドの誘惑物語（seduction tale）

を書くお上品な伝統に属する作家や、スティーヴン・クレインもあらわれてくる。(34)

ハプケの所説を、彼女の前著『道を過てる女たち』における主張をも併せて要約すれば、当時の大衆文学の一角を占めた数多くの誘惑物語は、資本主義の発展に伴って「自由」になった労働者階級の女性が都会の堕落にさらされていることに対して、憂うとともに警告を発し、また擁護しようともする錯綜した動機に駆られて書かれた。そこには、賃金を得ながら猥雑なスラムに暮らす独身女性労働者のセクシュアリティに対する恐怖と魅惑の共存が見られる。このような一群の書き物こそ、キャリーが登場するまでの文学史的土壌をなしていたのである。

『シスター・キャリー』では、「誘惑者」(seducer)は「都会」の比喩としてあらわれる。「都会」が「誘惑者」の性格を帯びると言っているのであって、それまでの大衆文学では「誘惑者」が「都会」の性格を帯びると言われていたのとは、方向がちょうど逆である。キャリーにとって「都会」は、魅力的だが警戒すべき「女たらし」である。しかし、ドルーエやハーストウッドにとって「都会」は「男たらし」(seductress)であろうから、「都会」を「女たらし」としてしまうと限定しすぎるおそれがあるので「誘惑者」としておこう。とはいっても「都会」=資本主義は女性を、森田成也が『資本主義と性差別』で分析している意味において、「資本主義そのものの性差別性」(127-190)により、労働者一般としてのみならず女性としても搾取することを見逃すわけにはいかない。こうして、「都会」への警戒を「誘惑者」への警戒になぞらえて語ることは、誘惑物語としての感傷小説という出来合いのジャンルを利用するだけでなく、「都会」=資本主義が、女性にとって

「女たらし」よりも大きな脅威でありうることを示唆してもいる。

さて、先に引いた「この手合いの人間がいつまでものさばることのないように」という言葉で始まる第一章からの一節は、小説の文体について最近まで常識になっていたような文体感覚を逆撫でするような文章である。地の文の語り手がここで唐突に迫り出してきて、「この手合いの人間」に対する露骨な敵意を語り始めるからだ。ここには「書き留めておこう（let me put down）」などと、語り手がみずからに言及する「私（me）」という言葉があらわれていて、近代の三人称小説に慣れた読者には気になるところだ。この箇所についてはさすがにアラン・トラクテンバーグが着目しているが、不思議なことにこの箇所の独自性を否認するのに言葉を費やし、「物語のこの早い段階では、「おこう（let me）」という言葉や、語り手が登場人物でもあるかのようにことわりもなく顔を出してくることが、いかなる曖昧性を帯びようとも、大して問題を引き起こしはしない」（96）と述べている。つまり、語り手が、登場人物と同じ地平で現前しないという意味での完全な全知の視点はとらないと告げても、まだ三ページのこの箇所では、語り手のそういう性格を早いうちに明らかにする言葉とみなしうるので、唐突とは言えないというのである。

そして、トラクテンバーグは、第一章のもっと後ろの箇所を取り上げて、「列車がシカゴに近づいてくるあたりであらわれる、言葉は意味の影にすぎないと述べる二つのセンテンスに出会って、われわれははじめてドライサーの語りの声に何か重要な変わったところがあることに気づく――つまり、語りの声と物語の出来事とのあいだに新しい関係をうちたてる注釈が入ってくることに気づくのである」（96-97）と論じる。ここでトラクテンバーグが言及しているのは、キャリーとドルーエが互いの住所を教え合った場面のあとに出てくる、『シスター・キャリー』第一章中の次のような一節である。

これこそ真理というものであろうが、言葉などは、われわれの言わんとすることの豊かさに比べれば、そのおぼろげな影にすぎない。言葉とは、言葉にならぬはちきれんばかりの感情や意志をつなぎ合わせる鎖にすぎず、ほとんど聴きとれさえしない。(8-9)

このくだりについてトラクテンバーグは、「ここでドライサーは、全知の視点に通常許される特権を越え、あたかも物語の内部から発するかのようでありながら、物語そのものを語る声とは明確に異なる調子と言葉づかいに彩られた［別種の］声を導入しているのである」(97) と述べている。このくだりは、語りの構造に占めるその位置ということのみならず、述べている事柄の点から見ても、たしかにきわめて目だつし、私も何度か取り上げて論じてきた。しかし、このくだりをこの種の「声」が最初に「導入」された箇所だとするトラクテンバーグの見方には、疑問を呈せざるをえない。「言葉は意味の影にすぎないと述べる二つのセンテンス」よりもっと前の、先にあげた箇所でもすでに、物語の語り手のものとは異質な声が聞こえてくるではないか。

トラクテンバーグは先にあげた箇所について、次のようにも言っている。

三人称「その (his)」の指示対象が機能上の曖昧性を引き起こすのは、［「おこう (let me)」よりも」もっとさしせまっている。この代名詞がドルーエを指していることは明らかだが、それは典型としてのドルーエであり、したがってドルーエその人でないのでもある。（略）こういう男に見られる「ドラマー」や「マッシャー」の代表たる性質は、その個人的アイデンティティの土台になり、読者による社会的認知のなかにこの男を位置づけ、この男を集団の歴史のなかの存在として認識させる。（略）社会に対して代表たる性質やその歴史的起源は、この物語の視野における大衆的な道徳寓話と対位法をなしている。(96)

ちょっとややこしいかもしれないが、ここで言われていることを私なりに解釈すれば、この箇所における三人称代名詞は、ドルーエが女たらしの典型として極端に一般化されているために、何を指示しているのか、意味が曖昧になっているように思われるけれども、その一般化は、女たらし＝都会＝危険（ないし悪）という「大衆的な道徳寓話」に直結しており、また、その「大衆的な道徳寓話」は、『シスター・キャリー』の筋書きの土台になっているから、女たらし一般を指しているように見える三人称代名詞の使い方は、結局は「物語の内部」に帰属して曖昧でなく、したがってこの箇所は、「語りの声」に異質なものが立ちあらわれる最初の箇所とは言えない、ということである。

このかぎりでは私に何の異論もない。三人称代名詞のほうが問題だと言い出すのかと思うと、結局は問題でないとみずから打ち消してくれているのだから、当然のことだ。ここにおける三人称代名詞の使い方は、結局「物語の内部」におさまっているというのはその通りだろう。しかし、「こ言葉の手合いの人間がいつまでものさばることのないように（略）書き留めておこう」などという言葉は、「大衆的な道徳寓話」には本来含まれていそうな姿勢を際だたせるものだとしても、そういう寓話を土台にして作り出された新しい小説の「物語の内部」という範囲から逸脱している。ここで重要なのは、『シスター・キャリー』の筋書きが「大衆的な道徳寓話」を土台にしているという洞察である。その洞察は正確だと思うものの、「大衆的な道徳寓話」なり神話なり、何か古い出来合いの文化遺産が新しい小説に利用される場合には、もっとさりげなくあらわれるのがふつうだったのではないだろうか。だからやっぱり、三人称代名詞の指示対象の曖昧性の問題は解消しても、この箇所が小説としてはふつうでない表現あるいは文体だと言うべきではないだろうか。

「この手合いの人間」について語る声が特異なものになるのは、むしろ、三人称で指示される登場人物に対して非人格的にのみ関わり、超然としているはずの全知の視点の語り手が、登場人物と同じ地平に近づいてみせただけでなく、とつぜん「この手合いの人間」に対する敵意をあらわにし、しかも、「いつまでものさばることのないように」などと発語媒介行為を明示する言葉を吐いているからだ。発語媒介行為とは、J・L・オースティンが提唱した言語行為論において行為とみなされる発話の三側面のうち、発話者の意図に支えられ、発話が他者に及ぼす効果のことだから、このくだりは、この声が「物語の内部から発する」ものでもないし、物語の内部にとどまるものでもないことを、読者にはっきり意識させることになる。

私はここまで、トラクテンバーグの論考に対する小さな疑問を述べてきたが、トラクテンバーグがこの論文で取り組んでいる問題そのものの重要性に疑問を差し挟むつもりはまったくない。それどころか、このような性格の問題こそが、今後のドライサー研究が集中して取り組むべきものの一つだと考える。つまり、ドライサー文学の特質を解明するためには、いまこそその文体（あるいはもっと今風にナラトロジーの用語で言えば、その視点ないし語りの構造、あるいは、そのディエゲーシス）の独自性をつきとめなければならない。その観点からすれば、トラクテンバーグのこの論文はドライサー研究の新しい境位を指し示したものとして、そのねらいに全面的な賛意を表明したい。

2

ドライサーの文体の特異さは、まず何よりもその調子や視点の不安定さにある。つまり、その小説の語り口は全然一貫していない。そのことは、じつは、『シスター・キャリー』第一章のなかの、トラクテンバーグが着目した箇所まで待つまでもなく、冒頭三つのパラグラフを吟味しただけで明らかになるのである。

まず小説の第一パラグラフは、キャリーが汽車に乗って故郷を離れる有名な場面である。ここには、「頭はよいが、内気で、無知と若さゆえの幻想をいっぱい抱えていた」(3)などという、小説の文章としてはやけに概括的な言い方が出てくるのが多少気になり、その言い方に含意されているような若い田舎娘を見下すような視点と、父母や故郷との別離に涙を流す娘を描く感傷的な言葉にこめられた同情とがどう釣り合うのか、引っかかりを感じるかもしれない。それでもしかし、このパラグラフは全体として、登場人物を三人称で指示する語り手の視点と語り口であらわされており、ふつうの小説を読み慣れた読者には問題なく読み進めることができる。このような語り口は、神のような全知の視点から非人格的な客観性を帯びて発せられ、言語を透明な媒体として客観世界を捉えうるというリアリズムの幻想とされる傾向を極端にまで進めた自然主義小説に支配的な文体と目される。そういう文体がドライサーの小説全体に貫かれているという軽率な見方すら流布している。

第二パラグラフになると、大都会シカゴへ向かう車中のキャリーの強がりと不安が書かれている。しかしここには最初からとつぜん、「もっとも（なるほどたしかに）（To be sure）」（3）などという主観的な判断を含む言葉が出てきて、そのあと、仮想的状況を述べる接続法的な仮定法（might）、「数時間——二、三百マイルの旅なんか、大したことはないじゃないの（What, pray, is a few hours—a few hundred miles?）」（3）という反語的な疑問文などが続き、このパラグラフの前半はどうやら、登場人物キャリーの主観がいわゆる描出話法ないし自由間接話法で表現されたものである。このような自由間接話法は、登場人物の視点や意識を模写して物語を述べるためのミメーシス的な仕組みの一つで、全知の視点を相対化して、神ならぬ人間の主観を中心に据えようとする心理主義的な小説の手法であり、比較的新しい表現法だとしても、一九世紀末の読者にはすでに見慣れたものであったはずだ。ここで指摘しなければならないのは、ドライサーの小説は客観的描写によって支配されているなどという通説が、小説冒頭の第二パラグラフで早くも覆されるということである。この小説における情景や出来事はたいてい登場人物の主観に染め上げられているのであって、そういう主観を語りのなかに組み込む仕組みとして、ここに見られるような自由間接話法は、これまであまり吟味されてこなかったけれども、のちに述べるようなドライサー特有の偏りを伴いつつも多用され、この小説に頻出しているのである。

ただし、自由間接話法は、話法に関する文法の用語で「伝達部」と呼ばれる部分を欠いているのが特徴である以上、「被伝達部」と呼ばれる部分が登場人物の言葉であると明示していないので、ときには解釈上の困難をもたらす。第二パラグラフの疑問文は、時制が現在形になっている点から言っても、疑問符のついた文型になっている点から言っても、直接話法に限りなく近づき、間接話法としての自由度がきわめて大きい。この疑問文が過去時制になっているか、あるいは、「伝達部」を欠いていても引用符で括られていれば、文句なくキャリーの言葉と解釈できよう。だがそのいずれでもない。それに、この疑問文に含まれている古めかしい言い回し（pray）は、キャリーの言葉にしては奇妙である。これらの語法的特徴によって、この疑問文はキャリーのものとも語り手のものともつかぬことになる。かりにこれを自由間接話法ではなく、語り手自身が発したディエゲーシス的な言葉と解すれば（そうであれば引用符がないのは当然である）、トラクテンバーグのいわゆる「物語そのものを語る声とは明確に異なる調子と言葉づかいに彩られた「別種の」声」は、すでに早くも一ページにあらわれていることになる。小説の語り手がキャリーに向かって「大したことはない」と言っているとすれば、それは、キャリーを励まそうとしているのか、あるいは、キャリーの徒らな不安をあざ笑っているのか、曖昧になる。この疑問文をキャリーの言葉とも語り手の言葉とも決めずに、この一文が二重の視点を担っていると解することも、翻訳上の困難に直面することになるにせよ、可能かもしれない。

要するにここには、自由間接話法にもともと潜んでいた、全知の視点の語り手とその箇所の視点を担わされた登場人物との共犯関係がいきなり前景化している。しかし、語り手が「私」と言い出してさえいないこの段階では、一応ここは、キャリーの思いを伝達する話法と受けとる方が無難だろう。シカゴ到着直前の箇所で、キャリーが「なかば目を閉じて、これは大したことではない、コロンビア・シティまでわずかな距離じゃないかと考えようとした」(10) と、今度はキャリーの言葉であることを示す完全な間接話法で、第二パラグラフと同じ趣旨の思いが繰り返されているとなれば、なおさらのことである。

三つ目のパラグラフは、「十八歳の若い娘が家庭を離れれば、残された道は二つしかない」(3) で始まり、「都会」を「誘惑者」にたとえて、キャリーの行く手に待ちかまえる危険を、世の中を知り尽くした道学者めいた口調で高みから解説する一節である。このパラグラフは一貫して現在形で述べられている。小説の地の文における現在形の文章は、タイムレスな普遍的真理を述べるものと受けとられる。これはむしろ論説の文体であり、小説に期待される物語の進行をいったん断ち切るものである。その上この文体は、三人称小説の語り手に許された全知の視点の特権を濫用して、そこに述べられた意見に過度の権威を付与するようにも響きかねない。また、語り手がこのように、登場人物の意識とはかけ離れたはるかな高所から意見を吐くものの言い方をし始めるのは、語り手の姿勢が直前のパラグラフであれほど登場人物に一体化したように思われただけに、読者にとって追随がいっそう困難な急転であり、飛躍である。この種のくだりは、ドライサー文学が反発を買った原因の一つになった悪名高い「哲学者ぶったものの言い方 (philosophizing)」であろう。そういう箇所で多少とも感じられるのは、トラクテンバーグの言い方に従えば、「語り手が登場人物でもあるかのようにことわりもなく顔を出してくる」という事態の現出である。

逆説とも聞こえるかもしれないが、語り手が登場人物と同じような現前をそなえて意見を述べることは、語り手が特権を濫用することになるというよりは、語り手が登場人物と同じ水準まで引き下げられ、全知の視点の権威や公平さを危うくする可能性も高い。語り手は読者に現前せずに徹底して隠れているほうが、小説世界を完全に支配、統轄しえているとみなされる。神は姿を現しているというよりも隠れていると言うほうが、多くの人びとの実感に訴えるのと似ている。じっさい、近代小説およびリアリズム小説は、語り手の現前（ディエゲーシス）をなるべく抑え、もっぱら登場人物と出来事の劇的描写に頼る手法（ミメーシス）を開拓してきた。そのほうが、語り手が顔を出して何かを明示的に主張するよりは、事実に語らせると言われるたぐいの客観性を確保できると思われていたからだ。だが、一九世紀前半までの小説では、語り手が物語の途中でしゃしゃり出てきて、意見を述べたり、登場人物や読者に呼びかけたりすることはめずらしくなかった。古い感傷小説、あるいはストウ夫人の『アンクル・トムの小屋』やファニー・ファーンの『ルース・ホール』などを読んでみれば、特にそのことが顕著である。

ところで、古い手法が忘れられかけたころに再利用されると、何か目新しい手法であるかのように受けとられる。小説の読者たちが、リアリズムとは真実をとらえ、真実とは客観的なものであると決め込むようになった時代に、作者の主張を、劇的な描写のなかにさりげなくこめられた含意にとどめるのではなく、論説のような明示的な言葉で語り手に語らせるのは、小説という書き物の性格を問い直すための仕掛けとも見えてくる。語り手が隠れれば隠れるほどかえって神に似てくるのであれば、いっそしゃしゃり出る方が全知の視点を相対化して、これが物語であるということを読者に意識させやすくなるし、神ならぬ人間の主観を直截に打ち出すからだ。『シスター・キャリー』の冒頭第三パラグラフに見られるこの表現も、そういう効果をもたないとは言い切れないはずだ。しかし、ドライサーは、小説というジャンルを問い直すような方法意識の先鋭な作家とはみなされない。じっさい、彼が小説に新しい様式を持ち込んだとすれば、それは、方法意識に導かれた実験の成果というよりは、彼の時代と生い立ち、ジャーナリズムを通過した経歴などのために、選ぶ余地もなく無自覚のうちに身につけた書き方だったのだろう。語り手が現前する文体は、『シスター・キャリー』出版当時の感傷小説をはじめとする大衆文学ではまだ盛んに使われていたから、忘れられていないためにただ古いだけと意識される手法とみなされたばかりか、洗練に欠けて卑俗な様式でもあった。この古い手法が新しい機能を帯びるかもしれないなどとは、これまで考えられなかったのも無理はない。

3

『シスター・キャリー』冒頭の三つのパラグラフは、右に見てきたように、それぞれまったく異なる文体や視点が支配している。それらはトラクテンバーグのいわゆる「物語の内部」にかろうじておさまっているとしても、変化の幅は大きく、語り口は安定したものでも単調なものでもない。

小説には文体の統一が重要だとすれば、これほど不統一な文体をどうして評価することができようか。冒頭ではパラグラフごとに文体や視点が入れ替わるのだが、小説を読み進めれば明らかになるように、この種の転換は同一のパラグラフの内部でも、場合によっては同一のセンテンスの内部でも起きている。そのために語り手は、物語を客観的に淡々と述べるかと思えば、神のような公平さをかなぐり捨てて登場人物に同情したり肩入れしたりし、また逆に登場人物を知的に批判したり道徳的に裁断したりするようにも思えるので、その立場を見定めるのが困難になる。自由間接話法にしても、キャリー以外の登場人物の視点からのものも随所にあらわれるので、語り手が一体化する登場人物はキャリーだけとは限らない。語り手が物語に直接介入してものを言う箇所にしても、その立場は、キャリーを見下し断罪するような調子から、最後には「ああ、キャリーよ、キャリー！」（455）などと愛惜をこめて呼びかけるに及ぶまで、大幅な変動を見せて一貫しない。「誘惑者」に対して「いつまでものさばることのないように」などと敵意をむき出しにしている部分にしても、誘惑をダブル・バインドと見たかつての女性作家たちと同様に、「誘惑者」への賛嘆の念を秘めており、それが、「誘惑者」の魅力に感応するキャリーに同情、共感を寄せるときの基盤になっているのであろう。このような分裂や対立は、ドライサー小説の動力学の根底をなす矛盾をなし、それはまた小説の文体や視点における分裂や対立となってあらわれる。

たとえば、キャリーがはじめて舞台に立った芝居の開演前に、劇場のロビーで知人たちとくつろぐハーストウッドの悠然たる姿を述べた一節は、「こういうありさまから、この男の身分が見て取れよう。それは、実際のところはくだらないものだとしても、それなりに偉大なものだった」

(163)と締めくくられている。この最後の一文から、ハーストウッドが賞賛されているのか、軽蔑されているのかを見定めるのは困難である。ここで起きているのは、同一のセンテンスの内部で対立した見方が衝突しているという事態である。ハーストウッドの身分を「くだらない」とする見方と「偉大だ」とする見方が併存しているのである。前者の評価は、冒頭の三番目のパラグラフの視点に近いとすれば、後者の評価は第二パラグラフの視点に近いと言えよう。これをどちらか一方の側へ回収してしまうのは、小説があらわそうとしているものを歪めることになる。このような矛盾や不統一は、小説のいたるところであらわれている。語り手が自己分裂を起こし、みずからの内部で対立するだけでなく、登場人物を批判したり、どこにいるのか不明のままにとどまる論敵に反論したりもする。登場人物たちが語り手や世間と論争するときもある。その結果、語り手がどこに足場をおいているのか、あるいは小説全体がどういう立場に立っているのか、簡単には見分けがつかなくなる。

このような矛盾は小説のさまざまなレベルで見出せるので、実例をあげ尽くすのはとても無理だが、右の一文内の矛盾の例ではいかにも小さいかもしれないので、もう一つだけ例をあげよう。第五章で、ハーストウッドが支配人をしている酒場が、主としてドルーエの視点から賛嘆をこめて描かれる。表面上賛辞とも見えるこの文章にも、しかし、ドルーエによってこめられるはずもない皮肉がかいま見える。皮肉というのは、たとえば「この店は、シカゴの基準によればじつに豪勢な酒場だった」(41)という文のなかの「シカゴの基準によれば」などという留保や、「ハーストウッドはそれなりに興味深い人物だった」(41)という文のなかの「それなりに」という句によって、さりげなく示唆される限定から生じている。このあとの箇所に、現在形であらわされた例の論説調の文章がまた一パラグラフ続く。このあたりの叙述は、酒場というものの軽薄さを非難している言辞とも見える。じっさい、「酒を飲む趣味がない人や、もっとまじめな考え方をする質の人から見れば、こんな浮わつきざわめくきらびやかな店内は、きっと奇怪なものと映るにちがいない」(44)と言われていて、小説冒頭の第三パラグラフの視点をふたたび思い出す。だがそこには、「にもかかわらず、人びとがここにたむろし、ここで駄弁にふけり、ここでさまざまな相手と交じり合うのを好むという事実には、説明になるような何らかの根拠があるにちがいない」(44)とか、「つきつめてみれば、社交を求めるこういう渇望は、よりよい社会秩序の前触れであると言ってもいいかもしれない」(44)とか、酒場を弁護する文章もあらわれる。

つまり、ここには酒場への非難と弁護が同居している矛盾が見られる。最終的には「酒を飲む趣味がない人や、もっとまじめな考え方をする質の人」への反論であるとまとめることもできるが、そうまとめるにしても、この高級酒場にスノビッシュな喜びを見いだすドルーエや、その支配人として満足しているように見えるハーストウッドに対する皮肉つまりアイロニーがすっかり撤回されるわけではないので、非難と弁護の矛盾した見方はやはり残るのである。この高級酒場は、ドルーエやハーストウッドの視点からいったん讃美され、つぎに「酒を飲む趣味がない人や、もっとまじめな考え方をする質の人」の視点から批判され、さらに、その批判に対する反論が語り手による酒場弁護論として出てくるといった具合で、視点が二転三転している。それに、論説を展開する語り手の正体は小説中でたえずぶれを起こしてつきとめがたい以上、「酒を飲む趣味がない人や、もっとまじめな考え方をする質の人」とはいったい誰のことなのか、また、そういう人に反論しようとする人はいったいどういう人なのか、ほんとうははっきりわからず、小説全体の最終的な立場はやっぱり明瞭でなくなる。

この小説の文章には、反駁、抗議、激励、説教、叱咤、懇請等々、各種の発話内行為が、ときには誰に向けられているのか不明確な場合も含めて無数に埋め込まれている。そのためにこの小説の文体は、世間で人びとを動かそうとする発話行為としての種々雑多な社会的言説が交錯し、葛藤しているさまを実演してみせるものになる。語りの声は、ときには、道を過てる者を難詰する道学者じみた姿勢をとり、そのあとで、心弱き者たちを弁護するような論説を差し挟む。しかし、さらに注目されるのは、心弱き者としての登場人物たち自身による自己弁護を、自由間接話法を通じて示していることである。

だが、キャリーやドルーエやハーストウッドといった無学な登場人物は、言葉による表現能力が劣っているので、彼らの意識をあらわす自由間接話法は、ドライサーの独創によらねばならなかった。トラクテンバーグは、「事情を知的に説明できないような登場人物は、［ヘンリー・ジェイムズ流のリアリズム小説の］基準に照らして成立しうる登場人物としては排除される」(102) という背景の前で、ジェイムズによる小説『ある婦人の肖像』の主人公イザベル・アーチャーとキャリーを比較しながら、キャリーを新しい型の登場人物として評価している。そういう人物の視点に立つ自由間接話法は、厳密な意味では、一九世紀末に確立していた自由間接話法とは異なる。登場人物たちの言語能力が不足しているため、彼らの言葉をなるべく忠実に再現する話法に頼ろうとしてもうまくいかず、彼らの思いを別のだれか（語り手）がある程度代弁してやらなければならない。こういう登場人物の限界を作者が認識していたことは、小説のなかでときどき明らかにされている。

たとえば第一一章で、キャリーがドルーエとハーストウッドのちがいを見抜いたことについて、「考えをまとめて、ドルーエの欠陥をうまく言いあらわしたり、二人のあいだの隔たりを説明したりすることは、キャリーにはできそうもなかったけれど、勘は働いた」（97）と言われている。キャリーがハーストウッドに口説かれる場面を描いた第一二章では、「キャリーはもともと口上手ではなかった。考えを流暢にまとめることはできなかった」（109）という注釈があらわれる。また、第三五章では、ハーストウッドが家事の手伝いを始めたことについて、「家の中でぶらぶらしていたいという一念で、どういう訳か、その償いに何か用事をしなければならないような気持ちになったのだ」（318）とあり、ペンシルヴェニア版ではこの後に、「そのことをこんなふうにあからさまに考えたわけではなかったが、そこには潜在意識の示唆が働いていた」（PE. 360）と続いている。このような手法に対するドライサーの自覚をもっとも明確に語る一節は、『アメリカの悲劇』に見出される。クライドの内的独白にあたる自由間接話法の直後に、「彼はこんなふうにはっきりと自分の内奥の気持ちを言いあらわしたわけではなかったが、彼の心底の気持ちは大体こういった性質のものだった」（324）と言われている箇所である。

登場人物が言葉で言いあらわせなくても感じとったことを、このように語り手が代弁する形であらわす自由間接話法とは、ほんとうに自由間接話法と言えるのか疑問に思われるかもしれない。だが、やっぱりそれは、知的でない登場人物を視点にした自由間接話法としか呼べないものである。

ただし、そのために、小説冒頭第二パラグラフにおけるあの疑問文のように、登場人物の言葉なのか、語り手の言葉なのか、定めがたくもなるのだが。

自由間接話法の使い方において、ドライサーはヘンリー・ジェイムズなどとは異なる。『シスター・キャリー』には話法の文法にもとる場合もあり、第三八章には二箇所で引用符の明らかな誤用（345）もある（ペンシルヴェニア版では改訂して引用符を削除してある）。代名詞、時制、引用符などの句読法、接続詞、等々の用法を通じて定式化された話法の文法が確立したのは、いつ頃のことか詳らかにしないが、そう古いことではないらしい。たとえばキャサリン・セジウィックの『ホープ・レズリー』（一八二七年）における引用符と話法の文法が今日の標準とは異なっていることは、読めばすぐに気になる点である。そこから、『シスター・キャリー』における話法の、現代標準文法からすれば破格となるような処理の仕方は、古い文体の名残とも見ることができるけれども、むしろ話法の視点となる登場人物の特徴に由来する効果とみなしたい。文法的な破綻を含んだ自由間接話法は、ドライサー的登場人物の個人意識——社会に流通する種々の言説の相克する場でありながら、明瞭な分節に欠け、他律性、混成性の著しい意識——の不分明さに見合っている。

4

『シスター・キャリー』の文章は、ジャンルの性格や視点から言っても、語彙、語法、構文のレベルから言っても、さまざまな種類の文体が目まぐるしく交替しながら紡ぎ出されている。さまざまな種類とは、冒頭の三つのパラグラフにあらわれた異なる文体だけに限られない。具体的な例をあげる余裕はないが、拙訳書の「訳注」でなるべく指摘したとおり、ジョージ・エイドの小話、オーガスティン・デイリーの戯曲など、他の作家の文章から一部をそっくり借用した箇所もある。新聞や雑誌の記事としてドライサー自身が以前に書いた文章を再利用した箇所もある。あるいは、他の記者が書いた記事や広告を、ときにはその切り抜きを原稿にそのまま貼り付けて利用している場合もある。流行歌や大衆的な詩からの一節、人口に膾炙した聖書の言葉や俚諺のたぐいなどもちりばめられている。これらの既成の言葉を含め、矛盾する視座から発せられた多種多様な言説が、一つに融合しているというのではなく、それぞれの特徴をとどめて互いにとっての他者性を保持したまま（したがって、異種の文体のどれかが最終的にアイロニーに化することもなく）一つの小説のなかに投げ込まれているので、この小説の文体は、全体としてみればその雑種性がめざましい特徴となるのである。

この雑種性を見抜いたフレドリック・ジェイムソンは、『政治的無意識』のなかで『シスター・キャリー』の文体を、リアリズム小説のなかにロマンスの要素が取り込まれた結果現出する「物語の異種混淆性（narrative heterogeneity）」（104）として高く評価しているが、リアリズム対ロマンスという見慣れた二分法にもとづくとらえ方では、まだそのほんとうの特徴を掬いきれていない。ドライサー小説の雑種性は、新聞記者、雑誌編集者としての彼の経験にも結びつけて説明できるかもしれないが、多数の著者による論説や報道や宣伝や創作が同じ紙面に雑居するジャーナリズムの様式に、むしろ通じている。

また、サンディ・ペトリは、『シスター・キャリー』のなかに「リアリズムの言語と虚偽意識の言語」との「二つの文体」(102) が競合しつつ共存していると論じて、やはりこの作品の文体の複合性に着目した。ペトリに対してトラクテンバーグは、「この見方には推奨すべき点が多々ある」と認めながらも、三点にわたって反論している。第一点は、この小説の「言語上の不連続性は多岐にわたり」、二つだけの文体に分けてみるのは誤りだということ、第二点は、「多様な文体を互いに切り離して見る」のは誤りだということ、そして最後に、消費文化に対するドライサーの肯定的な見方に照らせばわかるように、「虚偽意識の言語」がパロディとして批判されているというのは誤りだということである (116 n. 2)。この反論はいずれも正鵠を射ているものの、私には、ペトリの誤りとは何よりも、ドライサーの「意図性の問題は難問として残る」(109) としながらも、『シスター・キャリー』は「虚偽意識の言語」を「感傷性の言語の形式を真似たパロディ」(102) (つまりアイロニー) にしているとして、「リアリズムの言語」の方向への統一つまりモノローグ化を図っている点にあると思える。

もともと乱れがちな文章を著者の志向する秩序のもとに抑制してこそ文体が可能となるいう、伝統的修辞学に寄りそった文体観は、個人の統一された人格とか個人の自己統御とかを諸価値の根源とするリベラル・ヒューマニズムを前提としている。自己の内部に潜む他者を貧困階級、異人種、女性などに投影し、混沌をもたらす源泉として他者を疎んじる一方で、生命力の源泉として他者を取り込もうとするのが、西欧近代に浮上した個人というものの内実である。ジャクソン・リアーズが論じたように、「自律的な個人」や「自己統御倫理の内面化」は一九世紀ブルジョワ道徳の「中核」をなしていた（12-13）。だが、個人が成立するための経済的政治的条件は、はじめから当然の前提とされてめったに問われない。そのような境位に構築された「自律的な個人」の神話性をあばきたてたのが、自然主義文学に秘められた一つの次元だった。ドライサーを自然主義作家とするならば、そのような角度にこそ注目するべきである。ドライサーが精神分析に寄せた関心もこの角度に等しい。そのことを思えば、現代の脱構築批評の標的の一つが統一された自我であっても、さほど目新しい主張とは言えまい。そういう点から言えば、トラクテンバーグの論文は、この小説における語りの文体という重要な問題に取り組んでいるものの、「誰が語っているのか。『シスター・キャリー』におけるドライサーの現前」という論文のタイトルからもうかがえるように、統一された人格としての語り手にまだこだわっているのかもしれないと懸念される。個人のよって立つ自我の他律性、混成性――一人格に潜む他者の存在――を前提にすれば、ドライサーの文体の異種混淆性をもう少しあるがままに受けとめることができるようになるのではないか。

このような、重層的ともモザイク的とも言える異種混淆性を積極的に評価するには、これまでいくつかの前稿で触れたが、ミハイル・バフチンの「ポリフォニー小説」という概念が有効であろう。バフチンは、社会に交錯する言説をヘテログロシア（heteroglossia）として捉え、それを実演した、たとえばドストエフスキーの小説における対話法的文体に注目する。バフチンは『ドストエフスキー詩学の諸問題』で、「文体の統一についてのモノローグ的な理解からすれば（またこれまでのところ、それこそが現存する唯一の理解の仕方なのであるが）、ドストエフスキーの小説は多重文体か無文体かということになる」（15）と述べている。ドストエフスキーの小説を「ポリフォニー

（多声）」ととらえ返した上で、バフチンは次のように論じる。

ドストエフスキーのポリフォニー小説に見られるのは、ふつうの意味の対話（dialogue）的形式、つまり、素材をそれ自体の独白（monologue）的理解の枠内で、統一された対象世界という堅固な背景の前で展開するような方法などではない。そうではなくて、ここでわれわれが出会うのは、究極の対話性（dialogicality）、すなわち、究極の世界全体の対話性なのである。（略）ドストエフスキーの小説は対話法的である。それは、他者の意識を対象として自らに吸収する単一の意識が構築する全体ではなく、複数の意識の相互作用によって構築される全体である。他者にとっての完全な対象となるような意識などはあらわれない。この相互作用により、できごと総体を何らかの通常のモノローグ的カテゴリーにしたがって対象化しようとする鑑賞者は、頼りにできる手がかりを得られなくなる――そしてそのために鑑賞者も結果的にはできごとへの参加者にならざるをえなくなる。（略）参加しない「第三者的人物」は、小説自体のなかにいかなる形でも描かれていない。文章としても、作品のもっと大きな意味においても、「第三者的人物」のあらわれる余地はない。そしてこれは作者の弱点ではなく、むしろ最大の強みなのである。このやり方によって、作者の新しい立場、つまりモノローグ的立場を凌駕する立場が確保されるからだ。（18）

バフチンはこの本で、ドストエフスキーの文体の独自性をより体系的な散文の詩学との関連で解き明かそうとし、第五章で「散文の言説の型」を分類してみせたあげく、その分類における第三のタイプ「他者の言説を志向する言説（複旋律性の言説）」を重視する。そのなかでさらに三つに分類された型の最後にあたる「他者の言説が投影された能動的タイプ」の散文は、「隠れた内なる論争」を実演してくれるものとして特に重要であるとしている（199）。それこそ、「究極の世界全体の対話性」をとらえるポリフォニー小説の文体に特有のものである。

これは、『シスター・キャリー』の文体にも応用できる分析だと思われる。つまり、バフチンに倣って言えば、『シスター・キャリー』の対話法的な文体は、「誘惑者」＝「都会」＝資本主義にあこがれて賛美する側と、それらが「いつまでものさばることのないように」批判する側とのあいだで、「隠れた内なる論争」が交わされているさまを実演してみせるものである。それはまた、キャリー、ドルーエ、ハーストウッドの罪障をめぐって交わされている隠れた論争をも体現していると言うことができる。「対話法」の一様相としてのこのような論争こそ『シスター・キャリー』の真髄であり、これまで悪文の見本とされてきたような不統一な文体や「哲学者ぶったものの言い方」の頻出は、この真髄と整合している。この小説には互いに他者にとどまる複数の視座が混在している以上、その文体はモノローグ的統一に収斂しようもないからだ。

このような文体ないし視点における分裂や矛盾は、欠陥としてではなく、小説の語りの豊かさとして受けとめられてもよい。豊かさとは、社会や人間にかかわるさまざまな問題についてたえず否応なく立場を選ばざるをえない人間が、モノローグへまとめる必要に迫られても、自らの内面にたえず投影される複数の他者がたがいに論争しているさまを、そのままあらわしているということである。語り手を一個の人格として想定すればとても一人格のものとは思えないほどに不統一な文体は、他者を奥底に潜ませて人格を多重化させる個人というものの真の姿にも、いつも分裂、対立して公然、隠然たる論争が渦巻いている社会の姿にも、どうにか見合っている。言い換えれば、『シスター・キャリー』の、登場人物の内面描写と外面描写、主観と客観、ミメーシスとディエゲーシスがたえず入れかわり、境目もはっきりしない文章、分裂し矛盾にみちている文体は、社会における異なる立場のあいだで交わされる論争を内面化する形で営まれるわれわれ自身の言語生活のありよう、つまり人間の意識を再現している。

そのような内面化を表現もし、促進もしたのが、小説や近代文学の果たした歴史的役割であろう。だが、内面化が自己完結に行き着こうとしていた時代に、やっぱり同化しきれない他者の言葉をもう一度想起させ、外部とのつながりを示すには、異種混淆的な文体が有効となる。しかも『シスター・キャリー』の語り手は、小説は自立した世界を創造すると主張する芸術自律論など知らぬげに、発語媒介行為を通じてときに読者に直接働きかけたり巻き込んだりして、小説というものがじつは、ささやかながら世界や人間についての説を立てて（これに比べたら、物語を語ることも、世相人情を写すことも、小説の二次的な機能にすぎない）「世界全体の対話」に参画するという小説観を、その語りに体現してみせている。「いつまでものさばることのないように」という言葉は、小説というものが現実再現（リプリゼンテイション、ミメーシス）であるのみならず主張（レトリック、ディエゲーシス）でもあることを、あらためて思い至らせる仕掛けのもっとも明瞭な一例にすぎない。

5

『シスター・キャリー』の語りの豊かさを認識しそこなうと、いかなる誤解にはまるかを実演してみせてくれたのは、『金本位制と自然主義の論理』の著者ウォルター・ベン・マイケルズである。彼によれば、『シスター・キャリー』が力強い理由は、キャリーが市場の論理を体現している人物として描き出されている点にある。しかも、市場の論理に身をまかせるのはキャリーだけでなく、作者ドライサーもこの論理に「コミット」(56) しているというのである。マイケルズはこう書いている。

キャリーの欲望中心の経済 (economy of desire) と必然的に結びつく姿勢は、(略) 一九世紀末から二〇世紀初頭にかけての歯止めなき資本主義を無条件に支持する姿勢である。したがって、アメリカ最高のリアリズム小説であるとも言える『シスター・キャリー』の力は、それが資本主義の「状態」を描き出した痛烈な「絵画」であることから生じたのではなく、そういう状態をもたらした経済を、臆面もなく、ただならぬほど額面通りに是認していていることから生じたのである。(35)

ドライサー小説の登場人物たちが資本主義のイデオロギーにとらわれていることは、たいていの論者にとって自明である。それは、伝統的な用語法に従えば「成功の夢」にとりつかれていると表現されてきた。もっとも端的な例は、ケネス・リンのアメリカ文学論『成功の夢』におけるドライサー批判である。リンは、登場人物はもちろん作者ドライサーも「氷のような人間」であり俗悪な利己主義者である、と決めつけて非難した。「成功の夢」などというそれ自体イデオロギー的な術語はその後批判され、用語法は転換されて市場の論理や消費の欲望に関連づけられるようになった。かつてのドライサー擁護者たちはたいてい、ドライサーがそのような幻想からどうにか距離をおいたからこそ資本主義の振りまく幻想にとらわれている人物を描けたと論じた。しかしマイケルズはそういう議論を真っ向から否定し、市場の論理や消費の欲望は資本主義の幻想であるどころかその力の源泉であり、ドライサー文学が偉大なのは、その登場人物も作者（あるいはテクスト）も、この力を体現しているからだと論じる。

　マイケルズは、これまでのドライサー擁護論に支配的だった単なるヒューマニズムの立場をセンチメンタルな道徳主義として排撃し、資本主義の力を体現した作家としての側面を軸にして評価することで、ドライサーのしたたかさを浮き彫りにしてみせた。ドライサーが資本主義の力を描いたことへの注目は、一九八〇年代以降のアメリカ文学界のなかで浮上してきた一部の左翼主義において珍しくはなかったが、マイケルズの特異な点は、この注目を当時の左翼主義的研究者による「〈野党的〉批評（"oppositional" criticism）」と彼が呼ぶものに対するむき出しの敵意と結びつけたことである。かつてのドライサー批評では、ドライサーにアメリカ社会批判つまり資本主義批判を見出す左翼やリベラルに対する敵意がドライサー否定論者に特有の傾向として見られたが、マイケルズは、これらさまざまなドライサー否定論者たちの論理の延長上に立ってドライサーの資本主義批判を否認することでドライサーを礼賛し、ドライサーを左翼リベラルから奪い取ろうとしたのである。

他方でマイケルズは、「資本主義に対するドライサーの個人的な敵意さえ、彼の作品を道徳的に体裁のよいものにしようとのちにあらわれてきては不首尾に終わっていった数々の試みの、最初の例のようなものと思えてくる」(58)と述べて、ドライサーのなかに見られる資本主義批判の姿勢を無価値として一蹴する。「歯止めなき資本主義を無条件に支持する姿勢」と「資本主義に対するドライサーの個人的な敵意」とは、相互に矛盾し対立する。しかしマイケルズは、後者を事実上は無視することによってこのような矛盾を覆い隠した。

それに対してレイチェル・ボールビーは『ちょっと見るだけ』で、マイケルズがこの論文の雑誌掲載版（"*Sister Carrie's* Popular Economy"）でつい筆を滑らせて書いてしまった「『シスター・キャリー』は反資本主義的小説なんかではまったくない」(390)という一文をとらえて、急所を突いてみせた。そして、「この小説は、資本主義が想定上達成することになっていたユートピアの姿で実現された世界を示しているわけではない。消費の魅惑的なイメージの背後にこの小説があざやかに描き出して見せてくれるのは、一八九〇年代に固有の形態の資本主義が生み出した社会矛盾のいくつかである。(略)この剰余価値が依然として依存している階級分裂や貧困は、壮観な豊富経済の高みから眺められ、常にもまして鮮明な絵図としてあらわれている」(61)と論じて、マイケルズに対する異論を提起した。

マイケルズは彼女の批判を気にして、著書の「序論」で、「ボールビーの言うことはたしかに正しい。ただし、具合が悪いと私が思うわけは、自分が言いすぎてしまったと感じるからでは全然ない――気になるのは、「支持する姿勢」などと言ってしまったことであって、それが「無条件に」かどうかという問題ではない」(18) と書いた。とはいっても彼は、ボールビーに見とがめられた「『シスター・キャリー』は反資本主義的小説なんかではまったくない」というくだりを刊本の版から削除した。それでも「歯止めなき資本主義を無条件に支持する姿勢」という表現はそのまま残してある。それで具合は悪くないのだろうか。

しかしながら、マイケルズの偏頗な解釈を見とがめることができたボールビーも、論の結末近くでは「食料無料配給を受ける人びとの列に加わったり、ブルックリンでスト破りをしたりして、無力にもがきながら没落していくハーストウッドのたぐいは、小説の描く絵図から除外されているわけではないが、ある意味では、成功した者たちの現実的および/ないし贋造的な世界の「愉悦」を際立たせる背景の役割しか演じていない」(64) などと述べて、せっかくの辛辣な指摘を取り下げるにも等しい見方に帰着している。だが、ルビンの壺の例で知られるように、同じ絵図でも見る人によって、あるいは同じ人の見方の変化によって、地が図に転じたり、その逆になったりする。希少経済 (economy of scarcity) は地たる背景にすぎず、豊富経済 (economy of abundance) という図を際立たせるだけなのか、それとも、豊富経済を地にして希少経済が図になっているのか。この小説の見え方は、小説を解釈する人の選択によって反転する。ボールビーは結局マイケルズに同調して前者の選択をしたことになる。

マイケルズは人間が社会に対してとりうる姿勢についてつぎのように論じる。

自らの起源を評価するためにそれを超越することは、少なくともエレミア以来、文化批判における初手だったけれども、この手口を額面どおりに受けとるのは確実に誤りである。その理由は、自分の文化を超越することがじつは不可能だからということよりも、それが仮に可能だとしても、そうすれば評価するための枠組がなくなるからということにある――もしかしたら神学的な枠組だけは残るかもしれないが。（略）あなたがそのなかで生きている文化を好悪の感情を寄せる対象として考えるのは間違いだ。好きも嫌いもなく、あなたはそのなかに存在しているのであり、好きだったり嫌いだったりするものもそのなかに存在している。(18)

ここでの主張は、自分が所属している文化を好きになる（支持する）のが正しいということだろうか。「自分の文化」を「評価するための枠組」は「神学的な枠組」しかないというのはほんとうだろうか。「神学的な枠組」などと言いだすのは、神は死んだという現代の常識につけ込んで「文化批判」の企ていっさいを封殺しようとする脅しにすぎないのではないか。

一つの文化のなかには分裂や矛盾があり、その文化が根底からとらえられた場合には、そのなかに存在している作家にも作品にも分裂や矛盾があらわれる。そういうことに注目する心構えがマイケルズにはない。それどころか、その種の分裂や矛盾を少しでも嗅ぎつけると、異種混淆的な文体のふくらみを押しひしいで平べったくし、論理貫徹しやすい無矛盾なものに転換してみせる。「歯止めなき資本主義を無条件に支持する姿勢」と明らかに矛盾する諸要素を「ドライサーの個人的な敵意」のあらわれとして片付けてしまう。そのあっけなさは、ボールビーが貧困の描写を「背景の役割しか演じていない」と言って一蹴するのと変わらない。ドライサーの作品が孕む資本主義美化と資本主義批判の矛盾やアンビヴァレンスを、前者だけに照明をあてる形で説明し、だからこそすぐれた作品であると評価するのは、論者の意識的選択である。もともとテクストから自動的に出てくる解釈などはないから、そういう選択も自由である。ただし、そういう選択の意味は確認されなければならない。

マイケルズの主張の意味は、いわゆる社会主義体制崩壊にいたる状況につけ込んで議論を混ぜっ返し、関曠野いわく「この語を肯定的なトーンで用いることはできない」(410) はずの資本主義という語を「肯定的なトーン」に染め変えることである。元来キャピタリズムという語は「金儲け主義」とか「大金崇拝」とか、皮肉混じりのペジョラティヴなニュアンスを帯び、マルクスもこの語を使用しなかったくらいなのに、いつのまにか資本主義は乗り越えられぬ絶対的な地平（全体的システム）だということにされ、そうだとすれば、その外側に出ようとしても無駄だから、現実を受け入れ、そのなかに幸せを見出せ、ということになる。これが「肯定的なトーン」の政治的メッセージである。

マイケルズの政治的メッセージは、「はるか彼方のものごとに手が届かないからといって、手を揉み身をよじって嘆き悲しんでみても、仕方ありませんよ」(SC 355) と語る『シスター・キャリー』の登場人物ロバート・エイムズを、欲望こそ力なりという真理をわきまえないとして一蹴しておきながら（35-36）、「五〇年代や六〇年代に道徳の問題で手を揉み身をよじって嘆き悲し」み、「七〇年代に認識論の問題で手を揉み身をよじって嘆き悲しむ」リベラルや左翼に対しては、エイムズの台詞に等しいことを自ら言い放って彼らを嘲笑する（14-15）論法にも見られる。この論法は、マイケルズによって「いま手にしているもので満足していれば幸せになれる」（34）という意味に解釈されたエイムズの主張と重なるではないか。マイケルズはエイムズの主張を、ハウエルズ流のリアリズムに通じる禁欲的なメッセージを体現していると見なして蔑む。だがじつは他方で、キャリーにとってエイムズは、現状に満足せよと説くどころか、キャリーの「新たな欲望の堰が切って落とされた」（SC 356）ような言葉を吐く人物としても描かれているのである。エイムズはたしかにインテリ的な体裁のよさを漂わせるリベラル的人物であり、影が薄いと評価されても仕方がない。にもかかわらずマイケルズはエイムズの台詞を、欲望の力をわきまえない錯誤のあらわれとして蔑みの的に仕立てあげたかと思うと、現実を受け入れよという意味に解釈して自らの主張に引きつけるから、論理の回転ドア（tourniquet）じみた仕掛けにはまって恣意的になっている。つまり、エイムズの扱いから浮かび上がるマイケルズの主張は、消費に関しては「はるか彼方のものごと」を望むことが力の源になり、世界観に関しては、システムの外側の「はるか彼方のものごと」を望むのは無力のしるしだ、ということである。

世界観における「はるか彼方のものごと」とは、ユートピアと言い換えることもできる。こうなると、「封じ込め」戦略に組み敷かれたテクストに潜む政治的無意識としての「ユートピア的衝動」の析出を文学研究の重要な課題と考えて『政治的無意識』を著したジェイムソンにとって、マイケルズの議論は放置しておけないはずである。マイケルズから無力さを冷笑された「〈野党的〉批評」陣営の一角を担う旗頭とも見られるジェイムソンは、先にも触れたように『シスター・キャリー』を、リアリズム小説のなかにロマンスの要素が取り込まれた結果現出する「物語の異種混淆性」をそなえていると見た。彼によれば、ロマンスの要素は、「後期資本主義のしだいに物象化していったリアリズム」においては封じ込められるのだが、「最初の偉大なリアリズム」作家たちにおいては、「彼らの扱う素材が根本的に異種混淆的であり刺激的であること、またそれに応じて彼らの用いる物語上の仕掛けが融通無碍であること」のおかげで健在である（PU 104）。ジェイムソンはドライサーを「アメリカにおける最大の小説家」（PU 161）と褒めそやすが、ドライサー文学を具体的に批評することはほとんどしていない。『政治的無意識』ではただ一箇所で、キャリーがシカゴの富の世界に魅惑される様子を描いた場面を引用し、これを「バルザック的な修辞」からの移行としての「ドライサーにおけるもっと的確な意味で現代的な〈文体〉の実践」と見て、「修辞」から「文体」への移行に読者の注意を向けさせながら、このような「文体」がもたらされたわけは、「物象化の時代に新たな中心を占めるようになった主体」の「比類なく強められた感覚の出現」のせいであると論じている（PU 160-61）。

キャリーという「モナド」における新しい感覚とドライサーの新しい「文体」を「物象化の効果」と見なすジェイムソンの議論（PU 160）は、マイケルズの主張に近いようにも見える。しかし重要な違いは、マイケルズが「市場の論理」の体現をそのまま「力」の獲得と見るのとは反対に、ジェイムソンは「物象化の効果」を、ふつうは「喪失と制約」（PU 160）をもたらすものと見なしていることである。そのうえでジェイムソンは、物象化に内在する矛盾のドライサーにおけるあらわれとして、新しい感性と文体という「異種混淆的な要素」に着目する。このためにドライサー作品は、「資本主義に対する無条件の支持」どころか、「ユートピア的衝動」を伝えることになるというのである。

この違いから予想されたジェイムソンのマイケルズ批判は、著書『ポストモダニズム』にあらわれた。そこでジェイムソンは、市場を「全体化する概念」として濫用するマイケルズを批判して、「市場を第一義的なものと認めることは、資本主義に対する見方としては混じりけなしのイデオロギーである」と指摘し、マルクス主義者らしく「生産の第一義性」を確認する（PM 211）。また、マイケルズが提起したような議論を許す条件として、「社会主義とはいかなるものであるべきか、いかに機能するべきかということについての明確な構想が、とりわけ社会主義諸国自体で、すべて崩壊したことに助長されて、（略）「社会主義はうまくいかない」という確信が、今日、一見したところあらゆる方面で受け入れられている」事態をあげ、「いまこそこの問題を公的な場で討論すべきときである」と訴える（PM 207-8）。そして、マイケルズの「同質化する方法」が資本主義以外の可能性についての考察を禁じていることを批判する（PM 211）。

「〈野党的〉批評」の無力を揶揄するマイケルズの言葉には、「システムはじつはそれほど全体的なものでなく、改良できる」などと考えている連中に対する批判として正当性がある、とジェイムソンは認める（PM 207）。それは、「左翼の自己規定がせいぜいよく言っても混乱している今日」（PM 204）では重要な指摘である、と。だが、システムの外へ出るなというマイケルズの説にそのまま従うわけにはいかないジェイムソンは、「社会主義は、資本主義の内部にすでにあらわれつつあり（略）、理想とかユートピアとして登場するのではなく、すでに存在し、趨勢をなして浮上しつつある一連の構造として登場してくる」というマルクス主義の初歩的見地をふまえ、「現在のなかに未来が現前しているというこのモデルは、したがって、現に存在している現実の「外へ踏み出して」何か別の空間へ向かおうというのとは、明らかにまったく異なる」と論じる（PM 205-6）。

資本主義の内部にすでに存在している社会主義とは、資本主義に現にかけられているさまざまな「歯止め」のこと——社会主義諸政党や労働組合による運動、反戦平和、フェミニズム、環境保護、弱者救済など種々の社会運動、言論の自由の主張やイデオロギー批判、民族自決や人種差別撤廃の要求、等々——である。これらの「歯止め」はたしかに体制内のものであり、権力を補完する可能性もある。それらが体制の変革を迫る矛盾を生み出すかどうかという問題は、あらかじめ定まっているのではなく、個々の場合に応じて具体的に検討してみなければならず、また、たえず変化してもいる。そのうえこの問題は、客観的な真理をどう見るかということではなく、見る側と見られる側との相互規定性に貫かれている。換言すれば、体制に内在する要素はつねに体制補完の役割を果たすと見なす者は、維持される体制との共犯性を帯びる。他方、体制の変革を求める者は、可能性にみちた矛盾を体制内に見つけ出そうとする。現実のなかに内在する矛盾に注目するこの姿勢は、内在論と超越論の対立を止揚する。

ジェイムソンはこう結論する。

それゆえ私は、マイケルズとは正反対の結論を引き出す。つまり、消費や商品化に対する批判が真にラディカルなものになるのは、その批判のなかに、市場の問題そのものだけでなく、なかんずく、もう一つのありうるシステムとしての社会主義の本質についても、具体的な考察が含まれている場合に限られるという結論である。（PM 207）

社会主義の本質についての考察は、言うまでもなく現実に内在する矛盾についての考察であり、政治的イデオロギー的実践である。ジェラルド・グラーフは、論文「とりこみ」でやはりマイケルズ批判として「資本主義市場の外部に何かがありうるかどうかという問題は、哲学の問題ではなくて実践上の政治の問題である」（179）と述べ、ジェイムソンが論じているのと同じことをもっとそっけなく表現した。

ただしジェイムソンは、批評実践においては「哲学的イデオロギー的研究よりも文学的文化的分析のほうが優先」（PM 209）すると述懐した。この点に彼がマイケルズに同情を見せる理由を探りうるかもしれない。ジェイムソンは、超越論への傾斜いっさいを峻拒するマイケルズの内在論志向を、彼が論文を書くときの「美学（ないし文章上の慣習）」（PM 188）でもあると見なす。つまりそれは、ニュー・クリティシズムがいわゆる外在批評を極力排斥したときと同様の、政治性を帯びた趣味の問題であるということだろう。ドライサーの俗悪さをむしろ賛美するマイケルズの姿勢は、スーザン・ソンタグがキャンプと呼んだものに熱を上げる趣味に通じているのではないか。マイケルズは、体裁のよさなどを歯牙にもかけぬ言葉遣いや論法の点で、また、非文学的テクストを多用する点で、審美主義とは無縁に見えるかもしれないが、その内在論は、外在批評を拒否する審美主義であると見なすこともできよう。

ジェイムソンにとって「文学的文化的批評」は、「あらゆる表象表現が、細部にわたる具体的な充実をそなえながら、自らの挫折を示してくれるさま」を解明する作業であるが、「あらゆる表象表現はいかなる場合も挫折し、想像はいつも不可能だから、重要なのは想像力の挫折であり、その達成ではない」(PM 109)。「ユートピア的衝動」とは未来の世界像を空想することではなく、想像力の挫折のことであり、きわめて陰画的なものである。この底には、「歴史の進歩は、成功によってよりも失敗によって勝ち取られる」(PM 209) という悲観的な歴史観があり、社会主義の展望や変革の主体が見えにくい米国のなかでアカデミー内部に閉じ込められた「野党的」批評家たちの状況がある。にもかかわらずジェイムソンは、「進歩」への切実な希求から「ユートピア的衝動」にこだわり、マイケルズ批判の必要に迫られると、ポスト構造主義に淫したいつもの姿勢からちょっと立ち直って、「社会主義の本質について」考察することを提案するに及ぶのである。

6

ジェイムソンがぎりぎりのところで「〈野党的〉批評」に踏みとどまることができたのは、内在論と超越論との対立にとらわれることなく、ドライサーの文体に「異種混淆性」を感知しえたからであろう。ジェイムソンの探りあてた「異種混淆性」とはリアリズムのなかにロマンスの要素が混淆していることだが、小説のなかに悲劇の要素が混じる「異種混淆性」もあると言えるのではないか。この小説は実現を阻まれた欲望の物語として悲劇に通じているが、その悲劇的要素は作品のなかで潜在的なものにとどまり、十全な表現に達していないことが明らかである。しかし、この小説において悲劇がせいぜい文体の「異種混淆性」現出に貢献しているだけだからといって、マイケルズのようにまたもや異質な要素を押しひしぎ、検討の対象から外してしまうわけにはいかない。

マイケルズは『シスター・キャリー』の孕む悲劇の要素について、つぎのように述べ、その意義をあっさり否定する。

この小説は、ハーストウッドの死というもっとドラマティックな場面を、（じっさい初期の草稿ではそうなっていたように）結末に据えることもできたはずだった。あるいは、教化されたおかげでエイムズの説く自足の道を選んで欲望を捨て去るキャリー像を結末にすることもできたはずだった。そういう代替案の結末は、物理的生命の実態（死、欲望の限界）と折り合いをつけることによって、この小説をもっとお上品な反資本主義的作品に仕立てることになったであろう。(55)

マイケルズは、ハーストウッドの死の場面を結末にもってくることで小説は「新たな、もっと悲劇的な芸術作品」(PE 535) になると論じたペンシルヴェニア版『シスター・キャリー』編者の見方を肯んじながら、草稿にしたがってじっさいにハーストウッドの死の場面が結末に据えられたペンシルヴェニア版を斥けた。現状肯定路線を軸に議論を進めたいマイケルズにとっては、悲劇が少しでものし上がってくるのは具合が悪いからであろうと思われる。

しかし、主役のキャリーが結末近くで世間的な成功を遂げた姿であらわされていることによって悲劇的意匠が曖昧になるというなら、ペンシルヴェニア版も初版と変わらない。だがどちらの版にしても、結末近くでハーストウッドの死が描かれていることはもちろん、キャリーが成功に幻滅を覚えて憂愁に沈む姿であらわされていることにも着目すれば、そこに悲劇がたとえ表立っていないにしても潜んでいると見えてくるではないか。最後の場面の順序をちょっと入れ替えたぐらいで物語の基本的性格が変わるとは思えない。とはいえ、悲劇的意匠が完全には実現されていないことに疑いはない。かつて私はこの隠れた悲劇的意匠を明るみに出すことに熱中したが、それはドライサー小説にこめられた「反資本主義」の姿勢を解き明かそうという意図に駆られての追究だった。のちに、そういう追究の不毛性を難詰しているマイケルズの議論を知ったとき、私はそれを座視するわけにいかなかった。

しかし現在の私としては、悲劇的意匠が潜在的なものにとどまって作品が悲劇として完全にならなかったことをあたかも惜しむかのような言い方をしたのは、バフチンのドストエフスキー論に照らして粗忽だったと反省せざるをえない。バフチンは「ポリフォニー」へ到達する「ドストエフスキーの著述原理」が、「きわめて異種混淆的かつ相互排除的な素材と複数の中心的意識とを統合し、それらの意識が約分されて単一のイデオロギー的分母に属させられることなく、その複数性をとどめたままにする」ことにあると見る(17)。この見地に沿うなら、『シスター・キャリー』の文体も、ドストエフスキーの文体に似た「複旋律性の言説」としての「対話法的」文体の「異種混淆性」や「隠れた内なる論争」の特徴を獲得し、感傷に流れる危険をかろうじて免れることができて、悲劇を潜在させるだけにとどまることになったと評価すべきなのであろう。複数性をとどめるディエゲーシスの説明としては、バフチンにつくに若くはないと思われる。

バフチンによれば、「ドラマにおける劇的対話や物語形式における劇化された対話は、いつも堅固で安定した独白的枠組のなかに包まれている」(17) から――すなわち、劇における登場人物間の対話は「単一の層からなる世界の明確に規定された背景の前で、作者、演出家、観客が抱く統合された視野」(17) のなかでおこなわれるから――、悲劇は全体として「独白的 (monologic)」であって、ドストエフスキーの小説の「対話的 (dialogic)」な文体とは相容れない (18)。ドライサーにおいても、あの潜在的な悲劇的意匠は、「単一の意識」に「吸収併合されない複数の意識」(17) からなる多極的な作品世界のなかの一極を担って、対話法を成立させるための貢献をするにとどまり、作品全体を悲劇として完成させるにいたっていないと言わなければならない。もし悲劇的意匠が顕在化するまでに仕上げられたとしたら、悲劇的意匠とその他の異質的要素との対立は弁証法的 (dialectic) に繰り上がって統一されてしまい、作品全体の「言説の型」は悲劇あるいは感傷小説にふさわしく「独白的」になって、「対話法的」文体が失われることになる。つまり、『シスター・キャリー』における分裂した語り手のあいだでの相互批判や、登場人物と語り手の論争などはあらわれようがなくなり、マイケルズが幻視した「資本主義に対する無条件の支持」を表明する語り手か、「誰が語っているのか」というトラクテンバーグのあの問いにすっきりした回答が出るくらいの「単一の意識」が浮かび上がってきかねなくなる。

「異種混淆」と言えば、リアリズムと悲劇を結びつけたエーリッヒ・アウエルバッハの『ミメーシス』における所論が想起される。アウエルバッハは、上流階級を悲劇のような荘重体で表現し、下層の描写は低俗な喜劇的文体で表現するように定めた「様式（＝文体）分化の規準（the rule of the separation of styles）」が打破され、「様式（＝文体）混合（the mixture of styles）」が実現された過程を通じて西洋文学の革新が果たされたと捉えた。とりわけスタンダールやバルザックによる近代リアリズム小説が、「日常的な生活から、その時代の歴史的環境に依存している任意の個人を選びとり、厳粛な、問題的な、悲劇的でさえもある現実描写の主題に仕立てたとき、様式の優劣を区別する古典的規準から決別した」と評価した（554）。つまり彼は、喜劇的文体で描かれるべき庶民的日常生活が悲劇的文体で表現されて、伝統的に分離されていた異質の様式が「混合」されることに格別の意義を見出したのである。これは、「異種混淆性」を評価したジェイムソンの見方にも似ているし、私が旧著でドライサー作品に悲劇的意匠を探ろうとしたときに触発されたレイモンド・ウィリアムズの『現代の悲劇』における革命と悲劇の関連に対する考察（75）にも通じているだけでなく、バフチンの「ポリフォニー」評価にも通じていると見えるかもしれない。

だが、アウエルバッハが「様式混合」と呼ぶものは、異質な様式が単なる「混淆」を越え、弁証法的に一段高められて「混合」する境域に達すると思われるので、その結果あらわれる様式は、バフチンが「モノロジズム」と呼ぶものにあたり、「対話法的」な文体とは異なるであろう。『シスター・キャリー』の文体を「対話法的」と謂おうとしたら、「他者の言説を志向する言説（複旋律性の言説）」がもっとも明瞭にあらわになる「隠れた内なる論争」を、この小説のなかに探りあてなければならない。

7

この小説におけるディエゲーシスが帯びる複数性はすでに例示した視点の分裂や矛盾に見られたのだが、もっとはっきりさせるためにもう少し例をあげよう。

キャリーがドルーエに囲われるようになったおかげで欲望が満たされるようになると、「ある品物を見るとすぐに、それをうまくものにできたら自分はどう見えるようになるかと考えはじめる。言うまでもなくこれは、高尚な反応ではないし、分別のあることではない」(93) という、保守的な道徳家が物欲を戒めるときに言うような言葉があらわれるが、そのすぐあとに語り手の言葉がつぎのように続く。

立派な精神を持っている人たちは、こんなことで心を悩ませはしない。だが反対に、きわめて低級な精神の持ち主も、こんなことで心を悩ませはしない。キャリーにとってきれいな衣服は、したたかな説得力をそなえていた。衣服は甘い言葉で、またイエズス会士のような詭弁を弄して、自己主張する。その訴える言葉が耳に届くところに足を踏み入れると、内なる欲望がその言葉に聞き入る。無生物と呼ばれるものの声！　石の語る言葉をわれわれにもわかるように翻

訳してくれる人などはどこにいようか。(93)

これは直前の説教じみた言葉に対する実質的な反駁であり、キャリーはモノの魅力に敏感に反応しうる感性を有していることに免じて弁護されている。欲望に悩まされる能力を有していることが、弱さであると同時に免責可能性をともなっているとも解される。「無生物と呼ばれるものの声」の説得力があまりにも大きくて、キャリーのような無学な若い女性には太刀打ちできるはずもないから、罪を問うのは酷だと示唆していると受け取れるではないか。ふつう程度の知的水準にある人びとが欲望に駆られるようになるのは避けられないとすれば、そういう人びとを誰が非難できようか。これが、欲望の犠牲になった人びとを擁護しようとする者が用いる論理である。小説の地の文は、教育のある人たちの言いそうな物欲批判と、物欲に惑わされる者たちの擁護とに分裂してもかまわずに、矛盾をそのままとどめた発言をするのである。

キャリーが、暮らしを支えてくれるドルーエと愛を告白してくれたハーストウッドとのあいだで動揺しだしたあたりでは、その状況はつぎのように語られる。

いまの身分は快適なものだった。だがそれこそが、世間を多少とも恐れている者にとっては肝心なことであり、そこからゆがんだ屁理屈も聞こえてくる。「先はどうなるかわかったものではない。世の中には悲惨な出来事が横行している。物乞いをして歩く人たちも大勢いる。女たちは身を持ち崩している。何が起こるか予測なんかできない。ひもじかったときのことを忘れ

てはいけない。いま手にしているものを、あくまでも大事にするがいい」（201）

ここではキャリーが、「ゆがんだ屁理屈」を持ちだしてくる誰か名指されぬ論敵を相手に内心で論争していると見なせる。最初の一文は過去形で表現されているので客観的な描写とも見えても、ここでは第三節で説明したようなドライサー特有のあやしげな自由間接話法が用いられているとも解され、そうだとすればここをキャリーの視点を明確にして「いまの身分は快適なものだわ」などと訳すことも可能であろう。第二文は、キャリーを外側から眺める語り手の言葉であることは間違いないとしても、「ゆがんだ屁理屈」とは、キャリーが外部から注入されて内面化したものかもしれず、キャリーが分裂して内心でその外部の声と言い争っているとも見られる。とはいえ、キャリーの論敵がじつは誰なのか、ほんとうはキャリーがどのような葛藤を経験しているのか、はっきりしない。というのも、「だがそれこそが」以下の文が現在形であらわされているからで、そのためにこの部分は、語り手が状況を説明しながらおこなっている、きわめて一般化した議論とも見えるからだ（このような現在形で表現された一般化が、ドライサー特有の悪癖として悪名高い「哲学者ぶった物言い」である）。

また、ハーストウッドにだまされて駆け落ちにつきあわされる場面でキャリーは驚き、憤慨して絶望に瀕するばかりだったが、やがてすぐに気を取り直す。

夢も希望も失ってはいない。大都会には豊かな可能性がある。もしかしたら縛を解かれて自由の身になるかもしれない——そうならないとだれに言えよう。ひょっとしたら幸せになれるかも。そういうことを考えていたおかげで、キャリーは不義を犯した女の自堕落な気分に落ち込まずにすんだ。希望を持ち続けていたので救われたのだ。(254)

キャリーは欲望に駆られて希望を持ち続けていたおかげで困難を乗り越えることができる。欲望は恵まれない人びとに立ち直らせる力を与え、資本主義の破壊力に抗して生き延びるのを助ける可能性もあるのだ。このくだりで「大都会には」以下は、自由間接話法であらわされたキャリーの内心の言葉であると考えられる。しかしこの自由間接話法はすぐに打ち切られ、最後の二文で唐突にキャリー弁護の弁を打つ語り手の声に替わっている。このような場面になるとこの語り手は、登場人物への異様なえこひいきの言辞を吐くことに躊躇なく乗り出す。私情を離れた語り手というよりは利害に駆られた弁護人になるのである。キャリーなんか単なる犠牲者に貶められるのが自明である、などという支配的文化の期待におとなしく従うようなことはない。

ハーストウッドが没落しはじめたころ、彼が感じる疎外感についての議論がつぎのような言葉で語られる。

こんな考えは、こんな低俗な人間の精神には思い浮かばないものだ——こんな感情を抱くには、もっと精神的発達を遂げた高尚な人間でなければならないはずだ——などと考える人には、つぎのような事実を顧慮すべきだと言いたい。すなわち、こんなことを考えないでいられる人間こそ、高度な知性の持ち主であるという事実を。より高い知性こそ、哲学の域に達して堅忍不抜の姿勢を培い、こんなことにくよくよしたり、苦しめられたりしなくなるのである。低俗な精神の持ち主は、形而下的な生活にかかわることとなると、どんなことにもはなはだ敏感である――極端に敏感なのである。百ドル失って血の汗を吹くのは知性のないけちん坊であり、最低必要限度の生活物資を奪われても微笑を絶やさないでいられるのは、エピクテトスのような人物である。（300-301）

この一節ははじめ、ハーストウッドのような「低俗な人間」に対する知的な人の軽侮をあらわしていると見えるが、最後まで読めば明らかなように、じっさいは知的な人に反論しようとしている。そこに含意されているのは、「高尚な知性の持ち主」なら、下層民が与えられた条件に苦しむどころかだいたいはそれに満足していると考えそうだ、ということである。小説の地の文の語り手は「高尚な知性の持ち主」に与していたことなどなかったかのごとくに、高尚な人びとが犯しそうな誤解に対して「隠れた内なる論争」を仕掛け、無学な人たちを「敏感」であるという長所に免じて見直すことによって弁護しようとしている。

小説の結末では、「目のくらむ虚飾にさらされたまま、そのただなかをキャリーは歩み、不幸の念に胸ふたがれていた」（454）と述べられ、「独りぽっちで座っているキャリーは、理性に頼るよりは感覚で動く人間が、美を追い求める果てに道を踏み誤り迷い込んだ袋小路をまざまざと示していた」（455）と語られる。つまり「過てる者が道を踏み迷うのは悪のせいではなく、むしろより善いものへの渇仰のせいである。理性になじまない感覚的な精神の持ち主を惹きつけるのは、悪ではなくて善であることのほうが多いのである」(454)と。「理性になじまない感覚的な精神の持ち主」とは知性に欠けて無学な衆庶に列する主人公たちのことだが、彼らとその世界の下劣さ俗悪さに対する裁断は遠慮なく下される。しかし裁断への反論はたえずあらわれて、彼らは強靱な力の犠牲者にすぎないからという情状酌量の訴えだけでなく、「美を追い求める」「敏感」な感受性ゆえに弁護される。地の文の語り手は、小説の冒頭でキャリーを「頭はよいが、内気で、無知と若さゆえの幻想をいっぱい抱えていた」(3)と見くだしていたのに、結末近くでは語り手自身が分裂して、見くだしていたはずの登場人物を弁護するために、冒頭の自らに「内なる論争」を仕掛けている。とはいえ、裁断の言葉が真実をついていることは、全知の視点にそなわっていた権威を多少ともとどめている地の文の語り手の言葉として担保されている。いかに弁護されたところで、彼らも彼らの世界も低俗であることに変わりはないのだ。

この小説では地の文を担う語り手の声がときには、道を誤る無学な人に権威主義的な裁断の言葉を浴びせるお偉い方々を思わせ、またつぎの瞬間にはこれに反論して犠牲者を救おうとする寛大な知識人を思わせる。さらに登場人物が、主として自由間接話法を通じてあやふやながら、語り手にあらがう自己弁護に取りかかる。こうして小説のディエゲーシスにはさまざまな立場のあいだでたたかわされる論争がこめられることになる。小説は、責められるべきは誰か、あるいは何か、ということをめぐってさまざまな論者が争う法廷劇のようなものになる。分裂した語りの声の一方の側は過てる者を告発し、世紀転換期のジャーナリズム、法廷、教育・宗教の講壇ではびこる言説を横領する。このような言説は、まぎれもなく他者の言葉として外在化する場合、「法」なり「因習」なりに属すると明示される（454）が、多くの場合、他者の言葉であることを多少感じさせながらも語り手に同化吸収された言説としてあらわれる。それに対立する側は、犠牲者を弁護しようとして、不公平な告発に対する抗議の声をおずおずとあげる。

『シスター・キャリー』における「隠れた内なる論争」は法廷での弁論に見立てることも可能だが、その裁判の結果は、立場の異なる他者の言葉が横溢するポリフォニーに彩られたこの作品の枠内では、不一致陪審により公訴棄却となるほかはない。それは黒白をつけようとするモノローグ化のたえざる努力がなされているなかで、この努力との緊張関係において対話法的文体が到達した結論である。公訴棄却の結果、「誘惑者」＝都市＝資本主義が疑問の余地ない有罪判決を下されずにすむだけでなく、無学で「理性になじまない感覚的な精神の持ち主」であるキャリーらも断罪を免れる。気をつけなければならないのは、だからといって「誘惑者」らも、無学で「理性になじまない感覚的な精神の持ち主」らも、無罪と証明されたわけではないし、まして、支持されたり美化されたりしたわけではないということ——むしろ、疑わしきは罰せられなかったとしても、疑い続ける読者が論争に加わる自由は保障されたということである。

■引用文献

Auerbach, Erich. *Mimesis: The Representation of Reality in Western Literature*. Tr. Willard R. Trask. Princeton UP, 1974.

Austin, J. L. *How to Do Things with Words*. Harvard UP, 1975.

Bakhtin, Mikhail. *Problems of Dostoevsky's Poetics*. Tr. Caryl Emerson. U. of Minnesota Press, 1984.

Bowlby, Rachel. *Just Looking: Consumer Culture in Dreiser, Gissing and Zola*. Methuen, 1981.

Davidson, Cathy N. *Revolution and the Word: The Rise of the Novel in America*. Oxford UP, 1986.

Dreiser, Theodore. *An American Tragedy*. 1925. World Publishing, 1948.

____. *Sister Carrie*. 1900. In *Theodore Dreiser: Sister Carrie, Jennie Gerhardt, Twelve Men*. Ed. Richard Lehan. Library of America, 1987, pp. 3-455. ［本文中の典拠表示には SC と略記する。］村山淳彦訳『シスター・キャリー』上・下（岩波文庫）、岩波書店、一九九七年。

____. *Sister Carrie: The Pennsylvania Edition*. eds., John C. Berkey et al. University of Pennsylvania Press, 1981. pp. 3-455. ［本文中の典拠表示には PE と略記する。］

Fern, Fanny. *Ruth Hall*. 1855. Penguin Classics, 1997.

Foster, Hannah Webster. *The Coquette*. 1797. Oxford UP, 1986.

Graff, Gerald. "Co-optation." In *The New Historicism*. Ed. H. Aram Veeser. Routledge, 1989.

Hapke, Laura. *Girls Who Went Wrong: Prostitutes in American Fiction 1885-1917*. Bowling Green State University Popular Press, 1989.

____. *Tales of the Working Girl: Wage-Earning Women in American Literature, 1890-1925*. Twayne Publishers, 1992.

Jameson, Fredric. *The Political Unconscious: Narrative as a Socially Symbolic Act*. Methuen, 1981. ［本文中の典拠表示には PU と略記する。］

____. *Postmodernism, or, The Cultural Logic of Late Capitalism*. Duke UP, 1991. ［本文中の典拠表示には PM と略記する。］

Lears, T. J. Jackson. *No Place of Grace: Antimodernism and the Transformation of American Culture, 1880-1920.* U. of Chicago P, 1994.
Lynn, Kenneth. "Theodore Dreiser: The Man of Ice." In *The Dream of Success.* Little, Brown, 1955, pp. 13-74.
Micheals, Walter Benn. *The Gold Standard and the Logic of Naturalism: American Literature at the Turn of the Century.* U. of California P., 1987.
____. "*Sister Carrie*'s Popular Economy," *Critical Inquiry,* 7 (1980).
Morita Seiya. 森田成也『資本主義と性差別――ジェンダー的公正をめざして』、青木書店、一九九七年。
Murayama Kiyohiko. 村山淳彦「『シスター・キャリー』の文体」、新英米文学研究会編『いま英米文学をどう読むか――新しい方法への試み』、三友社出版、一九八一年、三一五-三三一頁。
____『セオドア・ドライサー論――アメリカと悲劇』、南雲堂、一九八七年。
____「ふまじめをまじめに考えたら――批評理論としての言語行為論のゆくえ」、中央大学人文科学研究所編『批評理論とアメリカ文学――検証と読解』、中央大学出版部、一九九五年、一八五-二一三頁。
____「解説」、『シスター・キャリー』下（岩波文庫）、岩波書店、一九九七年、四八七-五一〇頁。
Petry, Sandy. "The Language of Realism, The Language of False Consciousness: A Reading of *Sister Carrie,*" *Novel* 10. Winter 1977: 101-13.
Pizer, Donald, ed. *New Essays on* Sister Carrie. Cambridge UP, 1991.
Plato. 藤沢令夫訳『国家』、『プラトン全集一一』、岩波書店、一九九三年。
Rowson, Susanna. *Charlotte Temple.* 1791. Oxford UP, 1986.
Sedgwick, Catherine Maria. *Hope Leslie.* 1827. Rutgers UP, 1987.
Seki Hirono. 関曠野「資本主義」、『コンサイス二〇世紀思想事典』（三省堂、一九八九年）、四一〇頁。
Sontag, Susan. "Notes on 'Camp.'" In *Against Interpretation, and Other Essays.* Dell, 1981.

Stowe, Harriet Beecher. *Uncle Tom's Cabin.* 1852. Washington Square Press, 1977.

Trachtenberg, Alan. "Who Narrates? Dreiser's Presence in *Sister Carrie.*" In Pizer, pp. 87-122.

第三篇　『シスター・キャリー』本文批評

『シスター・キャリー』は米国の高校や大学で必読課題図書に指定されるから、その市場は大きく、毎年いろいろな版で大量に出版されてきた。だがその本文（text）が版によって異なっているので、ほんとうはどの版を読むべきかという問題が生じる。

最初『シスター・キャリー』が世に出るにあたって、ほかならぬその出版社ダブルデイ＝ページ社から検閲まがいの扱いを受けたという『シスター・キャリー』受難物語は、作者が後付けで紡ぎ上げ、支援者たちによって広められた被害妄想的虚説だったとしても、それは世紀転換期アメリカ文化の後進性を象徴していると理解され、アメリカ文学史でよく知られたエピソードである。いずれにしても、千部ほど製作された初版本は半分も売れないまま廃版扱いとなったから、その後初版の本文が簡単に読めなくなったのは事実である。それだけならまだしも、厄介なことに、初版以外に、一九〇一年に英国ハイネマン社から出た短縮版、一九〇七年にドッジ社から出た改訂版がある。ドライサーが処女作『シスター・キャリー』によって小説家としてのデビューを果たすことに挫折し、雌伏一〇年後再起してからは、作者存命中最後に出た一九〇七年版がこの小説の標準テクストの扱いを受けていた。ホイットマンは『草の葉』を九回にわたって改訂したが、ふつうは最後のいわゆる「臨終版（deathbed edition）」が標準テクストと見なされるのも、作者生存中の最終版だからである。私が学生時代に初めてこの小説を読んだモダン・ライブラリー版も、この一九〇七年版のテクストに準拠していた。それぞれの版はまた、異なる出版社から体裁を変えて売り出され、大まかに一九〇〇年版、一九〇一年版、一九〇七年版のいずれかのテクストを採用していると分類できるとはいえ、結局三〇種類以上もの刊本が存在することになり、なかでも一九〇七年版を本文とする刊本が多かった。電子テクストが増えてくるとしても、それは刊本のデジタル化であろうから、どの刊本を選ぶかという問題は残るであろう。

この小説の刊行版をめぐる錯綜した実態は、中央大学ドライサー研究会編『「シスター・キャリー」の現在』巻末の「書誌（抄）」に要領よくまとめられている。これら三つの版のあいだに見られる本文の異同は比較的小さいとも言えたが、衝撃的だったのはペンシルヴェニア版の出現であった。この版に刺激されて、『シスター・キャリー』本文批評のあり方が私には気になりだしたのである。

1

ペンシルヴェニア版『シスター・キャリー』とは、一九八一年ペンシルヴェニア大学出版局が刊行した、この小説の新版を謂う。当時ペンシルヴェニア大学に客員として籍をおいていた私は、大学全体が一種の興奮をもってこの出版を迎える様子を目のあたりにした。大学内の購買部にこの本が大量に平積みされ、大学新聞は大きな紙面を割いてその刊行を報道した。それは一般新聞紙上でも扱われ、学界や文学界での事件であるだけでなく、社会的事件でもあるらしかった。この本の監修者ネーダ・ウェストレーク博士は、大学図書館最上階にある稀覯本室のキュレーターをつとめる老婦人で、興奮を抑えながらも誇りにみちた口調で、出版の喜びを私に語ってくれた。彼女は、このセクションにある有名なドライサー・コレクションの守護神のような人物である。私がそこの莫大な資料の山のなかから少しずつ手紙などを借りだしては、ドライサーの判読しにくい文字と格闘するために通っていた日々、彼女はいつもこの本のゲラを抱えて校正にいそしんでいたものである。

ペンシルヴェニア版は、セオドア・ドライサーの処女作でその後数かずの論争と伝説を生み出したあの小説を、初版出版後八〇年経ってから初めてその真の姿に復元したと称する刊本である。ウェストレークによる「序文」によれば、それが刊行されるにいたる背景はつぎのようなものである。

ドライサーの妻と彼の友人アーサー・ヘンリーは、手稿とタイプ稿を部分的に削除したり、改訂したりした。タイピストや出版社編集員が、いっそうの変更を加えた。一九〇〇年一一月に出版された『シスター・キャリー』は、編集段階におけるこの種の干渉や検閲によって損なわれていたにもかかわらず、今日にいたるまで、それがアメリカの他の版や外国の翻訳版の底本になってきたのである。ペンシルヴェニア版『シスター・キャリー』の編集者一同は、手稿やタイプ稿を頼りにして、この小説を著者が最初に書いた原作にできるだけ近い形に復元してい

る。すなわち、いっそう暗く、救いのない芸術作品へもどしている。(ix)

ペンシルヴェニア大学出版局から出版されたことにより、編集者たち自身によって「ペンシルヴェニア版」と名づけられたこの本は、「無削除版」『シスター・キャリー』の本文だけでなく、二〇〇頁近くに及ぶ「史実関連注釈（Historical Commentary）」や「本文関連注釈（Textual Commentary）」、「本文比較研究資料（Textual Apparatus）」を含んでいる。それは、現代アメリカ文学研究における本文批評（textual criticism）の実際を知ろうとすれば、一冊だけでその水準をうかがいうる書物として、ごく興味深いものである。しかしドライサー研究者にとってまず何よりも関心をかき立てられるのは、復元された原作と主張されるこの新しい本文と、これまでわれわれが真正のものと受けとって読んできた本文との差異がどのようなものか、という問題であろう。

この差異は、量的にはけっして小さくない。異文のなかでももっとも大きな部分を占めるのは、妻サラ（ジャグ）やヘンリーが示唆し、ドライサーが受け入れた削除によるものであるから、おのずとペンシルヴェニア版にあって一九〇〇年版にはない異文であり、その逆の例はわずかである。ドライサーはH・L・メンケン宛の手紙で、この種の削除が四万語にのぼったと述べているが、ペンシルヴェニア版の本文校訂をしたジェイムズ・ウェスト三世の調査によれば、ドライサーのこの見積もりはかなり正確で、タイプ稿から削除されたのはほぼ三万六千語であった（538）。これは、ペンシルヴェニア版で大ざっぱに数えて二〇万語あまりと見られる作品に占める語数としては、少ないとは言えまい。新たに復元された本文とは、まず何よりもこの三万六千語のことである。

だが復元された「原作」が真正の『シスター・キャリー』であると言えるかどうかという点に関しては、事柄はそれほど単純ではない。ウェストは、本文編纂上の原則を説明して、「ペンシルヴェニア版『シスター・キャリー』は、現代の学問的本文編纂原則にしたがって確立された」(577)と述べているが、ここで「底本テクスト(copy-text)」として選ばれているのは、ドライサーが最初に書いた手稿である。ニューヨーク・パブリック・ライブラリー・マニュスクリプト部に保管されているドライサー手書きの原稿は、一九一四年にドライサーからメンケンに贈られ、メンケンがのちにこの図書館に寄贈したのだが(536)、ペンシルヴェニア版の編者たちはこれを徹底的に研究している。この手稿だけが「ほとんど完全にドライサーの自由に左右できたテクスト」(578)であり、これにあとから加えられた削除変更はほとんどすべて、作者のオリジナルなテクストに対して外部から加えられた干渉ないし検閲の結果であり、純潔な起源に対する汚染(contamination)であって、その分だけテクストは腐蝕している(corrupt)と見なされる。しかし、そのような見方は、ドライサーの小説制作方法を根本から否定することになりはすまいかという疑義をよぶ。

ドライサーは小説を書くにあたって、まず手書き原稿を作り、それをタイピストに渡して浄書タイプ稿を作らせ、そのタイプ稿を身近の複数の人びとに読ませて「編集」させ、彼らの意見を取捨選択することにより、自分の最終判断を下して決定稿を作るという方法をとった。『シスター・キャリー』のタイプ稿はペンシルヴェニア大学図書館のドライサー・コレクションによって保管されていて(538)、ペンシルヴェニア版編者たちはこのタイプ稿に残っている改訂の跡も詳細に検討している。それにしても、『シスター・キャリー』のみならず、彼のすべての小説がこの方法によって仕上げられていて、彼の最初の手稿がそのまま刊本になった例は皆無なのである。それなのになぜ、『シスター・キャリー』についてだけは手稿を「底本テクスト」にしなければならないのか。

もちろん刊本たるペンシルヴェニア版の本文は、手稿を「底本テクスト」にしているとはいえ、手稿そのままではない。当然編集者による校訂がほどこされている。その校訂により手稿とペンシルヴェニア版とのあいだに生じた異同の箇所と校訂の根拠は、巻末の「本文比較研究資料」に明示されている。校訂の基準は、原作者が最終的によしと判断したテクストの再現にある。ペンシルヴェニア版の場合は、手稿を土台にして、その後に加えられた削除改訂のうち、純粋に原作者の芸術的判断にもとづくと見なされるものだけを組みこんだ本文が目ざされている。そこには当然校訂者の判断が入る。たとえドライサーの筆跡と認められる削除改訂であっても、それが他者からの強要や状況への追随の結果と見なされる場合は、校訂版テクストとしては採り入れられない。したがって、ドライサーの筆跡による改訂を定本に組みこむかどうかは、それほど恣意的に決められるわけでないとしても、究極的には校訂者の美的判断に基づいている。それでもペンシルヴェニア版は、他者が加筆した絵の具を洗い落とした結果ようやくわれわれの目にその真の形をあらわした名匠の絵画のように、まことの『シスター・キャリー』であると考えることができるだろうか。

ところでペンシルヴェニア版は、流布本とどのように違っているだろうか。この比較はなかなか手間がかかる。ペンシルヴェニア版はもともと流布版との異同について校注を入れる方針を採っていないし、細かな箇所（本文批評の用語では「偶発的」と呼ばれる句読法のたぐい）は「本文関連注釈」にも触れられていないので、流布版との異同を同定するのが厄介である。巻末にある「アーサー・ヘンリーによってしるしをつけられ、ドライサーによって受け入れられた大幅削除箇所」と題した一覧表（661-9）は、手稿と流布本との異同をもたらした箇所二百あまりを示している。それは実質的に、手稿から削除された三万六千語に相当するから、この一覧表は手稿を復元したペンシルヴェニア版と流布本との異同を突きとめるのに役立つ手がかりになりうる。しかし異同はこの種の削除だけにとどまらないから、この一覧表も異同を完全に把握させてはくれない。異同をもれなく知るにはペンシルヴェニア版と流布本をつぶさに比較するという、とても面倒な手続きを踏む必要がある。今では本文をデジタル的に処理して比較する方法があるけれども、それでも異同の全容を一覧化するのは、相当入り組んでいるので簡単でないであろう。『シスター・キャリー』がシェイクスピア戯曲のような合注本（variorum edition）としてあらわれることは、あまり期待できない。一九八四年度に一橋大学でおこなった私のセミナーでは、参加した学生諸君につきあってもらいながら、ペンシルヴェニア版と一九〇〇年版に基づくノートン版の本文比較の作業をした。あのときの学生諸君には感謝しなければならない。おかげで異同のおおよその姿をつかむことができ、拙訳書の訳注作成が大いに助けられた。

異同のうち私の目を引いたものは拙訳書訳注で紹介した。主たる例をひとつあげれば、初版第三八章で失業しているハーストウッドが求職活動を始めようとするくだりで、「何か探しに行ってみようと考えた。どこかの酒造会社が雇って何か仕事をさせてくれないかどうか、行って訊いてみよう」（278）云々という箇所は、初版では最初の文が間接話法であっても二番目以下の文が自由間接話法であるのに引用符をつけてあって、誤植と見なせるのだが、ペンシルヴェニア版では校注もなく暗黙のうちに引用符が削除されていて、自由間接話法としての文法に従う表現になっている（PE 387）。初版を底本テクストに用いたパイザーは、初版の誤植をあちこちで注なしに校訂してあるのに、この箇所には手をつけていない。そのちょっとあとのくだりでも、今度はキャリーが、求職の面接を終えて雇ってもらえる可能性があると感じた場面で、「ほんとうに働かせてくれるのかしら」（279）云々という思いが自由間接話法であらわされているのに、初版では引用符がつけられて誤植になっている箇所を、パイザーはやはり校訂しそこねている。それに対してペンシルヴェニア版は校訂し、引用符を削除している（PE 388）。

　ペンシルヴェニア版におけるこれらの箇所の引用符の処理は、校訂者の判断による手稿への校訂であると思われるが、もしかしたら手稿に従った結果でないのか、大いに気になる。だが、巻末の「底本テクストに対する校訂選（Selected Emendations）」で、「この版のために底本テクストに対してほどこされた本質的（subustantive）および偶発的（accidental）校訂のうち重要なものすべて」（593）を提示すると言っているにもかかわらず、この箇所は「重要な」校訂とは見なされていないのか、校注がまったく付されていない。校訂作業の成果としてまとめられ、ペンシルヴェニア大学図書館をはじめとするいくつかの図書館に寄託したという、網羅的で、書物に収録するのが無理なほど膨大な「本文比較研究資料総集篇（comprehensive apparatus）」（587）には出てくるのかもしれないが、ドライサー小説における自由間接話法の重要性に鑑みれば、ペンシルヴェニア版におけるこの校訂は間違いなく有意義であり、本書巻末の「校訂選」でも注釈してほしかった。

ペンシルヴェニア版のなかでももっとも議論をよんだ異同は、小説の結末の違いであろう。ペンシルヴェニア版の結末はハーストウッド自殺の場面である。流布本ではこの自殺の場面のあとに、キャリーのたどってきた人生を総括し、ついには語り手が直接呼びかける態の、コーダのような文章がついている。この結末の違いは、ペンシルヴェニア版が出る以前から諸家の研究により広く知られていたが、ペンシルヴェニア版によってその全貌が明らかになったわけである。おまけにペンシルヴェニア版には、最終章結末部分をドライサー自身が新たに書き加えた文章と、妻ジャグによるその浄書とを収録していて、結末が最初の手稿から流布本にいたるまでどのような段階をたどって変化していったかを推定するに足る材料を提供している。ここには本文校訂全体にかかわる原則上の問題が、凝縮した形であらわれていると見ることができよう。

結末についてペンシルヴェニア版編者たちはつぎのように言う。

ドライサーは小説の結末をなぜこれほど極端に変えたのか。すでに書き上げたものになぜ不満を覚えたのか。書き直そうと決めたのは彼だったのか。それとも誰かほかの人に書き直すように説得されたのか。新証拠でも出てこないかぎり、この疑問に対する決定的な答えが出ることはあるまい。(518)

にもかかわらず結局のところ編者たちは、ドライサーが結末を書き直したのは「誰かほかの人に説得された」ためと結論し、ハーストウッド自殺の場面を結末とする手稿版に基づいてペンシルヴェニア版の結末を定めた。この処理の仕方を説明する「史実関連注釈」で編者たちは、そこにつぎのような美的判断が介在していたと述べている。

この結末は、一九〇〇年版の曖昧な結末よりも暗く、哲学的に決定論の色彩がより強い。しかしそれは、復元されたテクストの結末として自然であり、ふさわしい。作品には、人間の条件についてドライサーが抱いていた決定論的な見方が一貫して反映しているからである。本文の一部が削除され、検閲され、変質させられた『シスター・キャリー』でさえも、批評家や読者を三世代にわたって惹きつけるだけの力を残していたことは、ドライサーの独創的構想に対する賛辞となる。だがここに初めて提示された、浄化された形の『シスター・キャリー』は、いっそう釣り合いのとれた迫力のある小説として精彩を放ち、今世紀アメリカの大作家のひとりによる、新たな、ますます悲劇的な芸術作品として浮かび上がってくるのである。(535)

つまり編者たちには、『シスター・キャリー』が「悲劇的な芸術作品」としてすぐれているという評価が根底にあり、ハーストウッド自殺の場面を結末にするほうが、その評価をもっと確実にしうるという判断がある。

だが、ハーストウッド自殺の場面を結末にもっていったからといって、この作品は悲劇として不完全だという印象がすっかり払拭されるわけではないし、逆に、流布本の結末に落ち着いたからといって、この作品にもともと潜在していた悲劇性が完全に覆い隠されるというわけでもない。このように見てくると、結末の異同の意義はかなり付随的なものにとどまるのではないか、という疑問が残る。それでもあえて手稿版の結末にこだわるところに、ペンシルヴェニア版の傾向がうかがえる。

ペンシルヴェニア版で初めて復元された削減部分の他の箇所についても、その傾向は見られる。長い削減の大多数は、ドライサー小説特有のものとして悪名高い「哲学者ぶった物言い」や、作中人物の行動や思考に対する解釈を述べるくだりである。それらの箇所は、明示された作者の思想によって『シスター・キャリー』解釈を補強するには有益な材料とはなっても、削除によって小説の根本的性格にまで変化を及ぼすほどのものではない。削除がほんとうに惜しまれる箇所は、意外に少ないのである。拙訳書の底本にペンシルヴェニア版を採らなかったのも、そういう感想に引っ張られた結果だった。

たとえばハーストウッドが妻から離婚を請求されて苦境に立つくだりで、「ある種の明白な事実に直面したときには思索にふけっても甲斐がないということは、しばしば人生の滑稽な側面をあらわすことになる」(PE 240) という文で始まる一節が削除されている。そこには、人間の理知が状況を変える力に欠けているというドライサーの考え方があらわされていて、彼の小説にそのような状況を描いた場面が豊かに含まれていることがけっして偶然の結果ではなく、作者の自覚的な人生観察のたまものであったことが示されている。この一節はそのことを確認させてくれるが、それがなくても、ここで述べられているような場面が流布本に含まれている事実に変わりはない。

また、ハーストウッドとの逢い引きが発覚してドルーエに棄てられると思ったキャリーが、自活の道を求めてふたたび職探しをするくだりで、彼女が美人であることに目をつけて雇おうとする男に嫌悪を覚えるといういきさつが描かれる箇所が削除されている。そこには「容姿端麗、眉目秀麗ということが、こういう連中にとって大事であるということは明白だった。（略）しかし彼女は、このような男には洟も引っかけてやるまいと決心したものの、自分の生活の資がこの種の恩恵に浴することで得られるのかもしれないと考えると、悲しくなった」（PE 256-7）という文章も含まれる。この一節は、女性の人間らしい自活や自立を阻むセクシスト社会に対する批判であり、この批判を通じてキャリーの「堕落」を弁護しようとしている点でも興味深い。しかしこの種のフェミニストの視点ともいうべき立場からの叙述は、たとえば「求めていた仕事は、まともな方法で手に入るものだけで、特別な情実が絡んだ形で就職したくはなかった。何か仕事はほしいけれど、まやかしの約束や親切と引き替えに、男があたしを抱き込もうとしてもだめ。キャリーはまっとうな暮らしを立てるつもりでいた」（PE 249）という文章が、削除された箇所よりも先にあり、こちらは削除されずに流布本に残っている（179）ので、削除は同様の表現の重複による冗長さを避けるためとも考えられるし、似たような叙述は小説中にいくつか見られるので、この削除のために『シスター・キャリー』からフェミニズムの色彩がすっかり消えるわけではない。

この場合に削除が生じたのは、フェミニズムを示唆しているからという政治的理由によるというよりも、求職にきた若い女性に対する求人側の男性のみだらな欲望を描いているからという、性的描写に対する猥褻の廉での検閲を恐れたせいだったかもしれない。削除改訂の少なからぬ部分が、当時のヴィクトリア朝式お上品さへの顧慮に由来していることは明らかである。会話からも俗語卑語のたぐいが取り払われ、性的な事柄への言及が消し去られている。

たとえばハーストウッドがキャリーを誘拐するようにしてモントリオールへ駆け落ちする車中の場面で、キャリーが説得に服して同行を承知するとき、「もしもこの人を頼らなければ――この人の愛を受け入れなければ、彼女は他にどこへ行ったらよいというのか」（PE 293）という、生活の必要に迫られたあげくの同意であることを強調する文章がある。それは流布本にも残っている文章である（205）が、削除されているのはそのつぎの「肉欲もまたそれなりの主張をする」（PE 293）という一文である。これが削除されたことによって、キャリーがハーストウッドと生活をともにするようになった動機に性欲もかかわっていたことは、はっきりあらわされなくなった。

この種の削除は、たとえそれがドライサー自身の手によるものであろうとも、性的な事柄に対する当時の禁忌にわざわいされたまぎれもない検閲の結果である。それらの復元は、ペンシルヴェニア版が作者の意図したテクストであると自称するための最良の根拠であろう。

手稿では、キャリーだけでなくドルーエもハーストウッドも性欲を有する人間として直截に描かれていたし、もっとも注目すべきことに、エームズもキャリーの「美しさに大きく目を開かれた」（PE 487）思いを抱いたと描かれていて、キャリーの性的魅力にとらえられた男性としてあらわされている。また手稿では、ハーストウッドがキャリーの要求に応じて偽名による結婚式を挙げるのは、二人がはじめて肉体関係を結んだ翌朝となっているのだが、流布本では、結婚式を挙げたのちに肉体関係を結んだという筋書きに変わっている。手稿やタイプ稿とつきあわせてみれば、この改変がゲラ校正の段階でおこなわれたことは明らかであるが、ゲラは今日残っていないので、誰の手によって変えられたかは不明である。ペンシルヴェニア版編者たちは、これをほとんど確実に出版社の手による検閲と見なせるものの例としている（PE 528）。

2

ペンシルヴェニア版編者たちが、「この新しい『シスター・キャリー』における主要登場人物は、みんなかつてよりも複雑になっている。つまりより人間的に描かれている」（PE 534）と主張するのはまだしも、「ペンシルヴェニア版『シスター・キャリー』は、この小説の新しい版という域をはるかに越えている。それは事実上、これまで知られていなかった新しい芸術作品であり、新しい目で見直され、新たな解釈をほどこされなければならないものである」（PE 532）とまで言うのは、いささか言い過ぎであろう。何と言ってもこれは、たとえばメルヴィルの『ビリー・バッド』やマーク・トウェインの『ミステリアス・ストレンジャー四四号』など、作者の死後その遺稿や関連資料を用いて他者が「取捨選択的編集（eclectic editing）」により作り上げた「決定版」として、新たに知られるにいたった作品とは違うのである。

この版について書評を書いたドナルド・パイザーは、「新しいテクストの作成者たちとしてはたぶん不可避的なことであろうが、ペンシルヴェニア版の編集者たちは、自分たちの版で取り替えたいと望んでいる旧版を過小評価するとともに、自分たちの版を過大評価してしまった」（736）と言っている。

パイザーはペンシルヴェニア版の価値を大いに疑問視している。しかし、「この小説の改訂について宣伝広告文や新聞報道で言われてきたこととは異なり、削除された文章の大部分は、哲学的注釈やあからさまな性的言及の文章ではなく、繰り返しにすぎなかったり、筋の展開を妨げたり、場違いであったりするくだりなので、どんな編集者も削除するように指示したかもしれないたぐいの文章である」（735）と言うのは、やはり言い過ぎではないだろうか。復元された部分には、先にも述べたように、作品解釈にとって重要な社会批判や人間観察を述べる作者のコメントも含まれているし、性的な事柄への直截な言及もあるからである。

パイザーがペンシルヴェニア版の価値を認めているのは、つぎのような点に限られるようである。

ペンシルヴェニア版が明らかにした一九〇〇年版とのあいだの比較的小さな異同のいくつかは、完全に首肯できる有益なものであり、『シスター・キャリー』の将来の版にはぜひ取り込まれるべきものである。この種のものには、タイプ稿にまぎれこんでいた誤りの訂正、ダブルデイ＝ページ社によって検閲削除された固有名詞や卑語俗語の復元、それに章題の省略がある。（735）

ここに提案されているような部分的改訂をほどこされた新しい版が、将来じっさいに出版されるかどうか、かなり疑問である。そんな改訂は何となく中途半端で余計なものと受けとられるのではないだろうか。

パイザーの評価は、「将来の版」などと言い出していることからも察しられるように、「ドライサーの最初の小説として、また、アメリカ小説史上画期的な作品として、われわれが読み、研究すべきテクスト」(737)という観点から下されている。これは、ペンシルヴェニア版が流布本に取って代わるべきテクストとして宣伝され、編者たちがそう主張していることに対して、一九〇〇年版本文を採用した有力な流布版の座を占めていたノートン版の編集者であるパイザーが、ほとんど自動的に反発した結果選ぶ羽目になった観点であろう。パイザーは、ペンシルヴェニア版編集者たちの大それた主張に反発しただけではなく、市場への影響力が大きなペンギン・ブックスがその後『シスター・キャリー』をその出版リストに加えたときに、その本文にペンシルヴェニア版の写真オフセットを用いた(したがってページ・ノンブルまでペンシルヴェニア版と同じである)ので、今後『シスター・キャリー』とはペンシルヴェニア版のことであるとされかねない情勢に反発したとも考えられる。

とはいっても、ノートン版の商業的危機への憂慮をあまり強調するのは、パイザーに対して失礼になるかもしれない。ほんとうの難問は、この作品の標準的テクストをどれにするべきかという学問的問題であろう。その後のドライサー研究の動向を見れば、『シスター・キャリー』を論じるときの使用テクストには、流布本を選ぶ研究者もいればペンシルヴェニア版を選ぶ研究者もいる。議論を徹底する場合に両方が参照されるのは当然であろう。学界がペンシルヴェニア版によって席巻された様子はない。一般読書界においても同様で、ノートン版をはじめ流布本はいまだに健在である。異なる版が流通していることを一般読者はどれほど知っているのか不明であり、そのことによって多少の混乱が生じている恐れもあるが、ペンシルヴァニア版は新しい版であることを誇示しているから、おそらく読者はそれを知らずにこの版を読むことはあるまいと思われる。そのことを斟酌してみれば、流布本の読者のほうが多いのではないかと推測される。

ペンシルヴェニア版についてはパイザーによる手厳しい書評だけでなく、毀誉褒貶が激しかった。その事情が私にも呑みこめるようになったのは時日がだいぶん経ってからのことだったが、そこには、これが出版された一九八一年という時点前後におけるアメリカ文学研究学界の騒動が介在していたと思われる。騒動とは、文学作品の本文批評や標準的テクスト出版をめぐって当時たたかわされていた激しい論争のことである。背景には、第二次世界大戦後世界に冠たる大国の地位にのし上がった米国が、冷戦下ソ連との対抗心にも駆り立てられながら、あらゆる分野でその地位にふさわしい実質を誇示しようとしていた情勢があった。文学に関しても世界のどこの文学にも負けないどころか、先進性をそなえていることを証明しようと躍起になった節がある。アメリカ文学がようやく学問研究の対象として認められるようになったばかりの時代らしく、一部の指導的で愛国的な学者たちは、米国が文学の伝統を誇るにしては、そのためのいわばインフラとしての、フランスのプレイヤード版やドイツのレクラム文庫に匹敵するような「権威ある（authoritative）」テクストを欠いていることを問題視し、第一級のアメリカ文学作品の標本をそろえなければならないと唱道した。国家もそのための助成金を用意しはじめた。

この課題を自覚的に担おうとしたのは、米国最大の文学系学会「近代語学文学協会（Modern Language Association）」（ＭＬＡ）であった。ＭＬＡは一九六〇年代から「アメリカ著作家標準版出版準備センター（Center for Editions of American Authors）」（ＣＥＡＡ）――のちに「学問的刊行版委員会（Committee on Scholarly Editions）」（ＣＳＥ）と改称――を学会内に設置し、準備を進めながら政府の「人文科学基金（National Endowment for the Humanities）」（ＮＥＨ）から資金を獲得することに成功した。しかしその刊行準備は遅々として進まず、ようやく一九六〇年代末にスティーヴン・クレインやチャールズ・ブロックデン・ブラウン、エマソンなどの全集が出はじめて、その成果が見えるようになると、刊行されたいわゆる決定版（definitive editions）に対する不満が噴出しはじめた。

とくによく知られているのは、在野批評家の大御所ともいうべきエドマンド・ウィルソンによる酷評であった。彼は一九六八年、ＭＬＡ刊行計画に沿う個別作家全集の近刊書、ハウエルズ『二人の新婚旅行』とメルヴィル『タイピー』を取りあげて、その編集方法を批判する書簡を雑誌『ニューヨーク・レヴュー・オブ・ブックス』に発表した。そのなかで作家研究に専念する学者たちが些末にわたる本文批評にはまり込んで、文学をわきまえない田舎大学教授らしい仕事ぶりを示していると当てこすり、彼らを嘲笑した。ＭＬＡの「CSE認可刊行版（CSE Approved Editions）」の監修者に東部名門校の有名教授の名はあまり見かけられなかったし、出版はおおかた名門校でない大学の出版部が引き受けていたことをとらえて、ウィルソンはこのプロジェクトが二流大学救済策みたいだとほのめかしている、などと受けとめられた。これをきっかけに、本文批評のあり方をめぐって書誌学（bibliography）や博言学（philology）の総括まで迫るような論争が巻き起こった。それはまた、米国の社会や文化にあらわれた激動と連動したＭＬＡ内の改革騒ぎにもつながっていた。

こうして決定版テクストの編集方法理論の不安定化に直面したCEAA／CSEは一九七七年、声明を発表して、自分たちのプロジェクトが近代本文批評の原則に則っていると自己弁護し、その正当性を学界に向けて訴えた。ペンシルヴェニア版『シスター・キャリー』はこのような状況のまっただなかで出版されたから、否応なく論争の荒波に揉まれたのである。

以上に述べたような経緯を大まかながらうかがわせてくれるのは、ジェローム・マッギャンの『近代本文批評批判』（一九八三年刊）である。この小著はペンシルヴェニア版『シスター・キャリー』に少しも触れていないけれども、そこで展開されている本文批評批判は、私には直接的関連性を感じさせてくれるものだった。マッギャンは本文批評家としてバイロン全詩集七巻の編集に従事していた最中であり、CEAA／CSAが発表した近代本文批評の考え方に無関心でいられなかったのも当然であるが、MLAによる米国キャノン編集をめぐる論争に介入して、近代本文批評主流に対する違和感をつぎのように述べている。

この考え方に含意されていたのは、文学生産やテクストの信頼性の本質に関する考え方であり、孤絶された作者の自律性を強調するあまり、「文芸作品の存在様式」（根本的に社会的であって個人的ではない存在様式）に対するわれわれの理論的把握をゆがめてしまうような考え方であった。このような考え方は、文学生産についてのロマン派的な理解に根ざしており、それがもたらす数々の実際的影響により、学者たちによるテクスト編集や批評家たちによる解釈が一定の方向へ引きずられているのである。そういう考え方はわれわれの文学界にはびこってもいて、私には必要と思われる根本的な批判も受けぬままだいたいは通用しているので、イデオロギーと呼んでもいい役割を果たし続けている。(8)

マッギャンは、自律的な作者の意図を奉じるロマン派的なイデオロギーを批判し、印刷術発明後の商業出版において成立している近代のテクストがそなえている「文芸作品の社会的存在様式」を強調する。製品としての刊本ができあがり読者の手元に届くまでには、原稿からゲラ、本の材料として大量に使われる紙の製造者から始まり、書物市場の卸売り、小売り業者にいたるまで無数の人びとが関与する。テクスト作成だけに限ってみても、そこでは作者、浄書支援者(amanuensis)、周囲の友人、知人、出版社の編集者、植字工、校正者、期待する読者などが、たとえ彼らが敵対的な関係にあって作者に「干渉(intervention)」しているように見えるとしても、じつはたえずたがいに「共同作業(collaboration)」(43)を進めていて、作品はそういう作業の産物としてしかあらわれない。「文芸作品の社会的存在様式」を重視する、この批判的本文批評理論に照らして言えば、作者の意図がもっとも純粋にあらわれているとして手稿を特権化し底本テクストに選ぶのは、イデオロギーに影響された過誤にすぎない。手稿を底本テクストに選んでいかに厳密な校訂をほどこしたところで、伝達という媒介作用を経れば汚染が避けられないという情報理論上の法則とも言うべき段階を通過していることに変わりないから、新たに確立される権威あるテクストとは、もう一つ新たにあらわれた腐蝕したテクストにすぎないということになって、本文批評は自らを足下から掘り崩すことにもなりかねない。

しかしマッギャンは、そもそも作者の純粋な意図を回復しようなどという企てを幻想と喝破し、「媒介作用の過程は文学生産にとって不可欠であり、（略）文学作品は社会的に企てられた事業であるかぎり物質的なものである」（102）と釘を刺す。仮に作者の最終的意図なるものを認めるとしても、「著者が校正したり改訂したりしながら自身の手稿の印刷に関与している場合、印刷された形は著者の最終的な意図と呼べるものを表現することになる」から、まともな本文批評家なら「手稿ではなくて初版をはじめとする初期の印刷版を底本テクストに選ぶ」はずであるとも示唆する（41）。マッギャン曰く「孤絶した作者という観念に催眠術にかかったごとく魅了されるおかげで、作者の立場を過度に重層決定されているものとする捉え方が盛んになる他方で、（それと相反して）文学作品に対するその他の決定因を過小に見積もる捉え方が盛んになった」（122）。

手稿を底本テクストとするペンシルヴェニア版は、マッギャンの見方に沿って言えば、ドライサーをたてまつる専門研究者たちのロマン派的イデオロギーにとらわれた粉骨砕身の結実とも見えてくるが、近代本文批評の粋を尽くして仕上げられた、ＭＬＡの「ＣＳＥ認可刊行版」に少しも劣らない決定版であると言ってもいいとも思える。それなのにペンシルヴェニア版は、不思議なことに、「ＣＳＥ認可刊行版」のお墨付きを得ていない。どのような事情があったのか知らない。「決定版」とは認められなかったということであろう。とにかく、ＭＬＡの傘の下に入れなかったためにＮＥＨからの国家財政支援も得られず、財政的に厳しい環境に追い込まれたのではないかと推察できる。ペンシルヴェニア版は『シスター・キャリー』を皮切りに、その後も近代本文批評の手続きに則ったドライサー新版を続々と刊行する目算だった。これがうまくいけば、ホーソーン、メルヴィル、あるいはマーク・トウェインなどの「CSE認可刊行版」全集に劣らぬドライサー全集ができあがるはずだった。

だが、ペンシルヴェニア大学出版局だけでこのプロジェクトを支えていくことは無理だったと見える。国際ドライサー協会に所属する一部研究者の努力によって、手稿を生かした新しい版が十巻足らず刊行されたものの、このプロジェクトは頓挫した。その後イリノイ大学出版局に拠点を移しては別の作品が本文批評の校閲をほどこされて刊行されたが、この取り組みも比較的短命に終わり、現在では英国のウィンチェスター大学に拠点が移っている。ドライサーは、自身がモダン・ライブラリー版『シスター・キャリー』序文「若かりし『シスター・キャリー』の冒険」で書いているように、生前から出版に関する数々の困難に見舞われたが、死後さえ今日にいたるまでこれほど出版界での運に恵まれないとは、気の毒と言うほかない。まさに、ドライサー作品は出版界との折り合いが悪かったために検閲めいた干渉を受けた、という被害者意識を学者、批評家たちも共有したからこそ、手稿を復元しようとするペンシルヴェニア版から始まったドライサー全集ならぬ〈ドライサー・エディション〉（訳に困る呼称であるが、一連の刊行物が「ドライサー全集」と謳われたことはない）のプロジェクトが命脈を保てた、とも言えようか。この企てが全作品を網羅するまで持続したとしても、これほど出版元も体裁もばらばらになってしまっては、手稿に沿った新しいドライサー全集の完成などと語るのは難しいだろう。

それはさておき、〈ドライサー・エディション〉最新巻として二〇一六年に出版されたウィンチェスター大学出版局刊『巨人』には、巻頭近くに、〈エディション〉監修者ジュード・デーヴィスとトマス・リジオ連署による「編集方法」と題する目立たない文章が掲げられていて、これがなかなか興味深い。冒頭「『巨人』は刊行進行中の〈ドライサー・エディション〉を構成する一巻である」（xiv）とあり、唐突と思われるかもしれない版元の変更についての釈明らしいと見える。「〈ドライサー・エディション〉各巻は、特定の理論や思潮に依拠するものではない」とか、「〈ドライサー・エディション〉各巻は、未刊の手稿やタイプ稿に基づく場合が多いけれども、ドライサー作品既刊の歴史的テクストに取って代わろうとするものではない」とも述べている（xiv）。さらに、「〈ドライサー・エディション〉は一九八一年に出版された最初の巻の方法論から進化して、（フィリップ・ギャスケル、ジェローム・マッギャン、ドナルド・ライマンをはじめとする）近代本文批評家たちが共有する考え方の核心を採り入れるようになった」（xv）とあり、マッギャンの名もあげながら彼による批判を受け入れて、ペンシルヴェニア版『シスター・キャリー』で採った編集方法の修正を迫られたと告白するに等しいことを書いている。

これはじつは、〈ドライサー・エディション〉出版元がペンシルヴェニア大学からイリノイ大学に変わり、その新シリーズ最初の巻として二〇〇四年に出版された『四〇歳の旅人』に、〈エディション〉新監修者になったリジオの書いた「編集方法」（xi）として掲載された文章を、ほぼそのまま踏襲した文章である。それはその後の〈エディション〉各巻にもほぼそのまま掲載され続け、『巨人』にも引き継がれていたのである。ペンシルヴェニア版『シスター・キャリー』での主張を反省する新姿勢からすれば当然なことに、〈ドライサー・エディション〉は続巻を出しても、「これまで知られていなかった新しい芸術作品」などと触れ込むようなことを、もはやしなくなっていた。

このような経緯は、ウィンチェスター大学版〈ドライサー・エディション〉監修者の任についたジュード・デーヴィスによる論文「ドライサー・エディションにおける方法と判断」で詳述されている。デーヴィスは編集方法の方針転換について広い視野から論じ、ペンシルヴェニア版『シスター・キャリー』監修者ウェストレークや本文校訂者ウェストらが力説した「著者の役割の極端なまでの理想化」(3)は、ニュー・クリティシズムや反共主義という時代の波をかぶって貶められてきたドライサーの評価を立て直すために、ドライサー研究者たちが政治的偏向に左右されない方法を求めて、本文批評の権威を「計略的に利用」(5)しようとした結果やむなく採った立場だった、と見なす同情的な視点をうかがわせている。たとえばフォークナー作品についても盛んになされていた、手稿を底本テクストとする本文批評が、ドライサーについても意味深い精読へ誘導しうると示すことによって、ドライサーの批評的見直しを図ろうとしたというのである。

とはいえデーヴィスはマッギャンに同調して、「取捨選択的」本文編集によって作者の意図を復元したと称して「権威ある」テクストを生み出そうとする、本文批評におけるロマン派的イデオロギーを批判し、テクストの社会性を重視する。そのうえで、「資料蒐集版（archival editions）」と学問的校訂版（scholarly editions）の区別」や「蒐集資料編集（documentary editing）と批評的校訂編集（critical editing）」の区別を踏まえながら（8）、各対象作品を取り巻く「保存資料［手稿やゲラなど］の具体的状態や各プロジェクトの課題の違いのために」(9)、資料と批評の関係がさまざまになりうると論じる。この見地に立てば、「ドライサーのどのテクストを読むべきかということよりも、ドライサーをいかに読むべきかという問題の解明に貢献する」「新版作り（versioning）」のプロジェクトとして、〈ドライサー・エディション〉は有意義でありうるというのだ（14）。

他方「CSE認可刊行版」も本文批評のやり方について反省を表明している。現在のMLAホームページで発表されている方針によれば、かつては「本文批評についての狭い定義、つまり学問的校訂版のキャノンを陰に陽に狭める定義」に基づいておこなわれていたが、「最近はこの遺産を直視し是正することに努めている」とのことである（1）。これは〈ドライサー・エディション〉における「編集方法」の変更と同質の変化であると思えるし、マッギャンらによる本文批評批判はここまで影響を及ぼしたと見える。

〈ドライサー・エディション〉をめぐる紆余曲折に加えてもう一つの興味深い事実は、〈ライブラリー・オブ・アメリカ〉に『シスター・キャリー』が収められたことである。〈ライブラリー・オブ・アメリカ〉は、米国に文学キャノンの安定的テクストを普及させるインフラとして構想され、一九八二年から出発した非営利事業による叢書である。同様の国家的企画出版物であっても、「CSE認可刊行版」と比べて本の感じがかなり違っている。フォード財団など民間からの寄付をはじめとしてNEHからの国庫助成金も受け、採算をある程度度外視できるほどの資金に支えられながら、現在すでに三〇〇点を超えたタイトルを統一された装丁で刊行している。ゴタゴタした本文批評の注釈などは廃して、作品テクスト収録になるべく集中し、長持ちする版に仕立てようとした造りは、プレイヤード版に匹敵する米国文学資産とも見えて、ウィルソンの夢想がその死後一〇年経ってからようやく実現したとも思える。その実現の過程でMLAやNEHとの葛藤があったという裏話は、NEH役人のひとりデーヴィッド・スキナーがNEH機関誌『ヒューマニティーズ』に掲載した記事から知りうる。

〈ライブラリー・オブ・アメリカ〉は一九八七年に初めてドライサーの巻を刊行リストに加え、そのなかに収録された最初の作品が『シスター・キャリー』であった。この巻の編集にあたったリチャード・リーハンは、初版の本文を採用している。リーハンは巻末の簡素な「テクストに関する注釈」で、初版を採用した判断の正当性を弁じ、『シスター・キャリー』改訂の略史を手際よく解説している。さらに、初版における誤植を校訂したいくつかの箇所について注釈しているが、先に触れた第三八章の自由間接話法における引用符の誤植には気づかず、校訂しそこねている。また、ペンシルヴェニア版は本文批評の研究対象として取りあげるにも値しない腐蝕したテクストであると見なしたのか、これには一言も触れていない（1159-60; 1162）。

私の結論を言えば、ペンシルヴェニア版は学問上の重要な資料と見なされるべきだと考える。『シスター・キャリー』の理想的なテクストを一九〇〇年版とペンシルヴェニア版とのあいだのどこかに探し求めたりするのは、理想的なテクストを求めること自体がもともと反歴史的な企てであるかもしれないので、無謀であり、徒労となろう。もちろん、誤植の訂正や句読点の整理など、印刷編集上の齟齬を除去したテクストが一般読者のために用意されるのは望ましい。一九〇一年版は英国市場を当て込んでドライサーの関与なしに進められた改訂であったので、標準的テクストにはなりにくい。一九〇七年版はジョージ・エイドからの剽窃疑惑をそらすための改訂である意味合いが強いが、剽窃疑惑を言うならば他の箇所でも指摘されうるし、いろいろな素材を借用するのがドライサーの制作法における特徴の一つだから、むしろそれを残しておくほうがいいとも言えよう

（エイド自身もそんな疑惑を笑い飛ばしたようである）。いずれにしてもこれらの改訂は、作者が作品制作中ないし編集中に熟慮した結果採り入れたというよりは、状況に強いられて心ならずも許した改変である可能性が高い。以上の経緯を踏まえれば、作品の形そのものは、作者や出版事情が作品成立当時の社会文化状況と折り合った形で結実した歴史的所産と受けとめられる初版の一九〇〇年版を、標準的なものとして受け入れるべきではないだろうか。それは、この小説が発表されてから長年にわたって読まれてきた主な流布本である一九〇七年版とも近く、作品受容に絡む諸問題についての理解を深める助けにもなる。ともあれ、日本語の一般読者向けである翻訳書の底本に私が、一九〇七年版でもペンシルヴェニア版でもなく一九〇〇年版を選んだのは、そういう判断に基づいてのことだった。

ドライサーは元来一字一句にあまりこだわらず、手稿が印刷、出版されるまでのあいだにさまざまな人たちによって手を加えられることに慣れていた、ジャーナリストらしい感覚の持ち主であった。自分の原稿に新聞の切り抜きを貼り付けるような手法からも推定できるように、テクストの生産がすぐれて社会的物質的な過程であることを事実として認めていたように思われる。他者によるテクストの改変いっさいを外部からの干渉と見なし、作者の完全な自律を死守しようとする純粋主義とは、はじめから無縁であった。だからペンシルヴェニア版も、それが他者の手が加えられる以前の、ドライサーの芸術家としての自律的な著作活動の産物を忠実に再現したものであることを根拠にして、理想的テクストであると主張するわけにいかないはずである。むしろそれは、ドライサー研究にとってきわめて興味深く、貴重な労作として、また、テクストの生産過程を解明した事例研究でありつつ、生産過程にあるテクストそのものとして評価されるべきであろう。

■引用文献

Davies, Jude. "Method and Judgment in the Theodore Dreiser Edition: From *Sister Carrie* to *The Titan*." *Scholarly Editing: The Annual of the Association for Documentary Editing*, Vol. 37, 2016. http://www/scholarlyediting.org/2016/essays.davies.html

Dreiser, Theodore. *A Traveler at Forty* (Dreiser Edition). Ed. Renate von Bardeleben. U. of Illinois P., 2004.

___. *Sister Carrie* (a facsimile of the first impression). 1900. Charles Merrill Publishing, 1969.

___. *Sister Carrie: An Abridged Edition by Theodore Dreiser and Arthur Henry*. 1901. Ed. Jack Salzman. Johnson Reprint Corporation, 1969.

___. "The Early Adventures of *Sister Carrie*." *Sister Carrie*. 1907. Random House (The Modern Library), 1932, pp. v-vii.

___. *Sister Carrie: The Pennsylvania Edition*. Neda Westlake, General Editor; John C. Berkey and Alice M. Winters, Historical Editors; James L. W. West, III, Textual Editor. U. of Pennsylvania P., 1981.〔本論中この版から引用した箇所ではPEと記す。〕

___. *Sister Carrie: The Unexpurgaed Edition*. Penguin Books, 1981.

___. *Sister Carrie: An Authoritative Text, Backgrounds and Sources, Criticism: Second Edition* (Norton Critical Edition). Ed. Donald Pizer. Norton, 1991.〔本論中『シスター・キャリー』初版からの引用箇所は、初版に基づく本文を採用している諸版のなかでもっとも普及していると思われるこの本の頁ノンブルを記す。〕

___. *Theodore Dreiser: Sister Carrie, Jennie Gerhardt, Twelve Men*. Ed. Richard Lehan. The Library of America,

1987.

____. *The Titan* (Dreiser Edition). Ed. Roark Mulligan. Winchester UP, 2016.

McGann, Jerome J. *A Critique of Modern Textual Criticism*. U. of Chicago P., 1983.

The International Theodore Dreiser Society Homepage. https://www.dreisersociety.org

MLA. "CSE Approved Editions" in MLA Homepage. 2022. https://mla/org/

Pizer, Donald. "*Sister Carrie*. By Theodore Dreiser. The Pennsylvania Edition, Book Review," *American Literature*, vol. 53, no. 4 (Jan. 1982).

Skinner, David. "Edmund Wiison's Big Idea: A Series of Books Devoted to Classic American Writing. It Almost Didn't Happen." *Humanities*, Sep/Oct 2015, Vol. 36, No. 5. https://www.neh.gov/humanities/2015/septemberoctober/feature/

Wilson, Edmund. "The Fruits of the MLA: I. 'Their Wedding Journey'". *The New York Review of Books*. Sept. 26, 1968. https://www.nybooks.com/articles/1968/09/26/the-fruits-of-the-mla-i-their-wedding-journey/

第Ⅱ部　ドライサーとアメリカ社会

第四篇　謎と驚異と恐怖にみちた大都会

一八八七年の夏、ぎこちなく内気な一六歳の少年セオドア・ドライサーは、インディアナ州の田舎町からひとりで旅立ち、出世の道を求めて、中西部の首都である急成長中のシカゴへ向かった。しかしそこで彼が初めて得た職は、うらぶれたレストランの皿洗いの仕事だった。七年後の一八九四年一一月、彼はニューヨークにたどりつき、そこでジャーナリストとして、また小説家志望のライターとして自立しようとあがいた。そこでもまた大都会での生活の厳しさを嫌というほど味わわされた。しかもニューヨークでのあがきはシカゴで経験したのよりも過酷であり、小説家としての挫折に打ちのめされて自殺の淵の瀬戸際まで追い詰められたのである。

ドライサーは小説第一作執筆にあたり、シカゴとニューヨークという大都会での自身の経験を素材にした。この経験は、彼の主な小説にも、もっとあからさまな自伝性を帯びた著作にも、尽きせぬ資源として役立てられた。そのためにドライサーは、アメリカ都市小説の開拓者と呼ばれてもおかしくない存在になりおおせた。『アメリカ都市小説』の著者ブランシュ・ゲルファントはドライサーについて、「アメリカ都市小説の創始者として屹立し、後世の作家たちが、自分たちも経験したからこそなじみのある世界の虚構的表現を彼の小説に見出したがゆえに、創作の手がかりを得よ

う と期待して私淑するようになった作家である」(93)と論じている。

ドライサーにとって大都会の経験は、いとわしく苦いばかりでなく、魅惑にみちて喜ばしいものでもあった。創作にしろエッセイにしろその著作には、人が大都会で嘗めさせられる悲惨ばかりが描かれるのではなく、そこで得られる興奮や悦楽も感動をともなってあらわされ、大都会にまつわる両面価値(ambivalence)にとらわれている様子がうかがえる。文明と自然の対比とか、都市と田園の対比は、文学の長い伝統のなかでよく論じられてきたが、ジェファソン的農本主義の伝統に照らしても、都市を忌避して自然のなかでの起死回生を謳歌するアメリカ文学主流のロマン派的な傾向に照らしても、大都会のすばらしさへの帰依は、米国では新しい捉え方だったにちがいない。ゲルファントの所論はその点を指摘していると思われる。〈近代的(modern)〉が〈都会的(urban)〉とほとんど同義になった一九世紀後半にあらわれるモダニズムとは、都市への両面価値感情を孕む反応にほかならなかったとすれば、ドライサーの大都会の捉え方は、モダニズムの一つの萌芽であったと、たとえ通念とはそぐわなくても言えるのではないか。

仮にドライサーがアメリカ文学の新機軸を打ち出した作家だと認められたとしても、それは、彼がたまたまアメリカ社会の転換期に遭遇して、その変化を、貧困家庭の出自に見合った無知のために受動的に写すほかなかった、という偶然の僥倖にすぎないと考えられるかもしれない。しかし、ドライサー文学の一面に見て取れる古いアメリカ文学的伝統のロマン派的感性は、社会を受動的に写すだけで作品にそなわったりするものではなく、作者が意識的に会得したと考えなければなるまい。他方新しい質も、作者が社会から受動的に受けとるというより、取捨選択して取りこんだ既成の古い質を自分流に変質させるための創意工夫をこらした結果生じたと考えるべきであろう。以下本章では、ドライサーが大都会で受けた衝撃を表現するために採り入れて改造したと思われる、いくつかの文学的先行形式を探りあてようと試みる。

私見では、都市を文学的主題として扱うためにドライサーは、少なくとも三つの文学的伝統ないしジャンルを利用した。すなわち、第一には、感傷小説におけるおきまりの筋としての誘惑物語があり、そのなかで都市は漠然とジェンダー化されている。第二には、都市のなかで疎外されて苦悩する若き芸術家を描く小説がある。そして第三には、牧歌（パストラル）の衣鉢を継ぎつつ、プロレタリア文学を育む助けにもなった都会的崇高の美学に通じるスラミング文学がある。

1

ドライサーが経験した都市生活は、インディアナ州の地方都市で貧しい移民家族に生まれ育ったこと、シカゴでつねに職探しに追われる青年として生き延びる方途を探っていたこと、駆け出しの新聞記者としてセントルイス、ピッツバーグ、ニューヨークなどの都市におけるあさましさや堕落をたえず見せつけられたこと、ニューヨークで作家として自立しそこねて神経衰弱に襲われ、自殺を考えるまでに窮乏したあげく浮浪者になりはてたことなど、主として暗い境遇に満ちていた。これらの経験は彼の小説の素材になっただけでなく、自伝やスケッチなどのノンフィクションにも描かれている。だが注目すべきことにいずれの著作でも、屈辱、孤独、貧乏生活だけでなく陶酔や感動も、創作中の登場人物や著者としてのドライサー自身の都市経験として語られているのである。

もう一つの注目すべき事実は、ドライサー初期の小説がいずれも女性を主人公にしていることである。『シスター・キャリー』や『ジェニー・ゲアハート』の女主人公の物語は、ともに男性の誘惑に屈していわゆる不徳の囲われ者になるという話である。キャリーは、「都会は狡猾な手練手管をそなえており、それよりもはるかに卑小な、人間の姿をした誘惑者に引けをとらない」(3)と小説の冒頭で性格づけられた「都会」という「誘惑者」に籠絡されたと言えるが、ジェニーも、コロンバス、クリーヴランド、シカゴ、ニューヨークとだんだん大きな都市に移り住みながら、結局レスター・ケーンという男性の情婦としての暮らしに甘んじるほかなく、世間から排斥される身の上となる。

しかし彼女たちは単に、誘惑されて堕落し、不幸な女になっただけであるとは描かれていない。キャリーはむしろ「誘惑者」の「狡猾な手練手管」を習い覚えて逆手にとったとも言えそうな、なかなかしたたかな生き方を見せて、都会の暗いとばかりは言えない面も明らかにしている。ジェニーは、スティーヴン・クレインの『マギー』においてニューヨークの貧民街バワリーに埋没して自殺する女主人公と対比され、伯谷嘉信が論じるには、「都会生活は、ジェニーが一つの都市からもう一つの都市へと移り住むにつれ、徐々に開放的な世界になっていくので、厳格な社会生活上の制約から彼女を解放してくれる」(151)から、ジェニーも都会の力を借りていると言える一面を見せている。

『ジェニー・ゲアハート』で都市に打ち負かされるのは、ジェニーよりもレスターのほうである。

『シスター・キャリー』に登場するロバート・エイムズの人物像を引き継ぎ、さらにもっと理知的な人間だとも言えそうなレスターは、一九世紀末の米国で新たに浮上してきた都市文明の犠牲者としてつぎのように描かれている。

物質文明の巨大で錯綜した発達、社会生活の複合性や多様性、想像力に働きかける印象の深さ、精妙さ、詭弁性――それらが鉄道、急行貨物便や郵便、電話、電報、新聞など、つまりまとめて言えば社会の交通通信機構によって、結集され、付加され、配布される仕組み――現代生活のそういう諸要素が一緒くたになって万華鏡的（kaleidoscopic）眩耀とでも呼べそうなもの、つまり人を目くらまし混乱させ、人間の精神的道徳的本性を疲弊させ鈍化させる走馬燈（phantasmagoria）のようなものを産み出す。（略）レスター・ケーンはこんな厄介な状況の必然的産物だった。（570）

レスターはこんな環境のなかで、いかにも知的に悟りきったように人生に対して超然と構えるニヒルな姿勢を身につけるけれども、遺産相続か貧しい移民の娘ジェニーとの内縁暮らしか、という選択を迫られて前者を採る羽目になり、その結果、裕福ながらも因襲的な生活に耐えがたい思いを抱きながら、苦衷にみちた死を迎える。したがって外面的には『シスター・キャリー』におけるハーストウッドと正反対の境遇にあるように見えながら、人生の敗残者である点では同じなのである。対してジェニーは、無学ながら根本的な善良さをいつまでも失わない女性に仕立てられて、そのおかげで都会の悪徳に太刀打ちでき、暗さに押しつぶされずにすむ。それは、育った自然や田園の質をいつまでも温存できる本性によるとされてロマン派的な発想に頼りすぎているとはいえ、レスターの無力とは対照的な強みをそなえた性格描写である。

以上のような見方からすれば、『シスター・キャリー』も『ジェニー・ゲアハート』も、米国小説の一つの伝統的ジャンルである感傷小説の定式を借りて、誘惑されて堕落する女性を主人公にしていながら、そのなかで敗北するのは女性ではなく男性であるという物語になっていて、構造的変異を遂げた誘惑物語になっているとわかる。なにしろアメリカ革命期の感傷小説、たとえばスザンナ・ローソンの『シャーロット・テンプル』やハンナ・ウェブスター・フォスターの『男たらし』における誘惑物語は、誘惑に屈した女性が惨めな最期を遂げる筋立てによって罰せられる仕組みをそなえ、誘惑者の魔手に捕らわれないよう未婚の女性に警告することを少なくとも表向きの主題にして、この種の小説の社会的効用を証明しようとしていたのである。だが感傷小説が額面どおりの抹香臭い道徳訓話のようなものだったら、あれほどの人気を博したはずもない。当時の女性読者たちがこれらの小説に夢中になったのは、そんな警告に感銘を受けたからというよりも、じつはむしろ、誘惑にからむワクワクハラハラするような恋の駆け引きに身代わり的に興奮し、女主人公の苦悩に同情、憐憫の涙を流す読み方をしたからではないだろうか。また、このジャンル生産の主たる担い手だった女性作家たちも、暗に読者のそういう読み方につけこんで、作者と読者とのあいだで女性同士としての協同を築きながら書いていたのではないだろうか。

本書第二篇ですでに引用したキャシー・デーヴィッドソンの所論にもう一度依拠するならば、女性にとっての誘惑物語の意味が見えてくる。

一見したところ「誘惑」とは女性の非力の上に成り立っている。にもかかわらず、初期アメリカの女性読者は、性や結婚に通じる事柄で正しい決断をしたり間違った決断をしたりする女性の登場人物についての物語を読むことによって、結婚適齢期や結婚に関するみずからの夢想を身代わり的に実演してみることができた。少なくともそういう夢想のなかでは、女性読者は、自分の人生をみずからの選択の結果として見ることができたのであり、他人の権力――父親の権威、求婚者の（礼儀にかなった、あるいは狡猾な）手管、夫の支配力――によってもたらされたものにすぎないとは考えなくてもよかった。(123)

革命期米国では英国の専制政治からの解放が称揚されていたから、女性たちが父（夫）権の専制からの解放を切望しはじめたとしても不思議ではない。しかしながら解放にはそれなりの危険が伴う。この場合について具体的にいえば、誘惑者の犠牲になるという危険である。誘惑とは、未婚女性が避けなければならない忌まわしい事態であるとともに、自由を追求する以上は引き受けざるをえないリスクでもあった。

ドライサー小説の女性、たとえばキャリーにとっても、誘惑者として捉えられた都会は、建国当時の感傷小説と形式的に似た状況を引き起こす。すなわちキャリーは、感傷小説の女主人公を取り囲む状況にも似た、自由と危険がないまぜになった境遇に突入するのである。都市の誘惑的な力に両面価値感情を抱かざるをえないのも当然である。しかしながらキャリーは、初期の伝統のなかで描かれたブルジョア娘たちとは異なる。まず何よりもキャリーが実家を離れるのは、第一章の章題「磁石は引きつける」が示唆しているように、都市に否応なく吸い寄せられるからで、彼女の原型たちみたいに自らの自由意志に基づいて選択したなどという幻想を抱く余地は、彼女に与えられていない。さらに、彼女の貧しい家庭では父権といっても、原型たちの家庭におけるほど専制的ではありえない。そのうえ、彼女が都会で直面する危険は、都会が人間の姿をした誘惑者よりもはるかに強力な誘惑力をそなえている以上、原型たちが出会う危険よりももっと手強い。これらの差異にもかかわらず米国初期の感傷小説が『シスター・キャリー』にとって形式上のお手本の一つであると言えるのは、両者のあいだにあらわれたもう一つの原型が媒介してくれているからである。

型にはまった感傷小説は一八九〇年代に、〈労働する娘たちについての噺（tales of the working girl)〉というジャンルとして再流行しはじめた。リリアン・E・ソマーズ、ローラ・ジーン・リビー、マーガレット・シャーウッド、ジュリアン・ラルフ、J・W・サリヴァンなどといった、もはや忘れられた作家たちによって書かれていた。この時代におけるこのジャンル流行の背景には、都会で賃金労働に従事する女性が急速に増えてきた事実があった。都市の安アパート、街頭、ダンスホール、工場や作業場など、不健全な場所で集団をなすワーキング・ガールの姿が目立ってくるにつれ、彼女たちの堕落、低俗化に対する懸念が叫ばれるようになった。とくにワーキング・ガール誘惑物語は、若い女性が家庭から出ていくことに警告を発し、脅威にさらされかつ脅威を振りまいているそのセクシュアリティに規制を加えようとする矯風運動家の願望を表現していた。このジャンルを論じた研究書の著者ローラ・ハプケはつぎのように述べている。

〈邪悪な都市〉や〈裏切られ棄てられる純潔〉を扱った小説にこめられていた煽情的メロドラマは、作家たちによって改造された。ワーキング・ガール文学を創作した者たちは、型にはまったサブジャンルに女性の労働環境に関する擬似社会学を突き混ぜる方法を採り入れただけでなく、やがてロワーイーストサイドを舞台にした誘惑噺を利用して、危機一髪で窮地から救い出される筋立てや、貧乏人をロマンチックに描き出す手法を好むミドルクラスの趣味に取り入ろうともし始めた。(3-4)

このような感傷小説流行を背景にして『シスター・キャリー』を読めば、それは一九世紀末期に改造された誘惑物語を再改造することによってできあがっていると見えてこよう。この再改造にあたりドライサーは特徴的なことに、人びとを翻弄する都市の影響力を前面に押し立てている。その結果ドライサーの小説では、数多の「人間の姿をした誘惑者」が糾弾されるかわりに、「真の悪党は都市そのものである」(Gelfant 88-89) と描かれることになる。

都市をそれがあたかも人間であるかのように扱うドライサー独特の書き方のために、彼の都市との関わりはきわめて個人的になることもある。だから彼は都市をまるで悪女のように描き出すこともあった。悪女とは、悪名高い女たらしだったドライサーにとって、男たらしと思えるような女性のことだったらしい。たとえば自動車旅行の紀行『フージア・ホリデイ』には、途中で知り合った魅力的な、今風に言えばツンデレの女性について、つぎのように書いている。

この女の態度は全体として人を誘うようで、かつ撥ねつけるようだった――これら二つの態度が水も漏らさぬほど完璧に釣り合いを保っているので、物静かではあれイライラさせるような印象を醸し出していた。私はこの女を好悪相半ばする思いで見ていた。格別親しみを見せてくれたら、間違いなく大好きになったはずだった。まったくとらえどころがなかったから、大嫌いになりかねないとも思った。(365)

思想史家モートン・ホワイトは妻ルシアとの共著『知識人と都市』で、この箇所を捉えて美人に対するドライサー特有のアンビヴァレンスを分析し、「人心を読むことに秀でた精神分析医でなくても、アメリカの都市に対するドライサーの見方は、この女を見たときと同じになることが多いと指摘できるはずである」(124)と論じている。そしてドライサーがアメリカ伝統のロマン派的自然観の流れを汲んでいると認めつつも、両者の違いを以下のように説明している。

ドライサーは都市を自然のなかへ引き戻したのだけれども、その自然はジェファソンやエマソンの自然のようにいつも善なるものとは限らない。ドライサーは自然を、しばしば盲目的で暗く無関心で無意味であると見る。そして、そのように見られた自然のなかに都市が位置づけられるときには、ドライサーにとって都市も冷酷で暗くよそよそしいと見える。そういう場合に彼は、自分も自分が描く登場人物も都市に脅かされていると見なす。そういう気分に陥っているときのドライサーは、アメリカでもっとも反都市的な小説家であると言える。そういう場合、彼は片思いの恋人であり、思いを遂げられないでいる求愛者なのである。(125)

ドライサーにとって男たらしの女性であった都市は、女性であるキャリーにとっても誘惑者つまり女たらしとして描かれた。ジェンダーが異なっても誘惑者が魅惑と反感のもとになることに変わりはない。この共通性を踏まえれば、小説の登場人物キャリーが作者の自我の投影だったと見えてくる。そう言えばドライサーの主要な登場人物たちはたいてい、少なくとも部分的にはドライサー自身の分身であった。初期の小説の女主人公たちは、ドライサー自身ではなく彼の姉たちの都市経験をそれとなくなぞっているのだが、キャリーにはドライサー自身の都市体験の興奮と欲求不満、ジェニーにはドライサー自身が都市にあらがうために拠り所にしうると思い込んでいたロマン派的憧憬が投影され、これらの女主人公はドライサーの身代わりでもある。その意味で彼の小説の多くは、様式変換された自伝であるとも見なしうる。いや実のところ、彼の小説と自伝的著作とは数多くのきわめてよく似た情景を共有しているのであり、とりわけ都会生活をはじめて経験したときの感情がよく似た筆致で書かれている例はいくつも見出せる。

それにしても、若い女性が作者ドライサーの身代わりに仕立てられるというのはただならないと思われる。このことについて『アメリカ自然主義文学における都会的崇高』の著者クリストフ・デン・タントは、「キャリーはドライサーが大都会に送り込んだ偵察者であると想定するならば、うぶな田舎の若い女性を作者自身の身代わりとすることによっていかなる象徴的行為が成し遂げられたのかを見極めることが重要になる」(66)と問題提起する。デン・タントは、このような「象徴的行為(symbolic act)」つまり言語表現が、「女性と都会的情景と芸術分野とを結びつける謎めいた親和性」(67)を前提的な仮説とする自然主義文学の特徴であると分析すると同時に、さらに傾聴すべきことに、「都会的文化への接近に関するこのジェンダー化された見方は、ドライサーにおいて両性具有の主題機制(thematics)のなかで練られている」(67)と述べて、ドライサーにとりついている自身のジェンダー帰属についての不安を証拠立てているとも示唆している。いずれにしても、ドライサーが感傷小説の主たる作者と読者である女性たちの共謀で築かれてきたフォーミュラを、女性作家たちと競うかのように盗用して、自身の自伝まがいの小説やまぎれもなく自伝的な著作の枠組にした、という事実に変わりはないのである。

2

ドライサーの小説が異種混淆性を特徴とするからには、そのなかに取りこまれているフォーミュラが一つだけでないとしても驚くにあたらない。ドライサーの都市小説に利用されているもう一つの仕きたり的な枠組は、社会の無理解に苦悩する若き芸術家を主人公とする物語というフォーミュラである。それゆえに、都市にはじめてやってきた者の審美的反応を書きあらわすことへの纏綿たるこだわりが、ドライサーの物語における特徴の一つとなる。

たとえばキャリーは、都会の気分や洗練に否応なく染め上げられていくとき、たえず入念に描かれているように、その変化を基本的に審美的な影響として受け入れる。彼女が人気女優や街頭で目にする魅力的な女性の紋切り型の作法を倣い覚えようとする場面では、「じつのところそれは、芸術家の天分が、はじめてかすかに芽を出しただけにすぎず、心に訴えてくる何らかの形の美を、そっくりそのまま再現しようとする努力のあらわれだった」(144)と、小説の語り手によって芸術に関連づけられる。同僚の女工たちを「いまの身分に満足しているようだし、どことなく「品がない(common)」」と見るキャリーは、自分が「この連中よりももっと想像力がある」と自負する(50)が、それは自伝『新聞記者時代』で、「おれはありきたりな(common)人間なんかじゃない」(34)と自分に言い聞かせていたと語られる青年ドライサーにも似ている。

この点にかけては、ドライサーの小説におけるたいていの主人公にも、自伝的著作で語られる若き日の弱々しいドライサーにも、ちょっとそぐわないと感じられるかもしれないが、「芸術家の天分」あるいは少なくとも鋭い感受性が共有されていることを確認しておかなければならない。子どもの心をいつまでも失わないジェニーは、「少し教育を受ければ詩を書くようになるだろう」(500)と言われるし、「大人がそれを詩的と呼ぶ」(526)ような精神の持ち主だとされる。「欲望三部作」の主人公フランク・クーパーウッドすら、蓄財のために辣腕をふるうその強引さから芸術などとはおよそ縁がないと思われがちであるにもかかわらず、「この偉大な芸術[＝金融]に関するいっさいの知識は、彼にとって天成のものであり、それは人生の感動や機微に対する感覚が詩人にとって天成のものであるのと同じことであった」(TF 26)と設定され、やがては女性美や芸術美にも開眼することによって「芸術家の天分」をあらわしていく。『アメリカの悲劇』の主人公クライド・グリフィスも、「他のたいていの者よりも観察力にすぐれ、感受性が鋭いことも間違いなさそうだ」(17)とされて、シカゴでホテルのボーイ仲間とつきあうようになっても、「自分は少なくともこの連中の大部分よりは頭がいい――実のところ知的能力にかけてはまさっている――ように思えた」(182)などという自負を抱く。

もっともわかりやすい例は、『天才と呼ばれた男』の主人公ユージン・ウィットラである。わかりやすいというのも、自伝性濃厚とされる小説の主人公ユージンが、文筆家ではなくて画家であるという自伝らしからぬ設定のおかげで、芸術家性を視覚化しやすい人物になっているからである。彼の美術作品についての小説中における叙述から判断すれば、ユージンの画風は米国美術史上の「八人組(The Eight)」を思わせる。それは「アッシュキャン派(Ashcan School)」ともあだ名された一群の画家たちのことで、新聞・雑誌の挿絵画家を生業にしていたために、ジャーナリストだったドライサーと親しくなった者も含まれていた。ユージンのモデルはこのグループに属する画家エヴェレット・シンとかジョージ・ラックスとか、あるいは他の誰かであるなどと議論されてきたが、フランスのアメリカ文学者シリル・アルナヴォンがつぎのように指摘したとおり、「じつは一九一〇年頃のアメリカ絵画にあらわれた動向いくつかが合わさってウィットラという合成された人物像になっていると言えよう。すなわちその動向とは、印象派の影響、アメリカ的情景の重用、一見些末な題材の選択、なかんずくアカデミー風美術との対立である」(121)。ユージンも「アッシュキャン派」の画家たちも、都会の情景を描くことに傾倒し、とりわけ都会の裏面ないし醜悪な部分に見出される美に夢中になったのである。

ドライサーとアメリカ絵画との関係を考察することによってアルナヴォンは、つぎのような洞察に達して、ドライサーにおける都市の扱い方の核心に迫った。

> 大都会をさまよう孤独な傍観者の愁いにみちた思案という、ドライサーの特徴となる主題が史上はじめて浮上する。それは、「原子的な」個人が大都会にはじめて直面したときに感じるどうしようもない孤独感を喚起する。『シスター・キャリー』や『新聞記者時代』に描かれたシカゴ、あるいは『天才と呼ばれた男』に描かれたニューヨークのような大都会である。このような気分についての叙述が、ドライサーのもっとも独自の創造かもしれない。（117-18）

これは、のちにデーヴィッド・リースマンが「孤独な群衆」と呼ぶにいたったものを構成する、近代の大都会における喧噪のまっただなかで疎外され無名化した個人の消耗感に等しいであろう。

しかしドライサーは、これと反対とも見える気分をも捉えてみせた。それはすなわち、熱病にかかったかのように都会の狂乱に感染した者が酔いしれる高揚感である。都会に出会うことによって陥る憂愁とそれと矛盾するかのような興奮という両面価値が主題として発見されたことは、近代芸術の一つの出発点だったのではないだろうか。ドライサーはこの主題にほとんど取り憑かれていたと言ってもよい。とりわけ、疎外感情の鬱症的な描写に平行するようにたえずあらわれる都会への心酔は、ドライサーの著作に独特なひねりを与えている。ゲルファントの見方によれば、「ドライサーが描く若い登場人物たちは、近代文学のなかでももっとももものごとに熱中し一心不乱になる者たちであって、その後の小説にあらわれるくたびれきった冷笑家の登場人物たちとはまったく異なるし、自らの人生に喜びよりは罪深さや吐き気を感じている二〇世紀小説のどの人物とも違っている」(67)。

また、シドニー・フィンケルスタインは、現代小説にくたびれきった冷笑家の登場人物が目立つようになるのは二〇世紀が危機に瀕しているからだと見て、そのためにモダニズム作家たちは自らの主観主義のなかに引きこもらざるをえなくなると論じた。このような傾向と対照をなす作家たちについて、フィンケルスタインはつぎのように論じた。

> バルザック、トルストイ、ドライサー、オニールのような作家たちにおいては、ブルジョア社会における疎外を描いたとしても、作家たち自身の側が疎外に陥ることはない。彼らの描き方では、疎外とは人間的苦悩ないし自己破壊の一形態であると捉えられ、それゆえに、疎外された者たちは理解可能な人間存在であり、彼らを通じて読者が何かを学べる存在であることが明らかになる。(159-60)

都市に暮らす人物の描写の仕方における現代小説の多くの作家たちとドライサーとの違いについて、デン・タントは第一次世界大戦後の十年間に起きた変化にその原因があると論じ、その時代に「経験の断片——典型的には芸術家としての制作実践や意識——をきわめて緊密な表現形式に訴えながら掘り下げていけば、文学はその役割をまっとうできる」（243）という見方に立った様式が支配的になってきたことを重視する。その時代以前に小説のスタイルを身につけたドライサーは、一部の批評家から見れば、現代社会における疎外の人間破壊的な影響力にまだ完全に圧倒されていなかった作家だった。

ドライサーは、青年時代に都市の発見によってかき立てられた高揚感を伝えようとするときに、文体や言葉遣いをホイットマンから借りてきたように見える文章表現に訴える。都会を見て感じた興奮を表現しようとしたやり方について、自伝では「まさにこういうことやその他多くの事柄について、リズムをともない、形式のはっきりしない美文ないし狂想詩（ラプソディ）——いまならきっと自由詩（free verse）と呼ばれるだろうもの——を即興的に作りはじめた」（ABAM 8）と書いている。それはおそらく、たとえば自伝の前半にあたる著作『夜明け』のなかの、つぎのような一節に似ていたであろう。

色彩や味わいに富み、広大な空間を占める都会は、まるで生きて呼吸をしているものみたいに語りかけ、歌いさざめいているようだった。言葉に尽くせぬ変化や豊かさをともなって私のところへやってきた。あたかもこう言っているかのように。「おれは百万人の魂だ！　おれは彼らの喜びであり、彼らの誇り、彼らの愛、彼らの食欲、彼らの飢え、彼らの悲しみ！　おれは彼らの晴れ着であり、彼らの襤褸、彼らの光、彼らの食べ物、彼らの肉欲、彼らの勤勉、彼らの熱狂、彼らの夢！　おれのなかには生そのものの鼓動や驚異や風味や愛情がつまっている！

おれは生だ！　ここは楽園だ！　これは人びとが夢見る、心臓と頭脳と血液からなる蜃気楼だ。おれは宇宙の脈打つ駆動力だ！　おまえはおれの一部、おれはおまえの一部だ！　あるがままの生や希望のすべて、あるいはありうる生や希望やそのなしうることのすべて、それがおれであり、それがおまえの目の前のここにあるのだ！　それから奪いとるがいい！　生きよ、生きよ、心ゆくまでむさぼるがいい！　若くてそれの一部たりえている今のうちになりたいと願うものになれるように、奮闘するがいい！　その火、そのコク、その色、その偉大さを映しとれ！　驚異にみち、強靱で、偉大であれ、もしくは、ただ存在せよ！と言ってやるほうがお気に召すか。」（271）

この文章はニューヨークに魅惑されたホイットマンの自由詩における羅列（カタログ）詩法に似ているし、ビート詩人たちが信奉した無作為性の詩学を先取りしているようでもある。いずれにしても、張りつめた現代文学の緊密な様式観やモダニズムの基準からすれば、とても受け入れられそうもない文体であることは明らかであろう。「ドライサーが審美的な反応を表現するために詩的な高みに駆け上がろうとするとき、彼はただ茫漠として箍がはずれたような書き方をする」（92）というゲルファントの批評はある程度あたっているが、貧しくて言葉による表現能力の乏しい人びとの経験をあらわそうとするドライサーの難解な芸術を、じゅうぶんに受けとめそこねているとも見なせるのではないか。

Ｆ・Ｏ・マシセンはそのドライサー論で、都会で孤立し夢想にふける個人に対するドライサーの捉え方について、アルナヴォンと同様の洞察を開陳している。そして、バルザックの小説『幻滅』第二部「パリにおける田舎の偉人」のリュシアンとドライサーとのあいだに見られる、都会への反応の類似に着眼して、つぎのように論じた。

彼が独力で発見した都会は「あまりにも巨大、強力で恐ろしかった」から、自分の無力さをますます思い知らされた。しかしながら都会は彼を魅惑もした。とにかくきわめて厄介であるのは確かだとしても、とても変化に富み、心をそそったのだ。(44)

たしかにドライサーは、自伝のなかでバルザックへの傾倒を何度も表明し、バルザックを読みふけったことが彼にとっての「文学革命」(ABAM 342)だったと熱く語っている。また、この影響関係は多くの批評家たちによっても認められている。とはいえ、バルザックのパリの描き方が一つのお手本を示したくれたのは事実だとしても、二〇世紀の入り口に立っていたシカゴやニューヨークでドライサーや彼の描いた登場人物たちが見出した衝撃は、一八四八年以前のパリで田舎出身の青年が出くわしたものとは異なる様相を帯びていたはずで、小説家ドライサーは新しい時代がもたらす諸問題と格闘する仕方を彼なりに案出するほかなかったにちがいない。

ドライサーが書きあらわそうと格闘した主題とは、彼の奇書『ヘイ、ラバダブダブ』の副題に倣って言えば、都市の「謎と驚異と恐怖」だった。『ヘイ、ラバダブダブ』は、短編小説仕立ての社会評論、政治評論、哲学的瞑想、上演不可能な戯曲仕立ての宇宙論、エッセイとスケッチの合成物など、形式やジャンルから見ても、文体や主題から見ても、多種多様な著作全二〇編からなる雑文集であり、異種混淆の極みとも言える書物である。この異種混淆性は、「謎と驚異と恐怖にみちた生」を捉えようとした『ヘイ、ラバダブダブ』が逢着した解決策だったのであろうが、やはり「謎と驚異と恐怖にみちた」都会の経験を描こうとしたら、通例のリアリズムや自然主義の枠から飛び出して異種混淆へ向かうしかなかったのであろう。

たとえばユージンの絵画作品は、小説のなかの描写によればだいたいは「アッシュキャン派」のリアリズムに範をとっていると見えるのだが、画商ムッシュー・シャルルの目をもっとも強烈に引きつけた作品は、「痩せて手入れも行き届いていず、あばら骨の目立つ馬群に引かれるおんぼろでみすぼらしい乗合馬車を描いた、吹雪の五番街」(227)であり、アルフレッド・スティーグリッツの写真作品「五番街の冬」をモデルにしていることが明らかである。スティーグリッツはアメリカ美術史上「フォト・セセッショニスト」として知られた写真家であり、米国におけるモダニスト美術運動を先導した重要人物でもあって、ドライサーはジャーナリストとして一八九九年、新鋭の芸術写真家だった彼にインタビューして絶賛する記事を書いた。そういう背景を考慮に入れれば、ユージンの作品はモダニズム美術にもつながっていると示唆されていることになる。もっと言えば、ユージンがその流れを汲むと解される歴史上の「八人組」は、リアリスト画家グループと理解されることが多いが、事実に即すればわかるとおり、アーサー・デーヴィスやモーリス・プレンダギャストのような後期印象派も含んでいたし、ヨーロッパの後期印象主義やモダニズム美術を米国にはじめて紹介した展覧会として有名な一九一三年のいわゆる「アーモリー・ショー」実現に向けて、重要な役割を果たしもした。つまりユージンも「八人組」も、美術史のなかでの異種混淆的な潮流に属していたことになる。

都会経験の表現法を求めたドライサーは、利用できそうな文章表現のジャンルやフォーミュラを研究しただけでなく、ジャーナリストとして美術評論を手がけたこともあり、リアリズムから後期印象主義、モダニズム前衛芸術におよぶ美術の様式も視野に入れていた。自伝的小説のなかで作者の自己像となる主人公を作家ではなく画家に設定しているのも、そのような気構えから生まれた首尾であろう。しかしその下地には、ドライサーが二〇世紀初頭から一九一〇年代にかけてニューヨークのグレニッチヴィレッジに出入りしながら、一時期は『ボヘミアン』誌を買い取って編集に取り組んだこともあり、一九一四年からは五年間ほどそこに住まいを構えてボヘミアンの群れと親しく交わったという事情もあった。

周知のとおりボヘミアンとは、本書第一篇で触れたように、マルクスが痛罵したルンペン・プロレタリアートに属する「フランス人がラ・ボエームと呼んでいる連中」のことであり、ブルジョア社会から落ちこぼれたにせよ、ブルジョア社会に反逆するにせよ、ジプシーのような貧乏生活を誇りながら反俗を貫こうとする人びとである。ラディカルな政治運動や社会運動の活動家をも許容しながら、主流からはずれた芸術に情熱を傾ける連中がたむろする、輪郭のはっきりしない集団であって、そのなかにはもちろん物書きも絵描きも含まれ、たがいに気ままな交流を営んでいた。ボヘミアンは一九世紀半ば以降、大都市のスラム街の近くに安価放縦な暮らしが可能になりそうな区画を見つけ、そこに群れ集う。米国におけるその種の街区だったニューヨークのヴィレッジとシカゴのニアノースサイドやサウスサイドを拠点にして、一九〇七年の経済恐慌後から一九一七年の大戦参戦までのあいだ、ニューヨーク・リトル・ルネッサンスやシカゴ・ルネッサンスが勃興し、ボヘミアンによるアンダーグラウンド文化運動にすぎなかったものが人目につきはじめた。と思う間もなく、米国の大戦参戦に向けた国民総動員の策動によってこのルネッサンスの芽はあえなく摘み取られてしまう。

シカゴやニューヨークと縁の深かったドライサーは、このルネッサンスと深く結びついており、その間の事情についてては、かつて拙論「ドライサーのルネサンス」で「この文化運動は、ドライサーの再出発を促し、励ました。逆にドライサーは、この運動の守護神としての役目を負った」(165)と論じたので、ここではこれ以上立ち入らない。ただここで強調しておきたいが、ドライサーが、最初の小説からその片鱗をうかがわせているとはいえ、大都会の興奮にとらわれるとともに孤独にうち沈む若い芸術家という主題を取りあげ、この主題にブルジョア社会への反逆を表現する可能性があるということを明確に認識するようになったのは、そういう芸術家こそこの社会における英雄であると尊び敬うボヘミアンたちとの交流から与えられた洞察に助けられてのことだったにちがいない。ドライサーは、近代都市に直面する若者を何らかの芸術家的素質をそなえた人物に仕立てるために、ロマン派からモダニズムまでの種々の様式を取りこむことによって、世をすねる若き芸術家の肖像というモチーフをボヘミアニズムから引き継ぎながら、やはり同様のモチーフを重用したモダニズム文学にも接近していった、と考えられるのではないか。

3

ドライサーの都市に対する態度をもっとも直截に書きあらわしている著作は『大都会の色彩』であろう。これはニューヨークを描いた、ドライサー得意のジャンルであるスケッチと呼ばれたたぐいの著作を集めた本である。本書「序言」で著者自身が述べていることによれば、一九〇四年にある新聞の日曜版編集長から、けばけばしいフューチャー記事が並んでいる紙面の埋め草になるような「こぢんまりした地方色もの」(v)を書いてほしいと依頼されて書きはじめた文章であり、刊本として出版されたのは一九二三年だから、執筆された時期はかなり長い年月にわたっているが、ここに描き出されるのは「一九〇〇年から一九一四年か一五年あたり」(i)までのニューヨークである。つまり、まだ若かったドライサーにとってその時代のニューヨークは、尽きせぬ文学的興趣をかき立ててくれる大都会だったというのである。

とはいっても、じっさい『大都会の色彩』に収められている全三八編のスケッチのうち、ニューヨークの「壮麗で活気のある外面」に触れているのは冒頭の二編「我が夢の都市」と「都会の目覚め」ぐらいしかなく、残りは「序言」で予告しているとおり、もっぱら、大都会の華やかさとは「正反対」の「影の部分、あるいは裏面と言ってもいい部分」について語っている(iii)。なぜそうなったのかということを説明して、著者はこの都市に暮らしはじめた当時を振り返りながらつぎのように述べている。

当時、私はたいへん孤独で、状況のしからしむるところ必然的に時間的余裕はたっぷりあったから、他のやり方で気分転換するにはおかねが足りなかったけれど、あちこちうろつくことはできたので、だいたいは逍遙にふけるようになった。歩きまわった場所は、富と繁栄を謳歌しているような街区と好対照をなす、これ以上ないと思われるほど奇怪で独特で興味深い地域であり、そこで見出した際限もなく繰り広げられる人生の諸相をいつまでも観察思弁するのが病みつきになってしまった。(ii-iii)

この結果ニューヨークの裏町、その「影の部分」を描き、そこに暮らす貧しい人びとのゆがんだ性癖を観察したこれらのスケッチは、「この新しい力動的な新世界のメトロポリスのすばらしさ！そのロマンス、その熱狂、その幻想、その窮境！」(iii)を見出した感動に包まれているにしても、いきおい憂鬱な感想をともなうことが多い。ドライサーは貧窮した人びとに深い関心を寄せながら冷静に観察するだけでなく、自分もその同類になりかねないという危惧を感じてやるせなくもなるのだ。たとえば「堕ちゆく者の通過点」では、社会の落ちこぼれたちがあつまる刑務所か救貧院のような安ホテルを取りあげ、「神経がまいって精神的にとてもひどく病み、ひどい鬱病だった」と告白している作者が、「ついに短期間ここに逃げ場を求め」て過ごした日々について語っている(172)。それは、別のスケッチ「貧乏について」で「私の書く力もそれを売り込む力もほぼ壊滅状態に陥らせた神経衰弱」(78)のためとされている、『シスター・キャリー』出版挫折後のドライサー自身の漂泊体験中の安ホテル暮らしを伝えていると見られる。

ホテルはドライサー文学の一つのキーワードであり、都市の空間として重要な役割を演じている。たとえば、高級ホテル住まいで芸能界での成功を誇示するキャリー。ホテルのロビーでチェア・ウォーマーとして暇つぶししたり、ホテルの用務員の仕事に就いたりする落魄のハーストウッド。ホテルの掃除婦をしているうちに囲われ女の道を歩みはじめるジェニー。ホテルのベルボーイになったことで堕落しはじめるクライド。ヘンリー・ジェイムズが故国についての旅行記『アメリカの情景』で、「アメリカ精神」にとってホテル文化が「文明と同義語」になりおおせていて、「ホテル精神こそまさにアメリカ精神ではないのか」と述べた（440）洞察は、ドライサーによって、ホテルの栄華や虚飾のみならず、その裏面や最低級の実例も洩らさずに見つめられることにより、皮肉にも肯なわれるのである。

『大都会の色彩』の舞台となるこの安ホテルにたむろしている者たちの末路は「バワリーか、病院か、川か――思うに最後の選択がもっとも幸いな道だろう」（181）と述べ、自分が川に飛び込み自殺をする可能性があったことを示唆しているし、巻末の短いスケッチ「名もなき死者たちの川」は、栄光に輝くマンハッタン島を取り囲む川に「毎年何百人となく」（286）漂う身元不明の溺死体について語り、飛び込み自殺のモチーフで本書を締めくくっている。このように移民街や貧困スラムをうろつきまわっては、そこに暮らしている「人がどんな生き方をしているのか、どのように切り抜けているのかをスパイすることに飽きることはなかった」（v）と言うドライサーがふけっていたのは、「スラミング（slumming）」と呼ばれる行為にほかならないではないか。

スラミング文学はその淵源を、少なくともフリードリッヒ・エンゲルスの『イギリスにおける労働者階級の状態』（一八四五年）やヘンリー・メイヒューの『ロンドンの労働者とロンドンの貧乏人』（一八五二年）に遡ることができ、米国では一八九〇年代から一九一〇年代にかけてジェイコブ・リースの『あちら側の住民はいかに暮らしているか』（一八九〇年）、スティーヴン・クレインの「困窮の実験」（一八九四年）、フランク・ノリス「第三のサークル」（一八九五年）、ジャック・ロンドンの『どん底の人びと』（一九〇三年）、アプトン・シンクレアの『ジャングル』（一九〇六年）などが書かれた。また、『ハル・ハウスにおける二〇年』（一九一〇年）にまとめられた諸篇で知られたジェーン・アダムズや、ネリー・ブライ、ドロシー・リチャードソン、ベッシーとマリーのヴァン・ヴォースト姉妹などは、ハプケが注視した「労働現場潜入調査報道女性記者の台頭、セツルメント運動や社会福祉事業への女性参加」(45)の潮流に乗って、下層女性労働者に対する抑圧の実態を暴露するスラミング文学を産み出した。ドライサーの著作もこの時代のスラミング文学から学び、またこの運動の一翼を担っていたと見ることができる。

一般的に言ってスラミングとは階級の境界を越えようとする動機に衝き動かされた行為であって、クレインやロンドンがスラムの住民と交わるために浮浪者（bum）に身をやつし、あるいは女性記者たちが工場に潜り込むためにみすぼらしい女工に扮したように、書き手たちは取材のために正体を隠した。しかしドライサーは多くの場合そんな偽装に頼るまでもなかった。彼自身がまぎれもないあぶれ者としてスラムに住みついていたからだ。彼はむしろ、スラムで交わる瘋癲じみた連中と自分との差異化を図ることに熱心で、「貧乏について」では、「周囲の無数の人びとを打ちのめしているらしい貧困の実感」(79)、すなわち「あらゆる形の貧困のなかでももっとも恐るべきで抑圧的で破壊的な貧困である精神の貧困」(77)に、自分はとらえられることなく、「自分の精神、自分のものの見方」(78)を保持できたとうそぶいている。その保持のためにはつねに読書にふけり、「この大都会にそなわっていて無料で開放されている数々の博物館、美術館、資料館、植物園をたびたび訪れる」(79)ことによって気分転換を図ったと、ややスノッブめいた言い方で自慢する。おまけに、「生活自体にともなっている美」(79)である、都会の気象や景観などの芸術的な美しさを見分けて心の支えにすることができる審美眼を誇示する。

むさくるしい都市の情景のなかにこのような美を見つけ出そうとするのは、ドライサーが、いかに似つかわしくない仕分けと見えようとも一種独特な耽美主義者あるいは芸術至上主義者であったと考えるならば、それほど不思議でなくなる。ドライサーの都市描写のなかで高まるこのような審美的観照に、デン・タントは「都会的崇高」の美学を突きとめる。ドライサーの「ドキュメンタリー的言説とロマン派的言説の混合」は、「都市の情景の擬似的全体化に通じる壮観を産み出す」のに資すると見るデン・タントは、つぎのように論じる。

　都市を崇高なるものと見なすドライサーの描き方は、彼の小説自体のリアリズム的表現形式につきまとう断片化されて局所的な捉え方を補完して、仕上げをほどこす。そうすることによってこの作家が示そうとしているように、都市の全体性は、リアリズムの細部にわたる描写法では見えてこないとしても、彼のテクストを通じてなら、少なくともロマン派的想像力にとって

は捉えやすくなるのである。(33)

つまりドライサーの都市の描き方は、都市の全体性を捉えようとした努力の成果だったと言うのである。

しかし、エドマンド・バークやイマヌエル・カントによってロマン派美学の中心概念に仕立てられた崇高をスラミング文学に結びつけたのは、何もドライサーの独創ではなかった。デン・タントは、ボードレールがポーの「群集の人」を翻訳する作業に従事することによって触発され、「大都会の群集にこづきまわされるフラヌールの興奮」(37)を詩に表現して、都市や群集に何らかの全体化を幻視しようとしたことを批判しようとしたヴァルター・ベンヤミンに論及する。アウラにつきまとう貴族主義的崇高趣味を排し、機械技術によって複製された芸術品の大衆性に付こうとするベンヤミンは、フラヌールの振る舞いに意義を認めたりすれば、アウラへのノスタルジーにゆきつくと警戒し、ボードレール批判を構想しているみたいである。これに対してデン・タントはつぎのように待ったをかけている。

都市とその群集には、近づきがたい地平の背後に隠されたままになっている本質——拵えもののアウラ——がそなわっている、などという考え方はもちろん、自己欺瞞的神秘主義の臭気芬々たるものだ。だが、ドライサーの都市世界に対するロマン派的把握を一蹴してしまうならば——もしベンヤミンの論理や、とりわけルカーチによる解釈に文字通りに従えば一蹴するほかないだろうが――、ドライサーの言説を通じて果たされている複雑なイデオロギー的営みを無視することになるかもしれない。(39)

デン・タントが「文字通りに従えば」などと保留をつけたくなるのは、ベンヤミンがフラヌールやボードレールに「論理」を越えた共感を少しでも抱いていなければ、たとえば論文「パリ――一九世紀の首都」のなかで見せたつぎのような卓見に到達するはずもない、と感じているからであろう。

フラヌールはまだブルジョア階級の閾にたたずんでいるように、都市の閾にたたずんでいる。つまり、どちらもまだ彼を呑み込みきっていないし、彼もまだどちらにも所属しきっていない。彼は群衆のなかに逃げ場を求める。群集の観相学に関する初期の研究成果は、エンゲルスとポーの著作のなかに見出されるはずである。群集はヴェールのようなものであり、それを通してみれば、見慣れた都会もフラヌールには走馬燈の幻影のような魅力を帯びてくる。(156)

ここでベンヤミンが描き出しているフラヌールは、ドライサーの登場人物にも、自伝にあらわされたドライサー自身にも、重なってくるではないか。たとえばキャリーは、『ウィンドウ・ショッピング』の著者アン・フリードバーグによって、女性のフラヌール否フラヌーズであると認められている。キャリーがさまよい込むデパートメントストアという新しい商業施設は、ベンヤミンによって「フラヌールにとどめを刺す悪ふざけ」（156）と性格づけられてフラヌールの敵とみなされるのに対して、フリードバーグによれば、フラヌーズにとっては「見てるだけでもよいという資格を与えられて安全でいられる場」であって、「フラヌールにとっては最後のとどめだったかもしれないけれども、フラヌーズにとっては成功への最初の足がかりだった」（37）。ドライサーはスラミング文学の定式を借りてくるときに、フラヌール／フラヌーズの振る舞いつまりフラヌリーも取りこんで、その定式にひねりを加えたと見ることができる。

ドライサーは、フラヌールに魅せられ自らも実演したボードレールを、ホイットマンやポーと並ぶ反逆的なボヘミアン詩人とみなし、著作や手紙のなかでたびたび熱い共感を寄せた。そのことを示す数多くの例のなかからごく典型的な箇所を一つあげるならば、手稿版を底本テクストにしたペンシルヴェニア版『新聞記者時代』のなかのある箇所で、「ポー、ボードレール、ドストエフスキー、ド・クインシー、コールリッジ、ヴィヨン、マンガン〔「アイルランドのポー」と称されたジェイムズ・クラレンス・マンガンのこと〕」（279）が列挙され、彼らは社会の犠牲者であると同時に英雄的芸術家であったとする讃辞が見られる。（ペンシルヴェニア版『新聞記者時代』からは、このような読書体験や文学的影響への言及が手稿には多数あったと明らかになるのだが、惜しいことに、出版社編集陣から衒学趣味として嫌われたためか、初版つまり流布版では削除されていて見られない）。ドライサーに対する嘲笑を主調とするスワンバーグによる伝記では、「あまり本を読まなかった」（285）とか「彼の乏しい読書量」（326）とか描き出されているにもかかわらず、ドライサーは自伝で、若いころからさまざまな分野にわたってさまざまな傾向の書物を独学者らしく手当たり次第に読みまくったと述懐している。スワンバーグの弁に反し、彼はたいへんな乱読家であり、さまざまな傾向の文学から学んだと見なしてもよいと思われる。自伝では、読んだ本のタイトルとして多くのロマン派的な作品や感傷小説さえあげ、「リアリストとしての私のささやかな評判にもかかわらず、自己分析によれば私はリアリストというよりむしろロマンティストに幾分近いようだ」(D 180) などと書いている。だから、ドライサーはボードレールやベンヤミンに似て、ポーの「群集の人」から刺激を受けてフラヌリーへの関心をかき立てられたと考えても、あながち見当外れとは言えまい。そういうことを踏まえれば、ドライサーがスラミング文学のなかに一見そぐわない都会的崇高を取りこむにいたった道筋も見えてきそうだ。

4

ドライサーは、たとえば貴族ともブルジョワとも無縁な貧乏娘キャリーが、都会的崇高を感得する鑑識眼に支えられるフラヌリーにふけるなどという物語を通じて、「複雑なイデオロギー的営み」とデン・タントが呼んだものに取り組んだとすれば、そこには、都会の暗黒面を相対化する仕掛けとして都会的崇高だけでなく、それにつながりながらもさらに根源的とも思われる牧歌（パストラル）の伝統に助けを借りていることも見えてくる。ドライサーの著作のなかではパストラルのイメージが随所にあらわれるからである。

小説作品としては『ジェニー・ゲアハート』に頻出するパストラル言説の例がわかりやすいかも

しれないが、都会的崇高に頼ることが多い『シスター・キャリー』においてさえ、キャリーにとっての美や幸福は、「こよなくのどかな日」とか「はるか彼方の世界の山上を照らす、あの歓喜の輝き」とか、「静謐な風景をくりひろげる土地にどこからともなく響きわたるはぐれ羊の鈴の音か、はたまた、森深きところで見えがくれする美の片影か」(455)などと、パストラルの常套句で語られている。キャリーにのぼせたハーストウッドは、「まるで樹から新鮮な木の実をもぎとるようにキャリーを摘んだ。キャリーといっしょにいると、夏のうだるような暑さから、春を告げる涼風のなかへ出てきたような気がした」(113)とされる。あまりにも陳腐なパストラル調なのでアイロニーとも受けとられかねないけれど、案外大まじめな文章なのであろう。都市小説のなかに不釣り合いなパストラル調が取りこまれていることについてデン・タントは、「わかりやすい何らかの二元論に陥らないように、レイモンド・ウィリアムズやウィリアム・クローノンに倣って、クローノンの表現を借りて言えば、「都会と田舎を対比する物語」は「統合された物語として」語られるべきだと考えるのがよい」(252n)と論じている。

ベンヤミンがフラヌールに共感しているのか嫌悪しているのか、最終的にははっきりしないし、アウラと機械的複製との対立矛盾はアイロニーを呈するだけで、対立が繰り上がって統合にいたる弁証法的解決に達せず、ベンヤミンについてよく指摘される「静止した弁証法」になっているとも思える。それと同様に、ドライサーが都市に見出す悲惨(「恐怖」)と崇高(「驚異」)の対立も、スラミングのリアリズムと崇高美を尊ぶロマン主義の異種混淆によってアイロニーを醸し出しそうではあるが、著者の姿勢が不安定なのではっきりしない。アイロニーは最終的にはどちらかの側に付くことを含意し、一方が他方をパロディ化し諷するることによってモノローグ的な統合に達するとすれば、ベンヤミンにしてもドライサーにしても、どちらの側に付くのかはっきりしない以上ほんとうはいかなるアイロニーなのか明確でなく、バフチンが「隠れた内なる論争」(199)と呼んだものに近いと言うべきではないか。ドライサーにおけるパストラル取り込みがどういう「イデオロギー的営み」を果たしているのか、見定めるのは容易ではない。

パストラルとアイロニーをめぐる問題の考察に、ウィリアム・エンプソンの『パストラルのいくつかの型』はヒントを与えてくれる。エンプソンは「すぐれたプロレタリア芸術はたいてい隠れたパストラルである」(6)と主張し、つぎのように論じた。

リアリスティックなたぐい（擬似パストラルの気味を帯びたたぐい）のパストラルは、社会的不公正に対する憤懣の自然な表現にもなる。描かれる人物があまりにも貧しくて社会の恩恵に浴せないがゆえに社会の外へ追いやられるなら、その人物は芸術家が自負するような意味で独立しているし、社会に対する批判者になりうる。この結果犯罪に追い込まれるなら、自分を裁く社会に対する審判者にもなる。ここから、その人物に対しても社会に対してもアイロニーが生じる。もしその人物が同情に値する罪人ならば、生け贄としての（それゆえにキリスト教的愛を呼び覚ます存在としての）キリストを思わせるとともに、犠牲にまつわる悲劇的英雄としてのキリストを思わせる存在になりうる。悲劇的英雄は社会の底辺で呻吟するよりも社会の上に立つ存在であるのが通常だったから、アイロニーがいっそう際立つことになる。(16-17)

エンプソンがこれを書いたときドライサーは念頭になかっただろうが、ここに登場する「描かれる人物」とは『アメリカの悲劇』の主人公クライド・グリフィスのことだ、とも言えるではないか。興味深いことにこのエッセイの原型となった「プロレタリア文学」は、一九三〇年代に日本で発行された特異な英米文学専門雑誌『新英米文学』に三号連載で発表された論文である。これがのちに加筆されて著書『パストラルのいくつかの型』第一章となったのである。『新英米文学』については、日本英学史上たいへん重要と思われるのに今ではほとんど知られていない雑誌であるが、かつて拙論で若干紹介したことがあるので、ここではあまり詳述しない。日本の一五年戦争突入後間もなく、治安維持法下の抑圧に抗する反ファッシズム運動の一環として発刊されたこの雑誌に、当時日本で教鞭を執りはじめていたエンプソンは寄稿したり、雑誌主催講座の講師を務めたりして熱心に支援したらしく、彼の国際的な左翼反ファッシズム運動への関心をうかがわせている。とはいえ、プロレタリア文学やマルクス主義運動に対する彼の関わり方は、ベンヤミンと同様にちょっと斜に構えており、ベンヤミンよりももっとアイロニーを含んでいた。

反ファッショ人民戦線にかんする独創的な研究書『文化戦線』の著者マイケル・デニングは、プロレタリア文学に対するエンプソンのアイロニーをたたえた見方について、つぎのように査定している。

エンプソンは、プロレタリア文学をめぐる論争に加わった初期の論者たちの多くと同様、特定の作品の分析よりも想像された文学潮流を基にして議論を組み立てている。（略）にもかかわらず、プロレタリア文学のなかにパストラルの要素を探りあてたエンプソンの見方は、鉱山の飯場や都市のスラムを舞台にした悲惨ながら神話的な作品についての「自然主義的」解釈があまりにも多かったことに対する重要な修正策である。（251）

デニングは、一九三〇年代左翼文学のなかで必須とされたリアリズムのたてまえに反する諸要素に脚光をあて、プロレタリア文学が「プロレタリア的崇高」のみならず「プロレタリア的パストラル」をも利用していたと論じる（230）。「貧民街のパストラルは社会的リアリズムの一形式というよりも、プロレタリア恐怖小説であり、寓話的都市風景を、アメリカ俗語や貧民街方言に移民の出身地の言語的残滓を加えたピジン英語で綴った作品である」（231）と主張するデニングは、エンプソンに同調して、プロレタリア文学におけるリアリズムとパストラルの矛盾にアイロニーを突きとめている。

都市生活を表現するという課題に根気よく取り組んだドライサーは、安っぽい感傷小説から由緒正しいパストラルにいたるまでさまざまの先行様式を取りこんだ。それは彼の生い立ちとかジャーナリストや編集者としての経験から学んだだけでなく、何よりも精力的で広範な読書から得た成果であると見なければならない。ドライサーがポーから何を摂取したかを考察した論文でトマス・リジオが書いているように、「ドライサーによるポーの巧妙な加工を見れば、ドライサーは〈素朴な〉書き手であり、文学的ないし知的な基礎に欠けていて、〈現実の〉経験をこつこつ記録しただけで強烈な効果をあげた作家であるというような見方は成り立たなくなる」(532)。多くの書物からいろいろな要素を取りこんだために、彼の著作の様式は雑多で異種混淆を特徴とするものになったのだが、そのために各様式にこめられた価値も背負い込んでしまい、内的矛盾を引き起こす結果を招いている。その矛盾が異なる様式間でアイロニーを生み出していると読むことも可能かもしれないが、それぞれの様式に対して裁断しきれないでいるドライサーの著作内における矛盾は、先にも述べたように、弁証法的解決や止揚に欠ける分だけアイロニーとしては不明確で、むしろバフチン的対話法の所産である「隠れた内なる論争」の体をなしている、そう私は解したい。

■引用文献

Arnavon, Cyrille. "Theodore Dreiser and Painting." *American Literature*, vol. 17, no. 2. May 1945: 113-126.

Bakhtin, Mikhail. *Problems of Dostoevsky's Poetics*. Ed. & Tr. Caryl Emerson. U. of Minnesota P., 1993.

Benjamin, Walter. "Paris, Capital of the Nineteenth Century," in *Reflections: Essays, Aphorisms, Autobiographical Writings*. Ed. Peter Demetz. Tr. Edmund Jephcott. Schocken Books, 1986, pp. 146-162.

Davidson, Cathy N. *Revolution and the Word: The Rise of the Novel in America*. Oxford UP, 1986.

Denning, Michael. *The Cultural Front: The Laboring of American Culture in the Twentieth Century*. Verso, 1997.

Den Tandt, Christophe. *The Urban Sublime in American Literary Naturalism*. U. of Illinois P., 1998.

Dreiser, Theodore. *A Book About Myself*. 1922. Fawcett Publications, Inc., 1965.［本論中この作品からの引用箇所を示す場合はABAMと略記する。］

———. *A Hoosier Holiday*. 1916. Greenwood P., 1974.

———. *Dawn*. 1931. Fawcett Publications, Inc., 1965. [本論中この作品からの引用箇所を示す場合は D と略記する。]

———. *The Financier*. 1912; 1927. Dell, 1961. [本論中この作品からの引用箇所を示す場合は TF と略記する。]

———. *Hey Rub-A-Dub-Dub: A Book of the Mystery and Wonder and Terror of Life*. Boni and Liveright, 1920.

———. *Jennie Gerhardt*. 1911. In *Theodore Dreiser: Sister Carrie, Jennie Gerhardt, Twelve Men*. Ed. Richard Lehan. Library of America, 1987, pp. 457-823.

———. "A Master of Photography" [Alfred Stieglitz] *Success*, 2 (June 1899): 471. In *Selected Magazine Articles of Theodore Dreiser: Life and Art in the American 1890s*. Ed. Yoshinobu Hakutani. Fairleigh Dickinson UP, 1985.

———. *Newspaper Days* (Dreiser Edition). Ed. T. D. Nostwich. U. of Pennsylvania P., 1991.

———. *The Color of a Great City*. 1923. In *The Works of Theodore Dreiser in Twenty Volumes*, XVI. Rinsen Book Co., 1981, pp. i-vi; 1-287. [Reproduced from the first edition: Boni & Liveright, 1923.]

———. *Sister Carrie*. 1900. In *Theodore Dreiser: Sister Carrie, Jennie Gerhardt, Twelve Men*. Ed. Richard Lehan. Library of America, 1987, pp. 3-455. 村山淳彦訳『シスター・キャリー』、岩波書店、一九九七年。

———. *The "Genius"*. 1916. World Publishing, n. d.

Empson, William. "Proletarian Literature."『新英米文学』二巻、二-四号、一九三三年、一・四-五、八・六-七頁、三五-三七頁、二〇-二三頁。

———. *Some Versions of Pastoral*. 1935. New Directions, 1974.

Finkelstein, Sidney. *Existentialism and Alienation in American Literature*. International, 1965.

Friedberg, Anne. *Window Shopping: Cinema and the Postmodern*. U. of California P., 1993.

Gelfant, Blanche Housman. *The American City Novel*. U. of Oklahoma P., 1970.

Hakutani, Yoshinobu. "Jennie, Maggie, and the City." In *Dreiser's* Jennie Gerhardt: *New Essays on the Restored Text*. Ed.James L. W. West III. U. of Pennsylvania P., 1995, pp. 147-156.

Hapke, Laura. *Tales of the Working Girl: Wage-Earning Women in American Literature, 1890-1925*. Twayne, 1992.

James, Henry. *The American Scene*. 1907. In *Henry James: Collected Travel Writings*. Ed. Richard Howard, Library of America, 1993. pp. 351-736.

Matthiessen, F. O. *Theodore Dreiser*. Dell, 1966.

Murayama Kiyohiko. 村山淳彦「ドライサーのルネサンス」、大橋健三郎教授還暦記念論文集刊行委員会編『文学とアメリカII』、南雲堂、一九八〇年、一六四-一七九頁。

——.「アメリカのアカデミズムと日本のアメリカ文学研究」、荒このみ・生井英考編『シリーズ・アメリカ研究の越境　第六巻——文化の変容と変貌』、ミネルヴァ書房、二〇〇七年、八七-一〇七頁。

——.「元祖『新英米文学』讃江」、『新英米文学研究 (New Perspective)』三七巻、一号（総号一八四号）、二〇〇七年、一四-二三頁。

Riggio, Thomas P. "American Gothic: Poe and *An American Tragedy*." *American Literature*, 49. Jan. 1978: 515-32.

Swanberg, W. A. *Dreiser*. Scribner's Sons, 1965.

White, Morton & Lucia. *The Intellectual versus the City: From Thomas Jefferson to Frank Lloyd Wright*. Harvard UP, 1962.

第五篇　「アメリカの悲劇」はリンチから

ドライサーは主著を『アメリカの悲劇』と題し、他の著作でも「悲劇」という言葉をしばしば用いたのに、彼の著作のなかでこの言葉がいかなる役割を果たしているのかという問題は、あまりまともに論じられてこなかったのではないだろうか。私は前著『セオドア・ドライサー論』でこの問題にこだわったが、ここでふたたび蒸しかえしてみたい。

ＯＥＤは、「悲劇」の語義としてまず何よりも古典ギリシャ語に遡る語源を説明した上で、「深刻なあるいは哀愁にみちた調子の、破滅的ないし悲惨な結末を有する戯曲その他の文学作品」という定義をあげ、さらに文学に関連した意味の拡張をたどったのち、「《比喩的に》現実の生活における不幸ないし破滅的な出来事あるいは一連の事件。恐ろしい惨禍あるいは災厄」という意味を第三番目の定義としてあげている。この語は、本来古典ギリシャ悲劇の意に限定されて使われるべきだったのにジャーナリズム、マスコミで濫用された結果、意味を腐蝕させられ通俗化した第三番目の語義を帯びている状態にあると解され、ジャーナリズムの悪弊に染まったドライサーは、そのことに無反省のままこの語を多用していると見なされた。そんな見方にとどまるかぎり、ドライサーにおける悲劇の意味など問題にされなくても当然ということになろう。

しかし、ギリシャ悲劇の高みから現代の俗流を一蹴するような議論は、この語に対するドライサーのただならぬ執着に一顧だに与えず、あまりにも冷淡ではないだろうか。そんな冷淡さの前で立ちつくしていたときに私が出会ったレイモンド・ウィリアムズの『現代の悲劇』は、啓示の光をもたらしてくれた。その卓見はすでにこれまでもいくつかの拙稿に引用したが、もう一度ここに引用させてもらいたい。

今や学術的伝統となっている制度のなかで訓練された人びとが、「悲劇」という言葉の厳密さを欠いた通俗的な用法と見なすものを、日常の会話や新聞のなかに見出していらだち、軽蔑さえあらわすのは、きわめてありふれた光景である。（略）答えなければならない問いがまだ二つ残っている。すなわち、伝統と呼ばれるものがそれほど明晰で単一の意味を伝えているというのはほんとうであろうか。そしてまた、たぶん意味を取り違えてであろうとも日常的に悲劇と呼ばれているような今日のいろいろな出来事と、悲劇の伝統とのあいだに、われわれはどんな現実的関係を見出し、人生の判断基準となしうるか。（14-15）

ウィリアムズはドライサーにまったく触れていないけれども、ここでは、ウィリアムズが提起した見地からドライサーの悲劇の観念に探りを入れ、その観念が彼の作家としての発展に果たした役割を究明しようというのである。そのために、ドライサーが一八九〇年代にフリーランスのジャーナリストとして書いた文章から代表作『アメリカの悲劇』にいたるまでの諸著作を読み直してみたい。すると浮かび上がってくるように、ドライサーの悲劇的趣向は、南北戦争後から二〇世紀初頭にかけて米国社会で異様に急増したリンチ事件によって播種され、その後も頻発したリンチまがいの事件に対する憂慮によって粘り強く培われたのである。

1

米国におけるリンチ事件の研究書として知られる『リンチという悲劇』に著者アーサー・レイパーが掲出した統計「第一表――一八八九～一九三二年のリンチ事件（白人・黒人別）」（480-81）によれば、この期間に三、七四五件のリンチ事件が起きた。一八九二年には一年間の発生数としては最多の二五五件起きており、年間のアフリカ系アメリカ人犠牲者が年間一五五人という最多数に達したのは一八九二年と一八九三年だった。この統計は、レイパーが黒人団体タスキーギー学院刊『ニグロ年鑑一九三一～一九三二年』から借りてきたものであり、リンチ事件を報道する新聞記事から学院が集計した結果であって、もともと一八八九年以前のデータはなかった。ジェイムズ・マッガヴァンが述べるとおり、「リンチ事件に関する統計はすべて新聞記事に頼っているからには、近似値にすぎない」(2) のだから、レイパーの著書は「一九三三年に出版された社会学的研究でありながら、いまだに古典的解説となっている」(3) とみなされる。

このような時代背景を視野に入れれば、黒人青年が犠牲となるリンチ事件を真正面から描いたドライサーの初期短編小説「ニガー・ジェフ」は、リンチ事件猖獗のただなかで執筆され、リンチを要に据えながらアメリカ的な悲劇を構想しようとする文学的営為の出発点を画した作品として、特異な重要性を有していると見えてくる。ドライサーはこれを一八九九年に書き上げ、一九〇一年に雑誌に発表した。その年マーク・トウェインは、ライブラリー・オブ・アメリカ版トウェイン短編集を編集したルイス・バッドによれば、米国におけるリンチの慣行を批判したエッセイ「リンチャーダム合衆国」を執筆したが、反発を恐れてその発表は控えた（1006）。少年時代に設定された『ハックルベリー・フィンの冒険』や、空想物語である『コネティカット・ヤンキー』のような作品のなかではリンチを描いたトウェインも、同時代の米国社会で起きているリンチについての文章を発表するのは躊躇したということであろう。このエッセイが死後はじめて出版されたのは一九二三年のことだった。一九〇一年の段階で黒人リンチ事件を同時代の出来事として描いた文学作品は、黒人作家によるいくつかの例を除けば、ほとんどなかったのである。ただし今日「ニガー・ジェフ」の標準テクストとされるのは、ドライサーが一九一八年に短編小説集『自由その他』を出版したとき若干の手直しを加えて収録した版である。

物語は、リンチ事件が起きるかもしれないと思われている片田舎の町プレザントヴァレーに、駆け出しの新聞記者エルマー・デーヴィスが取材のために派遣されるところから始まる。この町の所在地は Ko と略記される州とされるが、これはドライサー自身が駆け出しの新聞記者として働いたミズーリ州の略記 Mo の変形であることが明白である。現地でデーヴィスが知りえたところ、農場主の娘エイダ・ホイッティカーがある黒人に襲われたという騒ぎが持ち上がり、父親のモーグ・ホイッティカーと兄のジェイクが暴徒集団＝モブを率いて、容疑者をリンチにかけるため追跡中とのことである。デーヴィスは記者としての務めを果たすため、かき集められた捜索隊のあとについて行かざるをえなくなり、あたかも自分が「(否応なく) リンチ集団の一員——雇われ見物人」(82) になったかのごとき立場に立たされる。

ここでデーヴィスがリンチの共犯者になりかねないという懸念をあらわしていることは注目に値する。ジョナサン・マーコヴィッツがつぎのように論じているような、報道人の責任についての意識が表現されているからである。

> リンチ事件の頻度が下がるにつれて、リンチが発揮する見世物としての影響力は、もはや無視できないほど確実に高まった。というのも、近代的な通信技術のおかげで、リンチ事件の映像や記事をますます多くの受け手に届くように伝播することが可能になったからである。リンチ事件の描写は、人びとに対する監視機能やモブの恐怖を増幅し拡大するのに役立ったから、リンチそのものとはまったく別物などと理解されるべきではなくて、リンチのふるう威力の重要な一部として働く要素であると理解されるべきである。(xxvii)

マスメディアで働くデーヴィスは、リンチ事件現場から記事を送ることによってリンチの効果を広める役割を演じ、共犯に等しくなるのではないかという懸念に取りつかれる。その懸念からなかなか免れられず、事件後も「自分がこの事態進行の一部として加わっていたなんて——ほとんど信じられなかった」(103) と感じて、不安を抱えているさまが描かれる。

一方、容疑者の黒人青年ジェフ・インガルスは、地元の保安官マシューズに身柄を拘束され、さしあたりはリンチ集団の手から逃れて危険を脱したかに見える。マシューズは法的手続きに従って措置が下されるようにジェフを保護しようとするからだ。リンチ・モブはマシューズの家の前に集まって威嚇し、ジェフを引き渡せと要求するが、その先頭に立つジェイクは「虚勢を張っているにもかかわらずあまり勇敢ではないし、あとからついてきた群衆の気弱さを感じとっている」（92）ので、けっきょくマシューズに追い払われてしまう。デーヴィスは、保安官を「すばらしい英雄」に仕立てて「モブが敗退したという記事」（93）が書けると知ってほっとする。しかしデーヴィスが記事を書き終えて間もなく、モブは引き返してくる。今度はモーグ・ホイッティカーに指揮されて勢いづいたモブは、保安官を抑えこんでまんまとジェフを引っ立て、縛り首のリンチにかけて橋から吊す。その残酷無情な行為にデーヴィスは衝撃を受けつつ、「まわりに集まってきた群衆はますます密集し、自分たちがやり遂げたことに浮かれ騒ぐというより恐怖に打たれていた。誰ひとり、そこでおこなわれていることに反対を唱えるだけの勇気も慈悲ももっていないようであった」（102）と見て取る。この成り行きから受けた心理的打撃は、つぎのようなデーヴィスの疑問としてあらわされている。

誰であろうとこんな死に方をしなければならないなんて、なぜなのか。なぜボールドウィン［隣町］かどこかの人たちが、こんなことが起きる前に立ち上がって法を守れなかったのか。法律による処理にまかせるだけでいいではないか。父親も息子もけだものじみていた。娘とか妹とかが受けた被害だってこれほどひどくはないのに。それでもやはり慣習に従えば、こういう問題となると、こんなやり方で死人を出さずには収まりがつかないみたいだった。（103）

のちにマシューズと会ったデーヴィスは、保安官が「危ない目にあったことも、自分の敗北も、同じように超然と受けとめており、（略）保安官としての人気を失いたくないだけにちがいない」（106-07）とさとる。ジェフの家族との会見のためにその小屋を訪れ、そこに安置されていたジェフの死体を目にして、デーヴィスの悲しみと義憤は深まる。ジェフが死の直前に別れを告げるため小屋に帰ってきたとジェフの妹から聞かされただけでなく、ジェフの屍体のそばで嘆き悲しむその母親を見て、デーヴィスは感極まる。

ドライサーは「ニガー・ジェフ」の素材を新聞記者としての自分の経験から得ている。彼は駆け出しの記者として、ある黒人のリンチ事件を目撃し、記事を書いたことがあった。この経験は自伝『私自身に関する本』で言及されているが、それは、その後結婚したサラ・ホワイトに対する当時の自分ののぼせ上がり方を揶揄するために、対照として用いられているにすぎない。つぎのような皮肉のこもった書き方である。

郊外の田舎でひとりのニグロが女の子を襲ったので、私は時宜を逸せずに駆けつけて、そいつがリンチされるのを見ることができた。だがその後、吊されて揺れている死体をあとにして林のなかを歩きながら私が考えていたのは、彼女のことだった――それで人生には何ひとつ不都

合なんか感じられなかった。のぼせ上がるほどの恋とはそんなものだ。(271)

このリンチ事件についてドライサーが書いた新聞記事は、長年同定されないままになっていた。パイザーによるドライサー研究書では、『セントルイス・リパブリック』紙一八九三年九月一七日付の記事がそれにあたるのではないかと示唆されていた(350 n12)。だが実は、同紙一八九四年一月一七日および一八日付けの記事がドライサーの書いたものであると、N・D・ノストウィッチによって確証され、その編集になるドライサー筆新聞記事集『ジャーナリズム』に掲載された(TDJ 249-58)。この経緯のおかげで、わずか半年ばかりのあいだにセントルイスでリンチ事件が少なくとも二件起きていたと明らかになる。

「ニガー・ジェフ」の登場人物ジェフ・インガルスと新聞記事で描き出される犠牲者ジョン・バックナーを比較してみると、かなりの違いが認められる。この違いについてノストウィッチはつぎのように述べている。

ドライサーの物語構成テクニックを研究している者たちにとって興味を引かれるだろうが、彼は最初の記事に含まれている諸要素を創作の目的に合わせて改変した。ジェフをバックナーより好人物に変え、各関係者の演じた役割を実際よりも大きくしたり小さくしたりし、人種差別的修辞の痕跡をほとんどすべて取り除いたりしている。人種差別的表現は『リパブリック』紙の記事を醜悪にしているけれども、一八九〇年代のこのような事件に関する新聞記事ではほと

んど必須の常套句とされていたと思われる。(SDNJ 176-77)

記事版と創作版との比較から、リンチの犠牲者を読者に同情させるように仕立てることによって、扇情的な新聞記事を悲劇的文学作品へ作りかえようとしているドライサーの努力が読みとれるというのである。

自警団的モブによる超法規的即決裁判にしたがっておこなわれる処刑の犠牲者は、不完全な統計でも多少つぶさに検討してみればわかるように、男性アフリカ系アメリカ人に限られていたわけではなかったし、犠牲者をとがめるために持ち出された訴因は強姦に限られていたわけでもなかったのだが、にもかかわらず当時の俗説では、強姦容疑の黒人男性がお定まりのリンチ攻撃目標と見られていた。しかしながら、ジョン・ホープ・フランクリンが述べるには、「リンチされた黒人はたいてい白人女性を強姦したと告発されたなどという印象が広く受け入れられているけれども、そんな感触を裏づける証拠はなかった」(323)。じじつ、レイパーがあげる統計「第二表——一八八九～一九三二年のリンチ犠牲者にかけられた嫌疑」(482-83)はフランクリンの見解を裏づけており、それによれば「強姦」ないし「強姦未遂」がリンチの訴因とされた事例は、全部で三、七〇〇あまりのリンチ事件のうち八七八件しかなかった。だがリンチに走る社会にとって重要だったのは、共同体の結束を固め、秩序を回復する目的でなされる儀式性を帯びたリンチ行為そのものであり、どうしても犠牲者を選び出さなければならなかったものの、その犠牲者がいかなる逸脱を犯したか、あるいはそれをほんとうに犯したか、などということはどうでもよかったのだ。

レイパーが言うには、時代が進むにつれて「リンチ事件はだんだん南部特有の現象となり、おまけに人種に関連した事件になっていった」(25)。そうなったのは、『見ものとなる秘密』の著者ジャクリーン・ゴールズビーが、南北戦争後再建時代に形成された「リンチを駆動する〈文化に潜む論理〉」(5)と呼ぶものの効果だったかもしれない。彼女によれば、一八八〇年から一九二〇年までの米国が近代民族国家として発展を遂げるなかで、「暴力が文化的環境の一部」となり、「白人男性は異端的な〈新しい女〉や唾棄すべき黒人解放奴隷からの挑戦を受けても、暴力に訴えることで、失いかけた権威を実感し直すことができた」(56)のである。このような人種差別と性差別にかまける米国の〈文化に潜む論理〉のしからしむるところか、黒人男性強姦犯はリンチ犠牲者のなかでも格別に突出させられ、リンチの正当性を裏づける存在として利用された。そんな時代を背景にして読んでみれば、黒人男性強姦犯としてリンチの犠牲にされるジェフを少しでも同情的に描いている「ニガー・ジェフ」の挑発的な意味が明らかになる。

「ニガー・ジェフ」の結末でデーヴィスは社会の現実に目を開かれ、「誰にでも公正に賞罰が振り分けられるわけではないんだ、けれど書き手が果たすべき役割は、説明することであって告発することではない」(111)という認識に達する。そして「ついには勝ち誇った調子ではあれ実感のこもった声で、「こいつをもれなく書いてやるぞ！」」(111)と喝破したと描かれている。ここでデーヴィスは、新聞記者という仕事はリンチの脅威を世間に拡散するのに手を貸すことではないかという懸念につきまとわれ、共犯の後ろめたさにとらわれていた局面を乗り越えて、書くことに潜んでいる威力を発揮できるようになろうという決意を固める段階に達している。それは、リンチに対してメディアが発揮しうる威力についてつぎのように論じるマッガヴァンの見地に、デーヴィスが接近したことを示唆している。

近代の科学技術――通信社や、撮影できるようになった写真や動画、記者やカメラマンたちが利用できるようになった交通機関、等――のおかげで、暴徒集団行動に走ろうとする者たちからは、無名にとどまる利点が決定的に奪われた。(略)かつては地方の狭い社会のなかに効果的な抑止力が欠如していることがリンチを助長していたのだが、メディアによって新たに創出された全国を包摂する社会は、効果的な抑止力をお膳立てしてくれるようになった。(141-42)

「書き手が果たすべき役割」についてデーヴィスが作品の最後に到達する認識には、たとえ書くことは「説明することであって告発することではない」と自らに釘を刺しながらも、「抑止力」の役割を演じなければならないという自覚が含まれている。共犯意識から著作の責務に思いをいたすまでのデーヴィスを描くことによってドライサーは、メディアにまつわる二面性をとらえようとしているのではないだろうか。

デーヴィスが新たな認識に目覚めるのは、インガルスの小屋のなかでジェフの屍体のそばに嘆き悲しむ母親を見出した衝撃に突き動かされたからだと描かれている。目を引くことには、ジョン・バックナーのリンチ事件を伝える新聞記事でもバックナーの母親が、「雲間に見える青白い月の光が、惨めな丸太小屋の窓の破れガラスをとおして差し込んできて、死人の寥々たる姿態を照らし出し、そのそばの薄暗がりで、過てる息子の母親がひとりっぽち泣いていた」（TDJ 253）と描き出されている。ドライサーは短編小説にも新聞記事にも、泣く母の表象を含めているのだが、かつて米国のジャーナルに発表した拙稿で論じたように、これは伝統的に、恐ろしい性犯罪を扱うバラッドにおいて役立てられたフォークミュラの重要な要素であった。

さらにまた、ドライサーの書いた短編小説でも新聞記事でも「悲劇（tragedy, tragic）」という語が、リンチを意味する言葉として重用されていることに注目しなければならない。新聞記事ではバックナーに対するリンチが「書かれざる道徳律の悲劇的施行」（TDJ 252）と表現されているし、「ニガー・ジェフ」ではこの語が五回も使われている。ドライサーにとって、リンチの犠牲者、とりわけ性的犯罪の嫌疑をかけられて住民の怒りの標的にされた者が処刑されるまでの容赦ない進行過程は、悲劇を思わせる運命的不可避性を帯びていたのであろう。悲劇という言葉は昔から、たとえば「バークシャーの悲劇（"The Berkshire Tragedy"）」などというバラッドのタイトルにあらわれるフォークロアの審級にも属していたし、性的犯罪に関する新聞記事の見出しにも常用されていた。悲劇という語のこのような通俗的用法は、母の涙ともども、まさに、レイモンド・ウィリアムズが「たぶん意味を取り違えてであろうとも日常的に悲劇と呼ばれているような今日のいろいろな出来事」と呼んでいるものの実例である。強姦、殺人、リンチをはじめとする暴力的犯罪について書くとき、ドライサーはこの古くさくて卑俗な風習に何度も頼った。

2

ドライサーは、リンチ事件がもっともはびこった一八九〇年代にリンチに取材した記事や短編小説を書いたが、その後も「こいつをもれなく書いてやるぞ！」というデーヴィスの決意に自身も感化されたかのように書き続け、リンチとそれをめぐる諸問題を作家としての中心テーマに定めたとも見えるほどになった。

たとえば一九一五年に出かけた故郷インディアナ州までの自動車旅行について書いた旅行記『フージアの休日』では、レオ・フランクのリンチ事件を取りあげている。フランクはジョージア州アトランタに暮らしていた若いユダヤ人で、一三歳の少女メアリー・フェイガンに対する強姦殺人の罪に問われ、南部の激しい反ユダヤ人感情の影響のもと、冤罪により投獄された（フランクは死後七〇年以上も経ったのちに正式に無実と認められ、名誉回復された）。一部市民はフランクが死刑から終身刑に減刑されたことに業を煮やし、フランクを獄中から拉致して処刑した。旅行中にこのリンチ事件をニュースで知ったドライサーは、旅行記のなかで南部についての思いを述べながらこのリンチ事件に触れ、リンチ・モブに対するつぎのようなあけすけな批判を綴った。

これは、南部のあの血に飢えた習性がまたあらわになっただけのように思えた。あの習性のために、今日になっても、家族間の宿恨、決闘、リンチ、火あぶりの殺人が起きるのだ。あの習性はごく自然な欲望をしゃにむに別の方向へゆがめる抑圧に関係しているにちがいない、というのが私の変わらぬ思いだ。（略）先に述べたような習性は、南部人生来の思慮分別に対する断固たる告発にほかならない、と私には思える。彼らには頭脳や平衡感覚や判断力があるのだろうか。あるというのなら、子どもや野蛮人に等しい異様な振る舞いや逆上に酔い痴れるのはなぜなのか。（237）

レイパーが言ったように、じっさいに「リンチ事件はだんだん南部特有の現象となり、おまけに人種に関連した事件になっていった」とすれば、リンチとは白人男性による人種的支配のみならず性的支配も遂げようとする行為となり、強姦にまつわる妄想や神話とか異人種混交への恐怖とかが、リンチを駆動する〈文化に潜む論理〉の中心的要素になる。人種というもともと曖昧な概念からすれば当然の結果であるが、標的にされた非白人とは黒人に限られず、ユダヤ系やイタリア系やアジア系も含まれた。ドーラ・アペルが論じるには、「人種間の暴力が根ざしているのは、人種、ジェンダー両分野における不安であって、この不安のために黒人男性と白人女性の性的関係は犯罪と見なされ、そういう関係をさらに広めて白人支配の権力構造の不安定化につながるかもしれないアフリカ系アメリカ人への選挙権や教育の付与が恐れられた」(2)。リンチがジェンダー支配を含意していることについては、スティーヴン・ホイットフィールドが「問われるべき理想のなかには、女性を男性が護らなければならないという考え方も含まれていたが、それは神聖なる婚姻の枠の外における性行動への暗い［非白人の］誘惑から護るということだった」（109-10）と言うのも、女性を護らなければならないとなれば、女性を管理監督しなければならなくもなり、性的支配を必然とするからだ。

リンチには人種と性が密接に絡んでいるとはいえ、ドライサーの関心は、おそらく彼自身の結婚生活における悶着やたえず直面した性生活上の苦渋に影響されて、リンチ事件における人種的抑圧から性的抑圧の問題へだんだん移っていったように思われる。リンチの犠牲者が裸体をさらされ、性器を痛めつけられ、死体を切り刻まれ、写真に撮られて売り出されたことからもうかがえるように、リンチの実行者や観衆のみならずメディアの報道姿勢も、性的逸脱に対する病的なまでの興味を示した。ドライサーもそういう傾向を一般大衆と共有していたのかもしれないが、その関心の根底をなしていたのはむしろ、消費文化における享楽主義や通俗文化の隆盛が引き金になって、社会的進出を遂げつつあった女性のセクシュアリティが商品化を通じて強烈な索引力を発揮するようになった趨勢に対する認識であったと私は考えたい。

一九一九年に出版された戯曲『陶工の手』は、人種ないし民族ゆえの抑圧だけでなく性的な抑圧にもこだわったドライサーによるもう一つの作品であった。劇の主役イザドア・ベルチャンスキーは貧しいユダヤ系移民の息子であり、「あんなイザドアなんて名前なんか、もう使うもんか。ユダヤ野郎の名前じゃないか。みんながそれを笑いものにしてる。これからはアーヴィングでいくんだ」(195)などと言い出すほど自己嫌悪にとりつかれている。彼は一一歳の少女を襲い、殺害してしまう。そのあげく警察に追い詰められて逃げこんだ安アパートの一室にこもって縮こまっている。その様子は、「ニガー・ジェフ」の主人公がリンチされる危険に瀕しながら、「[保安官の家に保護されて」地下室のもっとも暗い隅で、外にいる〔リンチ・モブの〕声や拳銃の銃声に聞き耳を立てている」(91)と描かれているのと変わらない。イザドアは、メディアや警察や一般庶民が妄想に駆られ、公平性に欠けたやり方で自分を追及することに対して憤懣をぶちまけながらも、隠れていた部屋で自殺してしまう。このような追い詰められての自殺は、リンチで殺されるのをからくもかわしただけにすぎないとみなされるべきではないか。

この戯曲を含む『セオドア・ドライサー戯曲集』の編者キース・ニューリンとフレデリック・ラッシュによる「序説」は、「ドライサーがこの戯曲を書きはじめたのは一九一六年秋のことだった」(xx)と明記しながら、「この時期にドライサーがシュワルツ＝コナーズ事件〔一九一二年ブロンクスで起きた少女殺しで、戯曲のモデルとされた事件〕について考えはじめた正確な理由は不明である」(xxii)と述べている。しかし一九一六年と言えば、『フージアの休日』出版年であり、短編小説集『自由その他』に収めるために「ニガー・ジェフ」の改訂がおこなわれていた年でもあって、両作品とも性犯罪に絡められたリンチ事件を扱っていたことに考え及んでもよかったであろう。

H・L・メンケンの立場からすれば、この時期はドライサーが性的変質者を描く演劇の出版や上演に関わるのは最悪のタイミングであった。『戯曲集』「序説」で解説されているとおり、メンケンはこの時期、ドライサーの自伝的小説『天才と呼ばれた男』が猥褻のかどで検閲されたことに対するたたかいを支援するために、精力的に活動していたからである。メンケンは『陶工の手』が発表されたら自分の努力も水泡に帰すると恐れ、ドライサー宛にその出版に猛反対する手紙を書いた。にもかかわらずドライサーはこの戯曲を放棄することなく、つぎのような見地からメンケンに反論する手紙を書いた。

> 君はまるで私が倒錯の弁護に乗り出しているみたいに書いてくれましたね――倒錯も悪くはないし、ありふれたことだと言おうとしているなどと。表紙の題名を見てくれたら、そこに付いている〈悲劇〉という副題が目に入るはずです。悲劇がこれまで照らし出してきてくれたのはいったい何でしょうか――生の測りがたさや生をめぐる諸力や偶然性にほかならないではありませんか。（*Letters* 284）

第三幕では、イザドアが有罪か否かの審判を下すための大陪審による予審が描写される。証言台にイザドアの父親アーロン・ベルチャンスキーが立たされ、副地方検事ミラーからの厳しい尋問に答えて「わたし、息子に言いました、どうしたらいいか。自殺するべきだ、そう言ってやりました」と言った末に、「息子、やりました。あの娘、息子が殺しました」と決定的証言をしてしまう（257）。アーロンは証言のなかで「わたしたちに近所のみなさん、教えようとします。わたしたちが古くさいって言うんです――みなさんの言い方では「今風でない」って」（210）とも言い、イザドアの両親が敬虔なユダヤ教徒であって、イザドアの性的抑圧や逸脱が親の宗教的保守性に起因しているとほのめかされる。イザドアの父親はドライサーの父親と似ている。ドライサーは自伝で父親を、窮乏したドイツ人移民であっただけでなく、狂信的なカトリック教徒でもあり、そのために息子や娘たちを反逆や非行に走らせた人間であったと描き出している。敬虔な父親というものがいかに抑圧的であることか、ドライサーは自らの体験を通して知悉していたのである。

抑圧的な父親を描いたもう一つの作品『とりで』は、一九四六年ドライサーの死後出版されたが、執筆はそのずっと前、一九一四年に始まっており、『陶工の手』執筆中も平行して書き進めていた小説である。ニューリン＝ラッシュは、『陶工の手』の素材にされたシュワルツ＝コナーズ事件が、同時期に執筆していた『とりで』にもヒントを与えていると分析し、父親の描き方に焦点を合わせながらも、両作品の類似についてつぎのように述べている。

ネーサン・シュワルツの父親が起訴審理にあらわれたときの新聞記事を研究してドライサーは、この父親とソロン・バーンズとが似ていることに気づかされて感じ入ったにちがいない。サミュエル・シュワルツはソロンと同様、善人であった。彼は家族ともども、息子の行為に深い悲しみと絶望を嘗めさせられて苦しんでいた。ここにもまた悲劇が見られたのである。（xxiv-xxv）

『とりで』のなかでスチュアート・バーンズは、性犯罪に関与したために逮捕される。スチュアートの性的抑圧や逸脱も、彼の父親で敬虔なクエイカー教徒であるソロン・バーンズから受けた抑圧的なしつけに反抗した結果として描かれている。司法の取り調べを受けようとしているスチュアートは、人種的、民族的差別を受けているわけではないけれども、イザドアに劣らず絶望的な状況に追い込まれている。この小説の刊行版によれば、絶望的であるわけは「こういう［性的］性格を帯びた犯罪となるときまって激高する世論のため」(293)であるとともに、父親がどういう反応を示すのか怖いためでもある。スチュアートの心理的動揺は、「陪審員たちに勝手に決めてもらったらいいさ。自分自身の心やお父さんの心という陪審から逃げられるはずもないし、〈内なる光〉の下す判断からも逃げられないのだから」(293-94)という自由間接話法で表現されている。スチュアートは拘留されている獄中で、イザドアと同様に自殺してしまう。

『陶工の手』にも『とりで』にも見られる陪審に対する問題意識をドライサーは、実はもっと早く、一八九〇年代に『エヴリ・マンス』編集に従事していた時期から抱えていた。『エヴリ・マンス』とは、ティン・パン・アレー草創期の大衆音楽出版社ハウリー＝ハヴィランド社が発行していた楽譜販売促進のための雑誌であった。文筆で生計を立てようとニューヨークに出てきて間もない二四歳のドライサーは、ソング・ライターとして成功していた兄ポールの斡旋でこの雑誌の編集をまかされるようになり、一八九五年から一八九七年までほとんど独力で編集にあたった。その間に筆名「預言者(The Prophet)」を用いて「省察」と題する長いコラム記事を書き、毎号掲載していた。そのなかの一八九六年七月号掲載「省察」の一節には、米国陪審制度に対するつぎのような批判が出てくる。

陪審制度を改革改良しようという努力が絶え間なくなされているが、実際はこの制度の改良などありえない。これは古色蒼然、確固不動であり、それなりの有用期限を過ぎてしまっている。したがってこの問題についてなしうることと言えば廃絶するしかなく、改革は無理である。国民から無知蒙昧な支持をいまだにこれほどまんまと取りつけていられる、封建時代から引き継がれた遺物は他になかったし、これによって護られることになっている権利をこれほどぶちこわしにしてくれるものはなかった。／陪審制度は、合衆国のあらゆる審級の裁判所で現在日々おこなわれているその実態に示されているとおり、鼻持ちならぬ法外な猿芝居にほかならない。（118）

ここに見られるように陪審制度に対するドライサーの敵意は激しく、それはその後の著作にも時折ぶちまけられる。だが、話がややそれるかもしれないと恐れつつも注目しておきたいのは、ここで陪審制度がかつて「封建時代」には「有用」だったと暗に認められ、陪審制には権力濫用に対する抑止効果がありえたことが無視されていないことである。

権力濫用に対する抑止効果と言えば、リンチにすらそれが認められるというドライサーの認識は、たとえば『巨人』の結末からうかがえる。そこでは、シカゴの市内鉄道網を独占しようとするクーパーウッドの企てを挫いた市民が、実際に誰かをリンチにかけるわけではないにしても、クーパーウッドに抱き込まれた市議会議員たちに対する脅しにリンチを使う。クーパーウッドに鉄道独占権を与える法案が審議されている市議会で、クーパーウッドの野望に反対する市民運動に参加する群衆からリンチにかけるという脅迫を受けた議員たちは、クーパーウッドの指示に反せざるをえなくなる。運動に参加する人びとは「無名の、愚鈍な、平凡な人びとの大集団――店員、労働者、小企業主、宗教や道徳の信者など」（489）であると描かれる。「絞首用の輪縄がだらりと下がった処刑台を意匠にあしらったバッジ」(489) を胸につけて、議会当日には傍聴席に詰めかけるだけでなく、議場外の広間に「ロープや棍棒をたずさえ、鼓笛隊を従えた千人もの男たち」(492) が押しかけ、議員に向かって「正しい投票しなかったら貴様を吊してやるからな。首つりのロープを引っ張るときはおれが手伝ってやるさ」(488) などと叫ぶ。このくだりでは支配者クーパーウッドが、リンチ・モブを演じる人民に敗北するのである。リンチは弱者を支配するためのテロとしてではなく、民衆の意思表示に役立てられていて、合法主義の枷におさまらない群衆の行動には、合法性 (legality) を越えた正当性 (legitimacy) が認められることになる。

陪審制度にしてもリンチにしても、ドライサーは頭ごなしに否定していない。権力濫用に対する抑止効果や民衆の意思表示となる可能性が見落とされていないからだ。ただ、同時代のあるがままの陪審制度は、専門化した法手続の形骸化や陪審員の母胎となる民衆の「無知蒙昧」に対して感じた焦燥に駆られたドライサーによって排撃され、リンチは、奴隷制廃止後の米国社会における人種差別を強化するためのテロに堕している実情に照らして糾弾されている。ドライサーは、このような害悪を許している米国の司法にたゆむことなく疑問を突きつけた。

司法制度に対するドライサーの敵意は、ことあるごとに著作にあらわされた。一九世紀末に匿名で書いた文章から始まり、『フージアの休日』や『陶工の手』以前の著作にもそれが見られる。たとえば「ニガー・ジェフ」発表と同年一九〇一年に書いた雑誌記事「デラウェア州の謹厳法」では、デラウェア州に当時まだ存続していたピューリタン社会の遺制である公開むち打ちの刑やさらし刑が厳しく批判されている。そこには、「この州の権力的な地位にある人たちがたいてい明言するには、この法律はニグロに対して効果があり、支配力をふるってくれるので、妥当な法律だということである」(260)という痛烈な言葉が含まれている。むち打ちの刑やさらし刑がもはや宗教的戒律を住民に強制するためのものでなく、「謹厳法」に名を借りた人種差別的リンチの一種になっていることを暴露しているのである。

一九二〇年に出版された『ヘイ、ラバダブダブ』は、米国における司法や性犯罪を批判するもう一つの著作である。多種のジャンルを一書に収め、ワシントン・アーヴィング張りに「ごった煮(salmagundi)」と称されるこの書物には、「わが国民性に見る若干の様相」とか「神経症的なアメリカと性衝動」と題されたエッセイも含まれている。前者ではリンチが米国の国民性の一部になっていると示唆され、「ほとんど毎日のようにアメリカのどこかで黒人が焼き殺されていて、しかもそれがほとんどどうでもいいような咎を理由にしておこなわれている」(43)と書かれている。後者は、国民を冒している「[性]に関連した根深い神経症」について診断を下し、その例として、「性犯罪や性的妄想を伴う事件(ソー、レオ・フランク、ビリー・ブラウン、カーライル・ハリス、ナン・パターソン、デュラント〔いずれも全米を騒がせた性犯罪事件の当事者〕、あるいは南部のどこにでも起きているニグロによる強姦事件など)となれば、心底からの好奇心にとりつかれ、発作的痙攣を起こすほどになる」(126)などと描き出される国民大衆を嘲笑している著作である。

3

このようにたどってみれば明らかであろうが、一九二五年に出版された『アメリカの悲劇』は、それまでの一連の著作を土台にして成り立っている小説であった。主人公クライド・グリフィスはジェフ・インガルスやイザドア・ベルチャンスキーのような人種的、民族的烙印を捺されているわけではないにしても、貧しいことにかけては彼らとあまり変わらない。その貧しさを際立たせるための皮肉な設定であろうが、クライドの雇い主の息子ギルバートはクライドの従兄弟であり、二人の容姿はよく似ている。クライドは勤め先の女工ロバータ・オールデンを誘惑して妊娠させ、他方で金持ち娘ソンドラ・フィンチリーとの結婚を期待するようになってジレンマに陥るが、ギルバートならばそんな窮地にはまっても容易に抜け出せただろう。また、もう一つの皮肉な設定として、クライドがロバータ殺害犯として引き出された法廷で被告の弁護にあたる法律家アルヴィン・ベルナップは、じっさいにかつて「自身の若気の至りとして冒した火遊び」(641) を何とか無事に切り抜けた経験を有しているとされる。そのとき、ギルバートと同様の裕福な家族の子弟であるベルナップは、「妊娠した娘にユティカで家をあてがうのに必要な千ドルやらその他の費用やらを父親に賄ってもらって、息子はやっと窮地を脱した」(639) というのだが、貧乏青年クライドにはそんな解決策に頼ることなど思いもよらないはずである。

クライドは貧しいだけでなく、親から宗教的な教育を受けたための鬱屈を抱えている。クライドの両親は、イザドアの両親のようなユダヤ教徒でもなければ、スチュアートの両親のようなクエイカー教徒でもないが、どちらにも劣らぬほど信心深い宗教者であり、教会の認可も受けずに街頭で説教する伝道者として暮らしを立てている。クライドもまた親の厳格な宗教的戒律のために性的抑圧を免れなかった若者である。とはいえ彼は特別変わった人間であるわけではなく、「じつのところクライドは、成長の可能性のない人間だった」（189）と裁断されていながら、「アメリカ青年の標準的なものの考え方、ないしは人生に対する一般のアメリカ人の態度をそっくり受け継いでいる」（26）平均的アメリカ人であるとされてもいる。

ニューヨーク州アディロンダック山中でロバータを殺害した容疑に問われてクライドが警察に逮捕され、留置所に拘留されると、「少なくとも五〇〇人もの群衆が、騒がしく、罵詈、嘲虐の声をあげつつ」（616）、郡の牢屋のまわりに集まってくる。この群衆の悪意に駆られた様子は、その夜遅くに監房でその場面をひとり思い返しているクライドの内なる声をどうやら自由間接話法で表現しているらしい文章で、つぎのように描写される。

「ほら、あいつがいるぞ、あの汚らわしいろくでなしめ！　貴様、あんな真似しやがったんだから、いずれ吊されるんだぞ、この若造の悪魔野郎、いまに見てろ！」なんて、険悪で脅迫じみた叫び声が聞こえてきたっけ。あれはどうもスウェーデンからの移民らしい若い木樵が発した声だった――あの若く猛々しい目に容赦なく破壊的な眼光をみなぎらせ、人垣から身を乗り出してきてたな。それに、もっとえげつなかったことに、田舎町のスラムに住んでいて意地の悪そうな、ギンガムの服を着た娘が、アーク灯のぼうっとした光を浴びながら、前のめりになって叫んでたな。「見てごらんよ、あの汚らしいこそ泥野郎――人殺しめ！　捕まらずにうまく逃げおおせるとでも思ってたんだろ」なんて。（616-17）

猛り狂う群衆に囲まれたクライドは、「うへっ、こいつらはほんとうにぼくがあの娘を殺したなんて思ってるんだ！　それでぼくをリンチにかけかねないってわけか！」と考え、牢屋に収容されたおかげで「保護してもらえたと感じて、まぎれもない安堵のため息を漏ら」（617）すのだが、監房で縮み上がっているそのさまは、あのジェフ・インガルスと変わらない。クライドは性的犯罪の容疑者としてじっさいに超法規的な処刑であるリンチにかけられたわけではなかったとしても、その危険性に直面していたと描かれているのである。

『アメリカの悲劇』においてドライサーは、クライドを最終的に死刑に処するアメリカ司法制度がきわめて疑わしい慣行に淫しているさまを暴き出している。リンチ・モブさながら拘置所を取り囲んで騒ぎ立てる群衆を詳述するだけでなく、「陪審員を選ぶのにまる五日間かけた」（688）過程や、地方検事オーヴィル・メーソンも弁護人アルヴィン・ベルナップも政治的にも私的にも偏向している事情を詳細に物語っている。さらにまた、事件についての新聞の扱い方が扇情的であることや、法廷での犯行事実説明に毒々しい演出が交えられていることも描き出している。クライドの裁判を取り巻くこのような実態から示唆される司法手続きの不公平さに対するクライドの不満は、刑務所で処刑される直前の最終段階に、やはり自由間接話法を通じてつぎのようにあらわされている。

彼がだいぶん前からそうだと感じるようになっていたとおり、そこにはシステムがあった――型どおりに動く残酷なシステムが。こいつは鉄だ。人情にも欠け、人間の助けも借りずに動く機械のように、自動的に作動する。あんな看守のやつら！　手紙を配ったり、体調を訊いたり、愛想はいいけれどほんとうは空っぽな言葉をかけたり、足を運んで些細な親切ごかしをしたり、みんなを運動場や浴場へ連れて行ったり帰ったりしてくれるけど――やつらも鉄だ――ただの機械、自動人形だ。急きたて、押しまくり、そのくせ自由を奪って抑えこむ――この壁に囲まれたなかで、逆らおうものなら恩恵でも施すみたいに殺してやろうと構えてる――ともかく押しに押しまくってくるだけだ――向こうにあるあの小さなドアのほうへたえず追い込む、その先逃げ場なんかないところへ――逃げ場なんかない――ただ先へ先へと追い立てる――ついにはドアの向こう側へぼくを押し込むんだ、二度と帰れないように！　二度と帰ってこれないんだ！（866）

このくだりのイメージは、「ニガー・ジェフ」で、リンチは「何か公理のような数学的法則みたいだった――非情だが慣習なのだ。ものも言わぬ一行は、組織化されて機械的な、それゆえに恐ろしい物体として進んでいった。それもまた公理のように数学的だった」（103）とあらわされているイメージと変わらない。クライドの処刑は合法的であるが、それはジェフに対する超法規的な暴力としてのリンチと同じイメージで捉えられている。

ドライサーはクライドの死刑がリンチによる処刑に近いと描き出すことによって、米国でおこなわれている死刑の一部に「合法的リンチ（legal lynching）」と呼べそうなものがあるという指摘に近づいていた。この指摘をもたらす思考は、陪審制度や司法制度全般に対してドライサーが早くから抱いていた不信が胞胚となって成長したのであろう。今日、合法的リンチという概念は、法学者チャールズ・オグルトリーとオースティン・サラットが編集した『リンチ・モブから殺人国家〔＝死刑制度を存続させている州〕へ』収録の、「死刑は合法的リンチか」と批判的に問うたティモシー・コーフマン＝オズボーンを含めた諸論文をはじめ、多くの実例をあげているジョージ・ライトの論文「法律どおりに――ケンタッキー州の黒人に対する合法的処刑」などに見られるように、広く認定されている。たとえば刑事事件裁判において陪審が白人市民のみで構成された場合、黒人被告が無罪判決を獲得するのはきわめて困難である以上、その結果下される死刑判決は合法的リンチと見なされうる。

合法的リンチはどうやら、一九二七年のサッコ＝ヴァンゼッティ死刑反対運動のなかで、この死刑がイタリア系移民アナーキストを異分子としてリンチしたに等しいという見方から生まれてきた概念であると漠然と理解されてきたが、レベッカ・ヒルは『男たちとモブと法』で、それが死刑を批判する論理としてじっさいに役立てられるようになった最初の実例を、一九三一年に起きたスコッツボロー事件に見出している。アラバマ州スコッツボローで少年を含む九名の黒人が白人女性二人を強姦したという廉により、白人のみからなる陪審の評決に基づいて死刑判決を受けた。これに対して国内外で激しく起こった反対運動を背景に、死刑反対運動を起こした国際労働救援会

（International Labor Defense=ILD）」は合法的リンチという概念を活用した。ヒルの所論によれば、スコッツボロー事件の重要性は、リンチ反対運動と労働者救援運動両者の歴史のなかで「転換点」（229）となったということにある。ＩＬＤによるスコッツボローの黒人死刑囚救援活動は、「〈モブの暴力〉ではなく州や〈まともとされている市民〉の行動を、死刑反対運動の攻撃目標に定めた」ことにより、「それまでの進歩主義的反リンチ運動が依存していた伝統的な〈反モブ主義〉の枠を越えて、アイダ・Ｂ・ウェルズが突きとめた〈警察＝モブ連続体〉というラディカルな論理に与する」ことになった、とヒルは論じる（230）。〈警察＝モブ連続体〉とは、進歩派リベラルとは一線を画したラディカルな黒人女性ジャーナリストであるウェルズが、リンチ事件を批判して論陣を張ったときに、警察官と自警団を気取るリンチ・モブとの境界線は曖昧で、両者は区別しがたい連続体をなし、人的にも行動様式的にも連続していると批判したことに由来する概念である。このことによって、モブの横暴を取り締まるように警察に要求するというそれまでのリンチ反対運動が掲げていた（権力に頼る）課題と、労働者大衆をモブとして弾圧する警察とたたかわなければならない社会主義的労働運動の（権力を批判する）課題との矛盾が折り合わせられた。

ヒルはロシア国立社会政治史文書館所蔵の合衆国共産党内部資料も用いながら、ＩＬＤがスコッツボロー事件で合法的リンチという論理を採用したいきさつについて明らかにしている。ＩＬＤとはコミンテルン系の労働運動国際組織プロフィンテルンの支持を受けて結成された労働運動組織であり、国際的にはモップルとして知られていた機構に連なるものであったから、共産党系の大衆組織だった。しかしＩＬＤがスコッツボロー事件に取り組むにあたり、共産党内に意見の違いが生まれたという。これは人種問題だから黒人権利闘争同盟（League of Struggle for Negro Rights）が扱うべきだという党中央の意見に対して、ＩＬＤのフラクションは、労働争議で弾圧された「資本主義のもとにおける階級的司法の犠牲者」（229）を救援するＩＬＤの組織目的を忘れずに、スコッツボローの黒人たちをまさにそういう司法の犠牲者とみなしてたたかうべきだと主張した。黒人白人共同戦線による運動を築いて、資本主義的法制の階級性があらわになる死刑を合法的リンチと名づけ、その欺瞞を暴露しようとしたのだ。この戦略は成功し、黒人死刑囚たちは刑の執行を免れて徐々に無罪放免されていくことになる。

ドライサーはスコッツボロー事件に深く関与した。旧拙論「ドライサーの一九三〇年代」で述べたように、彼はこの時期、ＩＬＤの下部組織として新たに結成された「全米政治囚擁護委員会（National Committee for the Defense of Political Prisoners=NCDPP）」の議長に就任し、ハーラン炭鉱ストライキ弾圧犠牲者救援運動などで活躍していた。リンチや司法に関心を持ち続けてきたドライサーは、スト弾圧の犠牲者も横暴な自警団的モブによるテロに倒れたという意味でリンチの犠牲者と変わりはないと見なしえたから、リンチ反対運動と労働者救援運動両者の結節点となる合法的リンチの論理を、早くから独自に把握することができたのだと思われる。だから、スコッツボロー事件にも、労働者救援と変わらない地平において取り組むことができたのであろう。ヒルも言及しているように、ドライサーはＮＣＤＰＰ議長としてＩＬＤ発行のパンフレット『スコッツボローについてドライサーは語る』に寄稿し、「アラバマのリンチ・テロリスト」を糾弾した（Hill 232）。さらに、このパンフレットに加筆した「スコッツボロー事件についてのスピーチ」では、この裁判が「リンチよりましだとしても、この語でふつう意味されるものとの違いはほんのわずかでしかない」（141）と論じて、合法的措置とリンチとをほぼ同一視してみせたのである。

一九三五年にドライサーが発表した「本物のアメリカの悲劇を見つけた」は、『アメリカの悲劇』とそっくりな筋書きの殺人事件だったために新聞紙上で大きく取りあげられたエドワーズ＝マッケチニー事件について、意見を求められて執筆したエッセイである。『アメリカの悲劇』の素材になったジレット＝ブラウン事件において、グレース・ブラウンを殺害したとして死刑になったチェスター・ジレットと同様、ロバート・アレン・エドワーズは、妊娠した愛人フリーダ・マッケチニーを三角関係のもつれから殺害した罪に問われて死刑に処せられた。エッセイのなかでドライサーは、「チェスター・ジレットがこの犯罪を計画したのではなく、彼にはどうにも変えようがなかった環境——彼の未熟で、多かれ少なかれ非力な精神にとってあまりにも過酷であまりにも抑圧的なために、理性的に考える力をたたきつぶしてしまうような環境、法律、規則、慣習がやったのだ」（12）と書いている。そして、性的犯罪で死刑判決を受けた平凡な青年に同情を寄せながら、世間の風潮に真っ向から逆らって、つぎのような弁護を述べる。

ものがわかる人なら誰だってはっきりと見てとることのできるこのような条件や環境に捉えられていたにもかかわらず、この青年は恐ろしいほどに糾弾され、公然たる罵詈罵倒や憎悪の言葉を浴びせられて責めさいなまれた。リンチにかけてしまえというほのめかしさえ聞かれた。そして事件が陪審の判断にゆだねられると、たちまち殺人の科により有罪という審判を下され、

死刑の判決を受けたのである。(12)

「本物のアメリカの悲劇を見つけた」は、自然主義的決定論に依拠してジレットやエドワーズのための弁護論を打ち出しているようにも見られるかもしれない。だが、ここで持ち出されている「環境」とは無関心な自然などではなく、つぎの引用からうかがえるように、犯罪を理解するには貧富の差に翻弄される社会に関連させて考えていかねばならないというのである。

[この種の犯罪が]生じる根源をなしていると思われるのは、若者がほとんど一人残らず根深い野心に取りつかれて、経済的にも社会的にもひとかどの人物になりたがるという事実であった。要するに、アメリカの一般的な精神的風潮は、いかなる形の貧困からも抜け出そうという方向へむかっていた。この野心で目ざされていたのは、安楽に暮らし、知己を幸せにしてやれるだけの財貨を獲得しようというだけでなく、むしろ、権勢や社会的優越や社会を支配さえできる力も秘めているほどの富を蓄積したいということである。(5)

ドライサーの見方に従えば、「財産目当ての結婚相手探しが病になってしまった」(6)アメリカにおいては、チェスター・ジレットやロバート・アレン・エドワーズやクライド・グリフィスのような平凡な若者が、「反社会的な夢」ではなくて「社会順応的な夢」に取りつかれたからといって処刑されたりするべきではない(10)。「幾分はアメリカに責めを負わせてやりたい、社会的金銭的成功目ざして血眼になるアメリカに」(7)と書いたドライサーは、つぎのように明言する。

私がたたき出してやりたいと思ったのは、社会や生そのものが強いる厄介で道理に合わない無理押しである。それが、若者の住む地域の因習や料簡やタブーに仲介されて若者に襲いかかってくるのだった。若者がその下手人というよりむしろ被害者であるような犯罪を、その若者を通じて招来したとも言えそうな強制力である。(17)

アメリカの司法制度とりわけ陪審制度に、犯罪的な逸脱を犯した平均的アメリカ人青年に対して審判を下す資格はないとして、ドライサーはつぎのように書いている。

因習にとらわれ、なかば宗教的で、道徳に縛られているふつうのアメリカ人からなる陪審に、殺人事件を思慮分別にもとることなく説明して、理知的な判断を下してもらおうとしても無理であった。それどころか、私の結論に従えば、社会的経済的にも道徳的宗教的にもあまりにも多くの要素が絡んでいるから、陪審が(彼ら自身も、ほかならぬこれらの経済的状態や社会的タブーのもとで生きている者たちの代表者であり、その犠牲者であるとさえ言ってもいい位なのに)、殺人犯と申し立てられた者の有罪か無罪かを公平に判断することなど不可能だった。(9)

エッセイの結論部でもドライサーは、「ほんとうは、あらゆるたぐいの色情関連事件についての法律を変えるべきである。この種の事例は、たまたまさしあたってそんな色情の犠牲になっていないというだけで市井から選ばれてきた、穏やかで平凡な男女一二人〔＝陪審〕の前に持ち出されるべきではない。公平でないからだ」(73-74)と論じる。じっさい、性的犯罪に問われた被告の受ける評決が、性的偏見にとらわれて頑迷な自警団根性に立ち返りがちな地域住民から選ばれた者たちからなる陪審にゆだねられるとすれば、黒人被告が白人のみからなる陪審によって裁かれるのと同様、法廷での審理も無益になる。その結果は、ドライサーの見方に従えば、現代の公民権活動家たちが「合法的リンチ」と呼ぶものと変わらなくなるからだ。

死刑囚監房に収容されたクライドは、夜中、同じ棟に収容されているユダヤ人青年が「精神的苦悶に耐えかねては発する宗教的な詠唱か何か」を聞かされる羽目になる。「わたしはよこしまでした。不人情でした。嘘つきでした。ああ！　ああ！　ああ！」というような嘆きの声が延々と聞こえてくるのだ(849)。クライドはそんな悲嘆にただ耳を傾けながら「自分の寝床に横たわっていたが、いつともなく自分の思いもユダヤ人の詠唱のリズムに和していた――そして心のなかでともに声を合わせていた」(849)。それはあたかも他者に代弁してもらわなければ自身の感情をあらわすこともできないかのごとく、彼の言語能力が不足していることを示している。その他者がこの場合ユダヤ人であると設定されていることは、ドライサー文学の系譜におけるクライドの文学的原型が、黒人のジョン・バックナーやジェフ・インガルス、あるいはユダヤ系のレオ・フランクやイザドア・ベルチャンスキーなど、人種的ないし民族的マイノリティであるためにリンチの犠牲者になった者たちにまで遡及しうることを示唆している。つまり『アメリカの悲劇』は、ある貧しい青年が性的犯罪の下手人と見なされたために、人種差別思想に劣らずアメリカ社会に蔓延している性的妄想の犠牲となって法的に不当な処分を受け、リンチ・モブによる超法規的処刑をからくも免れたにせよ、結局は合法の体裁をこらしたリンチによって死刑にされるという物語を表現した小説だったということになる。

リンチは第二次世界大戦後の米国でも、合法的であろうと不法であろうとおこなわれ続けている。たとえばマーティンズヴィルの七人の死刑（一九五一年）やウィリー・マッギーの死刑（一九五一年）のような、強姦の容疑のもとになされた合法的リンチのみならず、エメット・ティル殺害のようなあからさまなリンチ事件（一九五五年）も起きた。死刑囚のなかでアフリカ系や下層階級の者の比率が極端に高い現状を見れば、合法的リンチがもうなくなったとは考えにくい。近年興ったいわゆるブラック・ライヴズ・マター（ＢＬＭ）運動も、合法的リンチ批判の系である〈警察＝モブ連続体〉の論理を引き継いでいるとも言えよう。つい最近二〇二二年に反リンチ法が、一〇〇年以上も前から制定の必要が叫ばれてきたあげくにようやく成立したが、これで合法的リンチもなくすることができるのだろうか。米軍が二〇〇六年にサダム・フセインを捜索し、イラク司法の名において処刑したのは、グローバルな合法的リンチであり、二〇一一年にウサーマ・ビン・ラディンやその他のテロリストが対テロ戦争の標的にされて殺害されたのは、国際的自警団とも呼べそうな武装集団によるむき出しのリンチであったとすれば、米国のリンチ文化はいまやグローバル化したと言えるかもしれない。ドライサーのリンチに対するこだわりは今日、そんなコンテクストでも読み直されるべきではないだろうか。

■引用文献

Apel, Dora. *Imagery of Lynching: Black Men, White Women, and the Mob.* Rutgers UP, 2004.

Budd, Louis J. "Note on the Texts." Twain, pp. 998-1015.

Dreiser, Theodore. *An American Tragedy.* 1925. World Publishing, 1948.

——. *A Book About Myself.* 1922. Fawcett, 1965.

——. *The Bulwark.* Doubleday, 1946.

——. "Delaware's Blue Laws." 1901. In *Theodore Dreiser's Uncollected Magazine Articles, 1897-1902.* Ed. Yoshinobu Hakutani. U. of Delaware P., 2003, pp. 256-63.

——. *The Hand of the Potter.* 1920. Newlin and Rusch, pp. 188-289.

——. *Hey Rub-A-Dub-Dub: A Book of the Mystery and Wonder and Terror of Life.* Boni and Liveright, 1920.

——. *A Hoosier Holiday.* 1916. Greenwood P., 1974.

——. "I Find the Real American Tragedy." 1935. Jack Salzman, "I Find the Real American Tragedy by Theodore Dreiser." In *Resources for American Literary Study* II (Spring 1972): 3-74.

——. *Journalism: Volume One, Newspaper Writings, 1892-1895.* Ed. T. D. Nostwich. U. of Pennsylvania P., 1988.〔本論中この論文から引用する場合はTDJと略記してその頁ノンブルを記す。〕

——. "Nigger Jeff." In *Free and Other Stories.* 1918. Scholarly P., 1971, pp.76-111.

——. "July 1896: Reflections." In *Theodore Dreiser's* E'vry Month. Ed. Nancy Warner Barrineau. U. of Georgia P., 1996, pp. 116-25.

____. "Speech on the Scottsboro Case, June 1931." In *Political Writings*. Ed. Jude Davies, U. of Illinois P., 2011, pp. 139-44.

____. *The Titan*. 1914. (Signet Classic) New American Library, 1965.

Franklin, John Hope. *From Slavery to Freedom: A History of Negro Americans*. 4th ed. Knopf, 1974.

Goldsby, Jacqueline. *A Spectacular Secret: Lynching in American Life and Literature*. U. of Chicago P., 2006.

Hill, Rebecca N. *Men, Mobs, and Law: Anti-Lynching and Labor Defense in U.S. Radical History*. Duke UP, 2008.

Kaufman-Osbourn, Timothy V. "Capital Punishment as Legal Lynching?" Ogletree and Sarat, pp. 21-54.

Markovitz, Jonathan. *Legacies of Lynching: Racial Violence and Memory*. U. of Minnesota P., 2004.

McGovern, James R. *Anatomy of a Lynching: The Killing of Claude Neal*. Louisiana State UP, 1982.

Murayama, Kiyohiko. "'Two Mothers Were Weeping and Praying': A Formula Recycled in Theodore Dreiser's Fiction." *CLA Journal*, Vol. 39, No. 3 (March 1996): 380-393.

____. 村山淳彦「ドライサーの一九三〇年代」、『一橋大学研究年報　人文科学研究』二六、一九八七年、五三—一一三頁。

Newlin, Keith and Frederic E. Rusch, eds. *The Collected Plays of Theodore Dreiser*. Whitson Publishing, 2000.

Nostwich, T. D. "The Source of Dreiser's 'Nigger Jeff.'" *Resources for American Literary Study* VIII (Autumn 1978): 174-87. ［本論中この論文から引用する場合はSDNJと略記してその頁ノンブルを記す。］

Ogletree, Charles J. and Austin Sarat, eds. *From Lynch Mobs to the Killing State: Race and the Death Penalty in America*. New York UP, 2006.

Pizer, Donald. *The Novels of Theodore Dreiser: A Critical Study*. U. of Minnesota P., 1976.

Raper, Arthur F. *The Tragedy of Lynching*. 1933. Dover, 1970.

Riggio, Thomas P., ed. *Dreiser-Mencken Letters: The Correspondence of Theodore Dreiser & H. L. Mencken, 1907-1945*. Vol. 1. U. of Pennsylvania P., 1986.

Twain, Mark. "The United States of Lyncherdom." In *Mark Twain: Collected Tales, Sketches, Speeches, & Essays 1891-1910*. Ed. Louis Budd. Library of America, 1992, pp. 479-86.

Whitfield, Stephen J. *A Death in the Delta: The Story of Emmett Till*. Johns Hopkins UP, 1992.

Williams, Raymond. *Modern Tragedy*. 1966. Stanford UP, 1977.

Wright, George C. "By the Book: The Legal Executions of Kentucky Blacks." In *Under Sentence of Death: Lynching in the South*. Ed. W. Fitzhugh Brundage. U. of North Carolina P., 1997, pp. 250-70.

第Ⅲ部　ドライサーの系譜

第六篇　ポー、ドストエフスキー、ドライサー

ドライサーがどのような系譜に属するかということになれば、ラース・アーネブリンクやオスカー・カーギルのように、米国やフランスその他諸外国のリアリズムや自然主義文学の系譜に結びつけるのは当然であろう。また、ドライサーが詩集『気分』をホイットマン張りに改版しながら出し続けたり、ソローのアンソロジー編集を手がけてその序論を書いたりしたことに照らせば、チャールズ・チャイルド・ウォールカットのように自然主義を超絶主義の「支流」と見なし、ドライサーをエマソンの系譜に据える論者があらわれても不思議ではない。しかし拙著『エドガー・アラン・ポーの復讐』は、大方の違和感を喚ぶにちがいないと承知の上で「付論　ポーとドライサー」を加えて、ドライサーとポーとが、ボードレール、バルザックを介してつながっていると示した。けれども、ポーとドライサーを媒介するもう一人の外国作家としてドストエフスキーの名をあげ、もう一つの系譜を描きつくすところまでは達しそこねた。ここでその悔いを晴らしたい。

ドライサーがドストエフスキーに傾倒したことは、自伝的著作や書簡から知られているし、『アメリカの悲劇』執筆にあたって『罪と罰』を読みふけった事情は、スワンバーグ（286）からリンゲマン（II 176）やラヴィング（315, 448n）にいたる伝記作者によって指摘されている。貧しい青年に

よる犯罪とそれによって受ける罰という主題を踏まえれば、『罪と罰』と『アメリカの悲劇』との結びつきを見てとるのは比較的容易であろう。だが、ドストエフスキーがポーにひとかたならず肩入れしたという事実を勘案してみれば、『罪と罰』と『アメリカの悲劇』との一対一的なつながりだけでなく、ポー→ドストエフスキー→ドライサーという系譜に目を向けることも可能になる。この系譜をたどってみることで、『罪と罰』と『アメリカの悲劇』の主題上の類比にとどまらない、三人の作家相互の関連性が浮かび上がってくるはずである。

1

ドストエフスキーのポー評価は、エリック・カールソン編『エドガー・アラン・ポー発見』に収録されている短評から知れるのみである。フョードル・ドストエフスキーは、若い頃、流刑される以前から文学志望者として、ポーと同様の一種のマガジニストだったのであり、翻訳にも盛んに励んで、バルザックの『ウジェニー・グランデ』の訳者にもなっていた。四〇歳になるころ、流刑地からサンクトペテルブルグに戻ったのちに作家生活を再開して、文学ジャーナリストとして暮らしを立てようとし、兄の援助を得て雑誌『ヴレーミア（時代）』を発行編集した。この雑誌に彼はポー短篇三篇（「告げ口心臓」、「黒猫」、「鐘塔の悪魔」）の翻訳を掲載し、これに紹介文「エドガー・ポーの説話三篇」を添えた。この紹介文が彼のポー評価を伝えている。そのなかには以下のような評言があらわれる。

あのエドガー・ポーとは、何と奇怪でありながら、絶大な才能に恵まれた作家であることか！　その作品は、ただ幻想的であると分類してすませるわけにはいかない。また、そう分類されたとしても、その幻想性は言うなれば外面的なものにとどまる。(60)

ポーは不自然な出来事の外面的可能性を想定するだけである。もっともその可能性をいつも論理的に説明し、しかもときには驚くべき技巧を発揮さえする。そしてこの想定を読者にうまく受け入れさせたあとは、話をごくリアリスティックに最後まで進める。この点において彼の幻想性は、たとえばホフマンによって用いられるものとは本質的に異なる。ホフマンは自然の諸力を人格化したイメージに変え、話のなかに女魔法使いや幽霊などを持ち込み、はるか彼方のまったく彼岸的世界に理想を求めて、この謎めいた魔術的世界を高等と決めこむだけでなく、その実在性を信じきっているようにも見える。(略)エドガー・ポーはそうではない。彼は幻想的などというのでなく奇想的と呼ぶべきであろう。それにしても彼の空想力は何と風変わりで、かつ何と大胆であることか！　彼が選ぶのは概してこの上なく途方もない現実であり、主人公をきわめて異常な外面的ないし心理的状況に据えておいて、その人物の内面を信じられないほどの明察と驚くべきリアリズムによって描き出す。(61)

ホフマンにおいては、本物の成熟したユーモア、悪意に劣らず強烈なリアリズムが、美への強い渇望や理想の輝ける光に接合されている。それに比べるとポーの幻想性は、こう言ってもよければ不思議なくらい「物質的」である。彼のもっとも突飛な想像力さえ真のアメリカ人らしさを露呈している。(62)

このような評釈からわかるように、ドストエフスキーは、ファンタジー作家ではなく心理的リアリストとしてのポーに感銘を受けていた。たしかに、ドストエフスキー自身が心理的リアリストとしての定評を得ている以上、彼がポーに自身と同様の特質を見出したとしてもあまり不思議ではないかもしれない。しかし、両作家の類比をもう少し具体的にしてみたいのである。

たとえば『罪と罰』にはつぎのような注目されるくだりがいくつか見出される。

こっちは意地でも働こうとしなかった。そう、たしかに意地になっていた(こいつはけっこういける言い草だ!)。(III, 144-5)

おそろしく気がめいってきた。この瞬間、どこかへ行って完全にひとりきりになることが可能だとしたら、たとえそれが一生つづくにしても幸福だと思ったろう。しかし問題は、最近はほとんどつねにひとりでいるくせに、どうしてもひとりだと感じられないことだった。あるときは郊外に行き、街道に出たこともあったし、いちどは、どこか森の中に入っていったこともある。ところが、さびれた場所になればなるほど、かえってだれかの不気味な存在を身近に意識するのだった。怖ろしいというのではないが、なぜかひどくいらだたしい感じがして、早々に街に引きあげてきては、人ごみにまぎれ、安食堂や酒場に立ちより、トルクーチー市場やセンナヤ広場へと出向いていった。そういうところのほうが、むしろ気楽になり、孤独にひたれるような感じがしていた。(III, 202-3)

センナヤ広場に入った。人々とぶつかるのが不快だった。不快きわまりなかったが、それでも人がひしめきあう場所をめざして行った。(略) ところが広場の中央まできたとき、ふいにある衝動にとらえられた。一つの感覚が彼のすべてを——肉体と精神をわしづかみにした。／ふいにソーニャの言葉を思いだしたのだ。「十字路に行って、そこに立つの。そこにまずひざまずいて、あなたが汚した大地にキスをするの。それから、世界じゅうに向かって、四方にお辞儀して、みんなに聞こえるように、《わたしは人殺しです!》って、こう言うの」(略)／広場の中央にひざまずき、地面に頭をつけ、快楽と幸福に充たされながら、よごれた地面に口づけした。起きあがると、彼はもういちど頭を下げた。／「見ろよ、酒くらってさ!」そばにいたひとりの若者が言った。／笑い声が渦を巻いた。／(略) こうした叫び声ややりとりに押しとどめられ、ラスコーリニコフの喉まで出かかった《わたしは人殺しです!》という言葉は、そのまま舌の上で凍りついてしまった。(III, 408-410)

『罪と罰』からのこのような引用を見れば、ポーを読んだことのある読者ならすぐに気づくであろうが、ドストエフスキーが訳したという「告げ口心臓」や「黒猫」に描かれる〈あまのじゃく〉が、ラスコーリニコフにも取り憑いている。ラスコーリニコフは「こっちは意地でも働こうとしなかった。そう、たしかに意地になっていた（こいつはけっこういける言い草だ！）」などとうそぶいて、働かなければならないとわかっているからこそますます意地になって働かないし、犯罪の告白をすれば身の破滅だとわかっているからこそ広場の人ごみのまっただなかで自白せずにいられないような衝動に駆られる。ドストエフスキーが一八六一年にポーの短篇を訳したのち、一八六五年から『罪と罰』の執筆に取りかかったというから、このような異常心理を見つめたポーによる描写からヒントを得たかもしれないと考えることもできそうであるが、そういうことを述べる研究者はいないようである。

〈あまのじゃく〉との関連では、たとえばポーの「天邪鬼」から一節を引用しておきたい。この短篇は〈あまのじゃく〉について衒学的な講釈を垂れることに紙数の大半をつくし、物語としては最後の二、三ページで語り手が〈あまのじゃく〉に取り憑かれて犯罪の告白をしたと語っているだけで、話の筋としてはポーらしい緊迫感に欠けている。結末近くの叙述はつぎのとおりである。

混雑した大通りのなかを私は狂人のように走りだした。しまいには人びとが何ごとかと危ぶみ、私を追いかけだした。そのとき私は運のつきだと感じた。舌を引っこ抜けるものなら引っこ抜いていただろう——だが凶暴な声が耳の中で聞こえた——さらに凶暴な手が肩を掴まえた。私は振り返った——息が詰まってあえいだ。一瞬、窒息の苦痛が全身を襲った。目も見えず、耳も聞こえず、朦朧としてきた。それから、何か見えない悪霊のようなものと私には思えたやつのでかい手のひらが、私の背中をひっぱたいた。とたんに長い間心の底に閉じ込めておいた秘密が私の口をついて飛び出してきた。（III, 1226）

ラスコーリニコフはこの最後の瞬間の直前で踏みとどまったことになるが、孤独を求めながら広場の群衆のなかにまぎれこまないではいられないというラスコーリニコフの心理も、ポーの「群集の人」からのエコーではないかなどと考えるのは、ポー愛好家による贔屓の引き倒しにすぎないであろうか。

ポーの作品のなかでは、告白される犯罪たる殺人の事情や経緯はほとんど語られず不明のままにとどまっている。「天邪鬼」でも語り手が犯罪にいたった事情はまったく明らかにされていず、完全犯罪を企む周到さを強調して「いかなる行為にせよ、あれほど周到に計画を立てるのはまず不可能である。何週間も何ヶ月間も、私は殺人の方法について思案した」（III, 1224）と語られるのみである。犯罪を計画するときの綿密さは、アリョーナ殺しの計画を夢想するラスコーリニコフを思わせる。さらに「天邪鬼」の語り手は、殺人を犯したあと覚えた満足感が変質していったみずからの精神状態について、つぎのように語っている。

ところがとうとう、この有頂天な気分が、気づかぬくらいに少しずつ変化していき、執拗で悩ましい思いになっていった。それは執拗につきまとうから悩ましいのだった。私がそれから逃れていられるときはほとんどなくなった。よくあることだが、ありふれた歌のリフレインやオペラのつまらぬ一節が、耳の奥、というよりはむしろ記憶のなかで鳴り続け、悩まされたりする。歌自体がよかろうが、オペラの曲が立派であろうが、悩まされることに変わりはあるまい。そんなふうに、ついに私はしょっちゅう、自分の身の安泰ばかりを念じては、低い声で「大丈夫だ」と繰り返している自分に気づいてはっとするようになってしまった。（III, 1224-5）

このあたりも、殺人を犯したのちのラスコーリニコフの苦悶、犯罪の発覚に対する懼れに似通っていないであろうか。

「天邪鬼」の語り手にせよ、ラスコーリニコフにせよ、自分の意識に反した行為に出てしまう衝動に悩まされるのであるが、それは精神的ストレスを受けた人格が多重化する現象であると理解されるならば、ドライサーも同種の現象を描くことに凝ったと言える。たとえばクライドがロバータ殺害を逡巡する場面に見られるクライドの人格多重化は、「非現実的な虚構の仕掛け」をポーから援用することにより表現されている。この点は拙著『エドガー・アラン・ポーの復讐』で、『アメリカの悲劇』にポーが及ぼした影響について論じたリジオに依拠しながらすでに述べた（209-14）ので、ここで繰り返すのは控えたい。ただ、ドライサーは人格多重化の効果を表現するにあたり、ポーのみかドストエフスキーからも借用している可能性があると付け加えておきたい。

ラスコーリニコフは斧を脳天に打ち下ろして女性をあやめたのであるが、女性の脳天に斧を打ち下ろすという行為は、「黒猫」の主人公のやり方と同じではないか。殺害方法がポーとドストエフスキーとで共通しているだけでなく、いずれも二番目の犯罪（「黒猫」では猫を殺そうとしたことに続く妻の殺害、『罪と罰』では金貸しの老女アリョーナ殺しに続くリザヴェータの殺害）は、いわばもののはずみで起きたのであり、故殺であって謀殺ではなかったとされている点も、「黒猫」と『罪と罰』とで共通している。クライドの場合も、ロバータを殺そうと湖上に連れ出したものの、最後の決断が付かなくてぐずぐずしているうちにはずみでボートが転覆し、ロバータは溺死するといういきさつから、未必の故意が疑われるかもしれないものの、過失に近いと描かれている。つまりドライサーは、クライドのロバータに対する行為を心神耗弱の結果か、せいぜい故殺であると描こうとして、「黒猫」における妻の殺害や『罪と罰』におけるリザヴェータの殺害を念頭に入れつつ、容易に謀殺とは言えない筋書きを工夫したとも考えられる。心神耗弱あるいは過失致死か故殺なら死刑に相当するかどうか疑問が生じるであろうから、筋書き上の工夫によって浮上するこの疑問は、「第一級殺人」(793)（＝謀殺）の犯人とされて死刑になるクライドは合法的リンチの犠牲者に近いと見るべきだ、という主張を補強するもう一つの根拠になりうるであろう。

このように比較してみればはっきりしてくるであろうが、ポーとドストエフスキー両者の類似はかえって両者のちがいを際立たせもする。ポーの場合は主人公が何らかの事情で追い込まれた苦境そのものがありありと描き出されるものの、その苦境に陥った経緯などについてはほとんど何も語られない。それにたいして、ラスコーリニコフの犯罪にいたる環境や背景は綿密に描き出される。彼の貧乏学生としての生活、居住環境、家庭の事情、階級的な位置、周囲の者たちの人となり、サンクトペテルブルグの地理や景観、ツァーリ治下のロシアの貧困、宗教の影響等々、もれなく明らかにされる。おそらくポーの短篇の主人公たちにも同様の複雑な社会環境や生い立ちの事情があるにちがいなく、それを語りだせば短篇ではすまなくなるであろうが、そのような具体的な描写を回避するところにこそポーの作品は成り立っている。逆にいえば、ドストエフスキーの小説は、ポーが短篇で描きだした主人公の営めるような心理的苦悩の因ってきたる原因を、つぶさに述べずにはすまないという衝動に突き動かされて書き綴られている。ドライサーが主人公の犯罪にいたる環境や背景をくわしく描写しているのも、ドストエフスキーと同様あるいはそれ以上に、説明しつくそうという強い衝動に駆られたあげくの結果であると考えられる。短編小説の省略的凝縮的表現に執着したポーに比べて、ドストエフスキーやドライサーの表現は細大漏らさぬ詳述で長大になりがちであるが、ドストエフスキーとドライサーがポー崇敬を共有しているのは確かである。

2

ポーとドストエフスキーを比較すれば、どうしても触れなければならない共通性がもう一つある。それはミハイル・バフチンのドストエフスキー論から導き出される。バフチンはそのドストエフスキー論でポーに、つぎのように何度か言及している。

ホフマンはすでに初期ドストエフスキーにかなりの影響を及ぼしていた。ドストエフスキーはまた、メニッペアの本質に迫っているエドガー・アラン・ポーの説話にも引きつけられていた。

(143)

ドストエフスキーは、カーニヴァル化と〔ヴォルテールやディドロに見られるような合理主義的思想とではなく〕ロマンティックな型の思想との結合を、エドガー・アラン・ポーやさらにもっと明確にはホフマンに見出した。(159)

こういう箇所から判断すると、バフチンはドストエフスキーがポーよりもホフマンに強く影響されたと見ているようだが、すでに見たドストエフスキーの文章からは、彼はたしかにポーよりも早くにホフマンを知っていたとしても、少なくとも『罪と罰』執筆により近い時期にポーから触発されたし、むしろポーからもっと鮮烈な印象を受けた、と述べているように読めるのではないか。

いや、バフチンがポーに触れている箇所で注目すべきなのは、ホフマンとポーのどちらがドストエフスキーに大きな影響を与えたかなどという問題よりも、メニッペアとの関連である。引用した箇所はバフチンのドストエフスキー論のなかの第四章「ジャンルの特徴とドストエフスキー作品のプロット構成」からであるが、そのなかでバフチンは、ドストエフスキー作品の特徴が普通の小説とは異なり、メニッペアというジャンルに属していることから生じているとみなさなければならないと論じているのである。

メニッペアは、やはりジャンル批評を唱導したノースロップ・フライによっても論じられた。フライは「四つのエッセイ」という副題のある『批評の解剖』の四番目のエッセイ「修辞的批評――

ジャンルの理論」において、「メニッペア的諷刺」をロバート・バートンの『メランコリーの解剖』に依拠して「解剖」と呼び換えるほうがいいと提案する（311-2）が、いずれにしてもフライは、普通の小説（novel）でない作品を小説であるかのように扱う批評を強く批判し、メニッペアの作品を扱うには、独自のジャンルであるメニッペアとして批評しなければならないとするジャンル批評の立場を打ち出している。

バフチンのドストエフスキー論第四章もジャンル批評であり、そのためにメニッペアという、おそらく多くの読者にとって耳慣れないジャンルの説明にかなりの紙数を費やしている。メニッペアの名祖《なおや》はメニッポス（Menippus of Gadara [third century B.C.]）（112）であるというような文学史的基本知識から始まり、その特徴を一四項にわたって詳述している（114-119）。このような教科書風な叙述はふだんのバフチンにはあまり見られないやり方であるが、この用語に関してはこのようなやり方で紹介するほかなかったのであろう。バフチンによれば、ギリシャ時代のメニッポスの作品は残されていず、その諷刺作品の評判が後世ローマ時代の文人たちによって伝えられるのみである。「メニッポス風の諷刺（saturae menippeae）」という呼び方の創始者は、ローマの教養人として知られるヴァロ（Marcus Terentius Varro [116-27 B.C.]）である（112）が、この諷刺ジャンルがルネッサンスのヨーロッパに届いたのは、サモサタのルキアノス（Lucian [Lucianus Samosatensis（c. 120-180 A.D.)]）を通じてである（113）。こういうこともバフチンは丁寧に説明している。

このジャンルの特徴を、バフチンにつけばあまりに煩雑なのでフライの簡潔な叙述によっておさえておけば、つぎのようなことになる。

メニッポス風の諷刺は、韻文の諷刺詩の合間に散文を加える慣わしから発達してきたようであるが、現代に伝わっているかぎりでは、韻文の副次的使用をよく見られる特徴の一つとしているとはいえ、散文の形式である。／メニッポス風の諷刺は、人物たちを人間として描くよりも、彼らのさまざまな精神的姿勢を描く。衒学者、偏屈者、変人、成り上がり者、通人、熱狂家、あらゆる種類のプロにして貪欲ながらも無能な者たちが、その社会的振る舞いとは別次元の職業的な生き方によって裁断される。したがってメニッポス風諷刺は、抽象的観念や理論をさばけるという意味で告白録に似ているが、性格描写の点では小説と異なっていて、自然主義的ではなく様式化された描写に頼って、登場人物を自らが体現する思想の伝声管のごとくにあらわす。（略）この伝統のなかでたえず繰り返されてきたテーマは、すでに述べたようなうぬぼれ哲学者（philosophus gloriosus）に対する嘲弄である。小説家なら悪や愚行を社会の病と見なすが、メニッポス風諷刺作家は知性の病と見なす、すなわち、うぬぼれ哲学者によって象徴されると同時に定義される一種の狂気じみた衒学ぶりであると描き出すのである。（309）

ポー愛好者の目から見れば、このようなメニッペアの粗描は、ドストエフスキーの作品もさることながら、ポーの諸作品の特徴を記述しているように思えてこないであろうか。妙な思想にとりつかれて論文を雑誌に発表したこともあるとされるラスコーリニコフが「うぬぼれ哲学者」であるとすれば、そのようなうぬぼれ哲学者なら、「黒猫」における「知性の病」に罹っている語り手をはじめとしてポーの諸作品には夥しく見出されるし、うぬぼれ哲学者のみならず哲学的なものの言い方そのものも客体化されていると言えるであろう。こうなると、先に見た、ポーに感銘を受けたと述べているドストエフスキーのコメントは、ポーのメニッペア性に感応した結果の産物なのかもしれないと見えてくる。

そしてドライサーもまたうぬぼれ哲学者を多用した。彼の小説に頻出し、批評家たちから悪評を買ったあの「哲学者ぶったものの言い方（philosophizing）」とは、語り手（あるいは、もっともわかりやすい例として自伝的小説『天才と呼ばれた男』の主人公ユージン）が、うぬぼれ哲学者であることをあからさまにしている文章表現にほかならないではないか。作者の分身と見なされやすい語り手やユージンが嘲弄されているとは気づかれにくいし、そんな受けとめ方がなされたことはこれまでほとんどなかったけれども、そこに語り手の権威を相対化するアイロニーがこめられている可能性もある。本書第二篇で引用した、バフチンがドストエフスキーの対話法について述べたことをもう一度確認すれば、アイロニーが明確でないのは、モノローグ化の拒否によって「他者の意識を対象として自らに吸収する単一の意識が構築する全体ではなく、複数の意識の相互作用によって構築される全体」（18）が表現されるからである。文体が分裂し多重化する文章では、どちらの意識がどちらの意識を諷するのか、結着がつけられていないと言ってもよい。そのためにふつうの読み方ではただ混乱しているとしか受けとられないのかもしれない。「鑑賞者は、頼りにできる手がかりを得られなくなる――そしてそのために鑑賞者も結果的にはできごとへの参加者にならざるをえなくなる」（18）からである。つまりアイロニーを読むかどうかは、「隠れた内なる論争」に参加する読者の読み方次第ということになるのである。

衒学的な一般論や理論を説くことがめずらしくないポーの場合も、うぬぼれ哲学者を嗤う明確なアイロニーを頻出させているのだけれども、たとえば南部黒人奴隷制が言及されるときなどはアイロニーが明確でなく、それゆえに多くの論者はポーを南部作家らしく黒人差別主義者だったと決めつけてきた。ここでも読者の読み方次第でアイロニーが見えてきたり、見えなくなったりする。表現の深層にアイロニーを読み込むとすれば、黒人差別主義者どころではないと見なければならないはずなのだが。

ドライサーがドストエフスキーから引き継いでいるのは、『罪と罰』の筋書きだけではない、対話法的文体やメニッペア的主題も含まれる。いや、両者の関係は一方が他方に私淑したなどというものではなく、両者の心性がもともと類似していたので文学的表現にも類似性が認められるようになった、というほうがいいかもしれない。たとえばドライサーの遺稿から甦生させられた自伝的テクスト『しろうと労働者』は自らの神経衰弱の経験を描いており、リンゲマンによって、未完成にとどまったものの「ドストエフスキーの『地下室の手記』の反響とも言える救いのない憂鬱を表現する力強いくだり」(Ⅰ 382) を含んでいると評される。

両者の類似した心性がもたらすもう一つの結果は、著作が一つのジャンルに収まらないことである。ドライサーはふつう小説家と見なされているけれども、小説という一つのジャンルで彼の全体像を捉えきることはできない。新版『四〇歳の旅人』の「序言」でリジオが数え上げているところでは、ドライサーが生涯で出版した全三六冊の書物のうち小説は八冊にすぎず、その他は旅行記や自伝、短編小説集やスケッチ集、雑文集やエッセイ集、戯曲や詩集など、執筆したジャンルが実に多岐にわたっている。それはポーの著作のジャンルが多岐にわたっているのと似ているし、ドストエフスキーの著作も小説だけに限られていなかった。著作が多数のジャンルをまたいでなされるという特徴が彼ら三名の作家に共通して見られるのも、バフチンがメニッペアの特徴の一つにあげている「散文と詩の混合」（118）をはじめとする幅広いジャンルの混淆が、それぞれの著作活動のなかで生じているということであろう。

ポーがメニッペア的ジャンルに親しんでいたことは、作品のネタや引喩などにロバート・バートン、ラブレー、ロレンス・スターン、ジョナサン・スウィフト、ヴォルテール、ジェームズ・ホッグ、ロバート・サウジーなど、近代の正統派リアリズム小説の流れから外れているメニッペア作家たちを用いていることにもうかがえる。ドライサーも、ラブレー、ヴォルテールなどを愛読し、よく援用したが、加えて、初期のドライサー伝記の著者ロバート・イライアスぐらいにしか注目されていないが（284-5）、サミュエル・バトラーにも傾倒した。そしてバトラーは、フライによって近代におけるメニッペア作家と名指されている（308）。そのバトラーの自伝的小説『万人の道』が一九三六年に米国で新版として出版された際、ドライサーはその「序説」を執筆しているくらいなのである。

メニッペアを近代まで伝えるのに大きな役割を果たしたのはルキアノスであるが、ドライサーがルキアノスを知っていたかどうか疑問であるにしても、ロバート・バートン以下近代メニッペア作家たちはルキアノスをこぞって愛読していたらしく、ポーもその例に漏れない。

ポーは短編「ブラックウッド風の作品の書き方」で、ブラックウッド氏に「そいつが図々しくも口答えしようとするなら、ルカヌスからの引用をぶちかましてやればいいのじゃ。その引用とは、それ、こういうやつでな、つまり、言葉なんてもんはアネモナエ・ヴェルボールム、つまりアネモネ言葉にすぎんってな」(345)という台詞を吐かせているが、実はそれはルキアノスへの言及になっている。この一節にあらわれる“anemonae verborum”という語句は、ブラックウッド氏が著作に利用できそうな外国語の片言隻句をサイキー・ゼノビアに教える場面に出てくるラテン語であるが、その出典は、ルカヌス(Lucan=Marcus Annaeus Lucanus, 39-65 A.D.)ではなく正確にはルキアノス(Lucian)だからである。このラテン語の一句はポー自身によって『サザン・リテラリー・マガジン』の埋め草にも使われており、そこではルキアノスと正しい典拠表示がなされていたという(Mabbott 361)。したがって、ここでの典拠表示の誤りは、偉そうに教えを垂れるブラックウッド氏のじつはあやふやな知識を示唆しようとしているのか、それとも、作者ポーが、覚えているラテン語語句を使いまわすときにいい加減な記憶に頼ってルカヌスとルキアノスを取り違えてしまった結果なのか、どちらとも決しかねる。「群集の人」のなかの街の女を描写する場面の一節では、「ルキアノスが描いた、うわべはパロス島産の大理石でありながら内部に汚物を詰めてあるあの彫像を思わせるまぎれもない美女」(510)という、女性の外面と内面の食い違いを彫像に喩えたルキアノスの諷刺が持ち出されており、この諷刺をポーは他の雑文でも何度か引き合いに出している。

ルキアノスについては伝記などくわしいことは知られていないが、独創性はあまり認められないながらも一部の熱心なファンに恵まれ、著作七、八〇篇が今日まで読み継がれているということである。どうやらシリアあたりの出身のセム系の人物だったらしいが、ローマ帝政時代にギリシャ語著作家になった。空想的な旅行奇譚「本当の話」や、「死者の対話集」などで知られ、メニッペアの名祖を登場させる「空を飛ぶメニッポス」や「メニッポス」といった対話篇の著者でもある。『オックスフォード古典学辞典』には、ルキアノスがつぎのように解説されている。

サモサタ［今日のシリア］の人（おそらく紀元一二〇年頃の生まれ）で、約八〇編の著作が残っているが、その大部分は対話篇である。（略）彼の作家的成長にもっとも強い影響を与えたのは、ガダラのメニッポスから学んだ犬儒学派的ユーモアであった。それをさらに補足したのは、アッティカのパントマイム喜劇であり、彼はその粗野なユーモア感覚を採り入れている。また後期の作品ではプラトンの対話篇も採り入れた。典型的なメニッペアを書いたころのルキアノスは、諷刺の矛先を民衆の宗教的観念や人間的虚栄心、哲学的もったいぶりなどに向けた。（略）ルキアノスは、文学的学識の豊かさやそれを駆使する巧みさのみならず、描く対象の現実性に関しても同時代の人びとを凌駕している。（略）しかしながら、偉大な独創的作家とも深遠な思想家とも呼べない。（略）同時に、彼は古来のモデルから形式を借用したとはいえ、最終的に完成させた風刺的対話篇は、二流のギリシャ文学に付けくわえたそれなりに立派な新機軸となった。人間性の浅はかな部分に訴えるある種の器用さのおかげで、彼の作品は同時代に軽んじられていたにもかかわらず存続することになった。古代後期から中世にかけてあらわれた彼の作品に対する注釈が今日残っている。（621）

このような二流性によってルキアノスはポーの先達だったといえよう。メニッポスについて同辞典は、「（紀元前三世紀前半に活動した）ガダラ［今日のヨルダン］のメニッポスはシノーペーで奴隷だったが、犬儒学派メトロクレスの弟子になり、自由を買い取ってテーバイの市民となった。まじめかつ滑稽な文体の創始者、云々」（672）と短く記述しているが、その作品は後世の作家たちによって言及されたかぎりで知られているのみで、残存していない。メニッポスとルキアノスとでこれほど認知度の差が生じたのは、時代が三〇〇年以上も隔たっているためだけとも思えないが、メニッポスはジャンル名にその名をとどめるだけで、むしろ模倣者といわれたルキアノスがこのジャンルを代表する作家なのである。とはいえ、ローマ帝国のなかでシリア出身の二流市民的な身分にあったルキアノスは、有力な家系に属するエリートが多かったソフィストたちと異なり、メニッポスのような奴隷出身でこそなかったものの、鬱屈を抱えていても不思議でない人間だったであろう。『ルキアノス選集』の訳者内田次信の「解説」によれば、ルキアノスはシリアのサモサタで「貧しく卑賤な――父の職は不明だが、祖父と叔父たちは石工であった――家庭に生まれ育ち、初等教育を終えて、さらに進むべき道を模索する若き自分の、胸中秘かに湧き起こり、やがて明確な姿をあらわすに至る青雲の志」（415）に駆られたあげく、弁論術教師＝ソフィストとなったが、「当時のひとびとが、旅するソフィストに寄せる熱狂はたいへんなもので、今日のコンサート・ツアーにたとえる学者もいる。ルキアノス自身も、後年そのような一種興行的活動に従事することになる」（417）ということである。『オックスフォード古典学辞典』によれば、ルキアノスはソフィスト修辞学の知識を活用して、イオニア、アテネ、ローマ、ガリア、エジプトあたりまで移動しながら、弁護士、弁論術教師、「旅回りの講演家」、「公開吟唱会演者」(621) などとして人気を博したから、どこか旅芸人に似たところもあったようである。ルキアノスの短編集の訳者呉茂一は「訳者あとがき」で、「彼ははじめ法廷に立って志をのべようともしたが、金のもうかる弁護士の職業よりも、むしろ売文の徒であることを誇りとし、これに満足した」(458) と書いている。ルキアノスは、剽窃という観念は当時存在していなかったにしても、過去の名作からの無断引用を縦横に用い、弁論術教科書、対話篇、虚構物語、エッセイ、書簡文など多様なジャンルにわたって、ローマ時代にあっては擬古文だったはずの古典ギリシャ語の著述をよくしたにとどまらず、母語でもないギリシャ語のアッティカ語法に習熟した名文家としてならしたようである。多くは数世紀前のギリシャ文学名作の真似であり、複数の原典から自在に取りこんで組み合わせたために、きわめて混成的なテクストを産み出すにいたり、それがパロディ効果をともなって諷刺、アイロニー、滑稽の調子に傾く作品を書くことになったのではないか。

呉は翻訳「本当の話」につけた「解説」でつぎのように述べている。

ルキアノスは現代に生きても、おそらく卓越したジャーナリストたりえるだろう。いかにも彼の機知や警抜な句法は、それに適している。上代文化の爛熟期である帝政下のローマはいかにもそれに相応していた。ただ惜しいことに、マス・コミはまだ本格化されていなかったのである。(8)

ルキアノスの作家生活の実際は推定に頼るのみで断片的にしか知られていないにしても、彼は、驚くべきことに二千年も昔の古代社会において、近代特有の職業と思われているジャーナリストのジレンマにすでにとらわれたらしいと呉は指摘する。ルキアノスはその現実に促されて、売文家として開き直るような作風を編み出したものかもしれない。そこに、近代文学勃興期に雑誌で暮らしを立てようとしたポーやドストエフスキーに似た事情が認められるし、さらにはジャーナリストとして出発しながらさまざまなジャンルに手を染めて作家としての地位を得たドライサーとの類似性も求められるかもしれない。ドストエフスキーがポーを「物質的」とか「アメリカ人らしさ」とか評しているのは、ホフマンよりも近代的だと言おうとしていると解しうるのではないかとも考えられ、ドストエフスキーはルキアノス直系であるというよりは、ポーを経由して近代的なメニッペアに可能性を見出すにいたったとさえ考えられる。

ポーもドストエフスキーもドライサーも社会の周縁的存在に追いやられ、鬱屈を抱えざるをえなかった身の上で、それでもジャーナリズムで暮らしを立てるために、本音を隠しているとも見られかねない分裂矛盾した不透明な文体に自らの思いを託すことになったとすれば、メニッペアを駆使するにいたったルキアノスと同様の問題機制にとらわれていたと考えられる。こうしてドライサーは、ポーやドストエフスキーとともにルキアノスの一党に連なることになったのであろう。

■引用文献

Åhnebrink, Lars. *The Beginnings of Naturalism in American Fiction: A Study of the Works of Hamlin Garland, Stephen Crane, and Frank Norris with Special Reference to Some European Influences 1891-1903*. Russell & Russell, 1961.

Bakhtin, Mikhail. *Problems of Dostoevsky's Poetics*. Trans. Caryl Emerson. U. of Minnesota P., 1993.

Cargill, Oscar. *Intellectual America: Ideas on the March*. Cooper Square Publishers, 1968.

Carlson, Eric W., ed. *The Recognition of Edgar Allan Poe: Selected Criticism Since 1829*. U. of Michigan Press, 1969.

Dostoevsky, Fyodor M. "Three Tales of Edgar Poe." Trans. Vladimir Astrov. In Carlson, pp. 60-62.

____. ドストエフスキー『罪と罰』全三巻、亀山郁夫訳、光文社古典新訳文庫、光文社、二〇一〇−一三年。

Dreiser, Theodore. *An Amateur Laborer*. Ed. Richard W. Dowell, et al. U. of Pennsylvania P., 1983.

____. *An American Tragedy*. World Publishing, 1953.

____. *A Traveler at Forty* (The Dreiser Edition). U. of Illinois P., 2004.

____. "Introduction" to Samuel Butler, *The Way of All Flesh*, The Limited Editions Club, 1936, pp. v-xxx.

____. *Moods: Cadenced and Declaimed*. Boni and Liveright, 1926. (Revised and enlarged, 1928, 1935)

____. "Presenting Thoreau." *The Living Thoughts of Thoreau*. Longman, Green & Co., 1939, pp. 1-32.

Elias, Robert H. *Theodore Dreiser: Apostle of Nature*. Knopf, 1949.

Frye, Northrop. *Anatomy of Criticism: Four Essays*. Princeton UP, 1957.

Hammond, N. G. L. & H. H. Scullard, eds. *The Oxford Classical Dictionary*. Oxford UP, 1972.

Lingeman, Richard. *Theodore Dreiser: An American Journey 1908-1945* [Volume II]. Putnam's Sons, 1990.

____. *Theodore Dreiser: At the Gates of the City 1871-1907* [Volume I]. Putnam's Sons, 1986.

Loving, Jerome. *The Last Titan: A Life of Theodore Dreiser*. U. of California P., 2005.

Lucian of Samosata. ルキアノス『本当の話――ルキアノス短篇集』呉茂一他訳、ちくま文庫、筑摩書房、一九八九年。

——. ルキアノス『ルキアノス選集』内田次信訳、国文社、一九九九年。

Murayama Kiyohiko. 村山淳彦『エドガー・アラン・ポーの復讐』、未來社、二〇一四年。

Poe, Edgar Allan. *Collected Works of Edgar Allan Poe*. Vols. II & III. *Tales and Sketches*. Ed. Thomas Ollive Mabbott. The Belknap Press of Harvard UP, 1978.

——. "The Black Cat." *Collected Works*, III 847-60..

——. "How to Write a Blackwood Article." *Collected Works*, II 334-62.

——. "The Imp of Perverse." *Collected Works*, III 1219-27.

——. "The Man of the Crowd." *Collected Works*, II 505-18.

Riggio, Thomas P. "American Gothic: Poe and *An American Tragedy*." *American Literature*, 49 (Jan. 1978): 515-32.

——. "Preface" to Theodore Dreiser, *Traveler at Forty*.

Swanberg, W. A. *Dreiser*. Scribner's Sons, 1965.

Walcutt, Charles Child. *American Literary Naturalism, A Divided Stream*. U. of Minnesota P., 1956.

第七篇　ドライサーとブレヒト

先頃バーバラ・フォーレイの『マルクス主義文学批評の現在』を読んだ。フォーレイは日本では無名かもしれないが、私は年齢が近いせいもあって、米国の文学研究における戦闘的マルクス主義者としてのその著作や活動に前からずっと注目してきた。彼女が二〇一九年に英国の左翼出版社から出した本書は、一九七〇年代に出版されたテリー・イーグルトン『マルクス主義と文学批評』やレイモンド・ウィリアムズ『マルクス主義と文学』を意識しながら、英語による新しいマルクス主義文学批評入門書たらんと意気込んでいる。イーグルトンやウィリアムズによる入門書がそうだったように本書も、初学者への手引であるにとどまらず、これまでのマルクス主義文学理論の総括と評価を試みながら、ソ連崩壊後の左翼の運動や理論、脱構築やカルチュラル・スタディーズ、ジェンダー・スタディーズなどさまざまな理論の出現、さらにコンピューターによる第三次産業革命の進行などといった、二一世紀における新しい状況に対応したマルクス主義文学批評のあり方について、啓発的な知見を開陳してもいる。

だがここでこの本を書評しようというのではない。ただひとえに、本書巻末に引用されているベルトルト・ブレヒトの詩篇とドライサーとの関係を解き明かしたいだけなのである。

1

まずその詩を野村修訳で示そう。

夜のねぐら

ぼくは聞く、ニューヨークの
二六番街、ブロードウェイの片隅に
冬の数か月、夜ごとひとりの男が立ち
そこに溜まった、宿をもたないひとびとのため
通行人の喜捨をもとめて夜のねぐらを世話する、と。

世界はそれによって変わりはしない
人間相互の関係が良くなりもせず
搾取の時代がそれで縮まることもない
が、なにがしかのひとびとが夜のねぐらをえ
その夜のあいだは風をしのぎ

かれらの上に積もろうとした雪は街路におちる。
本を下におくな、きみ、これを読んでいる人よ。

なにがしかのひとびとが夜のねぐらをえ
その夜のあいだは風をしのぎ、
かれらの上に積もろうとした雪は街路におちる
が、世界はそれによって変わりはしない
人間相互の関係がそれで良くなりもせず
搾取の時代がそれで縮まることもない。（92-93）

フォーレイはこれを、ジョン・ウィレットとラルフ・マンハイムの共同編集になる英訳版『ベルトルト・ブレヒト詩集』に収められたジョージ・ラップによる英語訳（181）で引用しているのだが、この詩の冒頭近く「ニューヨークの二六番街、ブロードウェイの片隅」という言葉を見たとたん、「片隅」では誤訳に近いけれども、私はこれがセオドア・ドライサーの小説『シスター・キャリー』の一場面にほかならないと確信した。小説のなかの該当する箇所を拙訳書から引用すれば、「ブロードウェイがいつももっともおもしろい様相を帯びてくる時間帯に、二六丁目通りとブロードウェイとの交差点——五番街も交差している地点——の街角に、風変わりなある人物がかならず陣取っていた」とある。キャリーに見捨てられたあげくすっかり落ちぶれたハーストウッドが、一夜の宿を恵んでもらおうとやってきたこの場所には、「頼ってきたホームレスの浮浪者たち全員に一夜のベッドを確保してやる」ために通行人から寄付を募ろうと、即席の「慈善事業」に打ち込む「兵士あがりの宗教家」とされる「風変わりなある人物」が毎晩出現するというのである（423）。

ブレヒトの詩の素材がアメリカ人作家の小説であるということを、アメリカ人批評家フォーレイはわかっているだろうか。その点についてフォーレイは何も述べていない。日本語訳版の訳注にも、英訳ペーパーバック版にも、『シスター・キャリー』との関連について何も述べられていない。しかし、ブレヒト英訳詩集ハードカヴァー版の巻末注には、この詩が「一八九〇年代シカゴとニューヨークを描いたセオドア・ドライサーの小説『シスター・キャリー』第四五章にあらわれる出来事」（550）を素材にしていると書いてある。この英訳版詩集は、ハードカヴァー版一巻本とペーパーバック版三巻本とが同時に出版されていて、後者は各詩篇の掲出頁ノンブルが前者と同じであるけれども、前者におさめられた序論や注釈などの資料類を欠いている。フォーレイが記述している出典指示からは、引用した版がハードカヴァーなのかペーパーバックなのかわからず、したがって、フォーレイがこのハードカヴァー版にのみ見られる注を読んだかどうか、はっきりしない。だが私は、ブレヒトについてほとんど無知であるにもかかわらず、ハードカヴァー版の注によってブレヒトがドライサーから詩の着想を得たと確認しえて、胸が騒いだ。

詩篇「夜のねぐら」についてフォーレイは、「第二連は改良主義者の立場をあらわしている。（略）それと対照的に第四連が読者に想い起こさせるのは、慈善行為はいかに善意にみちていても、

「搾取の時代がそれで縮まることもない」ということだ」(223)と読み解いている。さらに「この結論を伝えるために鍵となっている仕掛けは、第二連と第四連がほとんど同じでありながら配列を変えた詩行を含んでいるがゆえに、差異をともなう反復になっていることである」と述べている。そしてまた、「たった一行からなる第三連」の重要な機能に注目し、テクスト外の読者に呼びかけることによって「政治的討論」に巻き込む仕掛けにも注意を喚起する。「多くの読者」は、「資本主義社会で産み出されるたいていの文学作品」から、「政治的変革なんか起きそうもないと考えるのが当然だという見方を裏づけ、強化し」てもらって「慰めを得ることに慣れている」。「ブレヒトが示そうとしている含意」は、「第二連の結末より先に進まず、慈善家の無私の行為を暗に是認する、つまり、「世界を変える」いかなる努力も必然的に漸進的でささやかなものにしかならない、と諦めて受け入れる姿勢で納まりをつける」「多くの詩人」に対する批判である、とフォーレイは解釈する(224)。

この解釈によれば、第二連は、「ねぐらの世話をする男」の「改良主義的」な行為により、「なにがしかのひとびとが夜のねぐらをえ、その夜のあいだは風をしのぎ、かれらの上に積もろうとした雪は街路におちる」ことに思い入れをこめて慰められる読者に好まれそうな、ある「本」を描いており、第四連は、第二連の詩句の順序を逆にすることで、そのような結末に終わる「本」に対する詩人ブレヒトのアイロニーにみちた批判を提起していることになる。批判されるこの「本」とはドライサーの小説のことだと、フォーレイは言う気だろうか。

その通りだとほぼ明言しているのは、ヴェルナー・ヘヒトらによって編集された新しいドイツ語版ブレヒト全集の注に示された解釈である。なお、一九六〇年代にドイツで出版されたブレヒト全詩集、および旧ブレヒト全集第八巻には、「夜のねぐら」が収録されているが、それについて何ら注釈はない。新版全集の注は、ハードカヴァー版英訳詩集の注に学んだのか、「夜のねぐら」の素材が『シスター・キャリー』四五章であると特定しているうえに、「ねぐらの世話をする男の行為はドライサーから最高の賞賛を受けている。ブレヒトにとってこれは改良主義的姿勢の表現ということになる」(531) という読み方を明示している。マルクス主義者でないことがはっきりしているドライサーを、そんな作家が改良主義を批判できるわけはないと見くびっているのか。フォーレイはこの注を知ってか知らずか、『シスター・キャリー』を「改良主義」と見るこの注に示された解釈の轍を踏んでいるようである。

2

だが、『シスター・キャリー』と「夜のねぐら」を読み比べてみれば、この解釈に疑問を持たざるをえなくなる。四五章でハーストウッドはたしかに「ねぐらの世話をする男」のおかげで一夜の寝床を得ることができたのだが、寒いなか何時間も立ちんぼのまま待たされたあげく、真夜中になってようやく場末の安宿に収容されただけのことで、寝る前にベッドに腰かけて「こんなことには、もうあまり耐えられそうもないな」(429) とつぶやく。しかし、「夜のねぐら」にある「雪は街路におちる」という詩句は、季節が晩秋か初冬と描かれている『シスター・キャリー』四五章にはおさまりにくい天候表現であるし、じじつ「雪」の場面は四五章に出てこない。「雪」の場面があらわれるのは小説のもっと先、最終章第四七章である。物語のクロノロジーによれば、四五章の時点から何か月か経った翌年の二月ごろのことと推定される四七章で、ハーストウッドは「ねぐらの世話をする男」に頼って一夜のベッドにありつくにはあまりにも時間がかかりすぎることに嫌気がさし、この男の慈善に頼らなくなっている。みじめな浮浪者暮らしに憔悴しきった彼は、「雪が相変わらず吹きつけて、身を切るような白い粒が叩きつけ」(452) る夜ようやく木賃宿にもぐりこんで、降りしきる雪が自分の体の上にではなくて「街路におちる」態にこぎつけたものの、その狭い部屋のなかで自殺するのである。

ブレヒトの詩は『シスター・キャリー』を短縮し、四五章と四七章を直結している。第二連は、ハーストウッドが「ねぐらの世話をする男」のおかげで一夜の宿にありついてほっとする四五章に通じているとしても、第四連は、一夜の宿のなかで自殺するハーストウッドを描く四七章から想を得ているかもしれない。つまり、「差異をともなう反復」つまり脱構築は、『シスター・キャリー』四五章と四七章とのあいだですでに生じているのであり、「改良は幻想であり、革命こそ現実的である」(224) とフォーレイが読み解いたこの詩のメッセージを支える「弁証法的な矛盾や転倒を描き極めるための有機的形式」(224) は、『シスター・キャリー』によって先取りされている、とも見られるではないか。

とすれば、詩の第二連のみがブレヒトの『シスター・キャリー』理解をあらわしているわけではなく、第四連も『シスター・キャリー』理解に根ざしていることになる。第三連「本を下におくな、きみ、これを読んでいる人よ」という詩句は、第二連であらわされた『シスター・キャリー』四五章の場面を読み終えて、あたかも「本」全体を読み終えたかのように安心する読者に対し、もっと先まで読み進めと促しているとも考えられる。そうでなければ、「本を下におくな」と読者に命じる言葉は的外れになりかねないではないか。四五章にはたしかに、ホームレスたちのためにひとりで黙々と尽力する「風変わりなある男」への畏敬の念があらわれ、慈善活動という名の「改良主義的姿勢」への共感がほの見えるとしても、四七章はハーストウッドが「無駄なことさ」(453) とつぶやきながら、最後の尊厳を保とうとして自殺する痛切な場面であり、「その死体は、ほかの数多くの死体といっしょに名も知られぬまま（略）無縁墓地」(455) に葬られて、「ねぐらを世話する男」の慈善活動が無益であったと明らかにする。詩がドライサーの小説全体に対する批判になっていると示唆するドイツ語版ブレヒト全集注釈者による解釈に反して、私は詩が『シスター・キャリー』四五章のみに取材しているのではなく、小説の結末までも含む全体をなぞっていると解釈してみたいのだが、全集の注釈者には、ブレヒトが『シスター・キャリー』全体を「改良主義的姿勢の表現」であると誤解していたことを証し立てるような資料でもあるのだろうか。知る人がいたら教えてもらいたい。

ブレヒト全集の注は、この詩篇が一九三一年ごろに作られ、「戯曲『屠殺場の聖ヨハンナ』制作と関連している」(531) とも述べている。この戯曲の設定はシカゴだから、ブレヒトは、アメリカ人作家で『ジャングル』の作者アプトン・シンクレアとともに、ドライサーをも読んだのか。一九三一年といえば大不況のただなかでドライサーがもっとも左傾化し、共産党の広告塔の役を演じて、ドイツやソ連での評判も高まった時期にあたる。自然主義作家と見なされていたドライサーについて、自然主義や前衛主義を厳しく批判したことで知られたルカーチさえも、スターリン批判が始まったソ連共産党第二〇回大会後まもなく発表した論文「批判的リアリズムの現代における意義」で、ドライサーをトマス・マンやロマン・ロランなどと並べて「リアリズムの新しい高揚、つまり帝国主義にたいするヒューマニスティックな反逆」（167）を体現した世界の進歩的な現代作家のひとりだったと賞賛することに吝かでなかった。ドライサーを自然主義作家でないと見なしたか。それとも、自然主義観が変わったか。ルカーチは同じ論文で、表現主義論争で論敵だったブレヒトにも、何食わぬ顔で賛辞を呈している（310, 355）。こうなると、やはり自然主義嫌いだったらしいブレヒトがドライサーをどう見ていたのか、気になる。

ブレヒトは一九四一年から四七年まで米国に亡命し、ハリウッドで映画界の仕事をしようとしたが、この時期にはドライサーも映画制作に関係しようとしながらハリウッドに住んでいた。両者とも映画産業での成功を遂げられそうもない作風だったのだが。ブレヒトの妻もドライサーの妻も女優であったという共通点もある。

同時期にハリウッドの住人だったチャーリー・チャプリンは、ブレヒトにとってもドライサーにとっても親しい友人であった。チャプリンの自伝には、「ハンス・アイスラーの家で私たち夫婦はベルトルト・ブレヒトとよく同席したものだ」（428）という言葉で始まる一節がある。ブレヒトとチャプリン両者の関係については、前者が演劇の新機軸を打ち出すにあたって後者から多くを学んでいたと論じる映画研究者ポール・フレイグによる論文がある。他方チャプリンは、ブレヒトとの交流について述べたくだりに続けて、「私たち夫婦の友人にはセオドア・ドライサーも含まれ、私は彼に大いに敬服していた。彼とそのすてきな細君ヘレンは私たちの家でたびたび食事をともにした」と書いている。この一節の最後で、「ドライサーが死んだとき、葬式の弔辞を読んだ劇作家ジョン・ローソンは、私に、棺の担い手になり、葬儀場でドライサーの書いた詩を朗読してくれないかと頼んできたので、私は引き受けた」とも述べている(429)。このような交友関係のなかでドライサーとブレヒトの接点があったのかなかったのか、気にはなっているけれども、それを確かめる資料は見つからない。

チャプリンの妻ウーナは米国演劇の刷新者と見なされる劇作家ユージン・オニールの娘であり、やはり女優だった。オニールがデビュー時に深く関わった一九一〇年代米国のいわゆるリトル・ルネサンスの一翼をなす小劇場運動には、ドライサーも劇作家として参加していた。この時期を中心にドライサーは戯曲の執筆に精力を注ぎ、計一二本の戯曲を遺したが、たとえば一九一六年インディアナ小劇場協会によって舞台にのぼせられた『笑気』は、『セオドア・ドライサー戯曲全集』の編者キース・ニューリンによれば、「米国最初の表現主義的演劇の上演」(335)だった。その他の戯曲作品も、ドライサーといえば予想されるような自然主義的ないしリアリスティックな表現のものよりも、前衛的手法を用いたものが多かったのである。これをブレヒトが知ったら何と言ったであろうか。

ドライサーの代表作『アメリカの悲劇』の脚色をめぐる経緯は、彼の著作がいかに解釈されうるかをある角度から窺わせている。この小説の映画化には、当時ハリウッドに招聘されていたソヴィエト・ロシアの映画監督セルゲイ・エイゼンシュテインによるシナリオを使うはずだった。ハリウッドでチャプリンとも交流していたエイゼンシュテインは、ロシア革命一〇周年記念行事に招待されて一九二七年に訪露したドライサーと会見した誼みもあり、意気込んで映画化に取り組んだ。その経緯と成果は、エイゼンシュテインと親しかった英国の左翼映画人イーヴァ・モンタギュの回想記にくわしい。エイゼンシュテインのシナリオは映画製作会社パラマウントにとってあまりにラディカルな内容だったので没にされ、代わりにジョセフ・フォン・スターンバーグが書いたシナリオをもとにした映画がじっさいに制作された。この映画に対してドライサーは、パラマウントが原作を冒涜して商業主義的犯罪映画に仕立てたと怒り、文学作品の映画化に際して映画化権を売った原作者の意図がどれほど重んじられるべきかを問う、史上初めての裁判に訴えたものの、敗訴した。

『アメリカの悲劇』の映画化をめぐるいきさつにはさらにおまけも付いていて、スターンバーグによるこの映画を日本で見た小林秀雄が、ドライサーへの敵意を原作の文体に対する嫌悪に包んで、映画のほうが原作よりもずっとましだと評した。これに対して谷崎潤一郎は『文章読本』で小林に異を唱え、ドライサーの文章を「西洋の文章」の特徴に免じて擁護した(534)。ドライサーは、小林と谷崎のあいだで英語原文を引用し合ってたたかわされた角逐も引き起こしたのである。

『アメリカの悲劇』舞台上演に関しては、売れ行き好調だった原作に便乗したパトリック・カーニー脚色の公演(一九二六–二七年、一九三一年)が成功してドライサーの懐も潤った。だがその後、ドイツのプロレタリア演劇演出家にして叙事演劇の創始者エルヴィン・ピスカトールが一九二九年にこの小説の脚色を手掛け、彼がドイツ語で書いた脚本の英訳版により、一九三六年にニューヨークでグループ・シアターによって上演された芝居『クライド・グリフィスの事例』は、カーニー脚色版の舞台よりもっとドライサーに気に入られたのに、ラディカルな解釈や叙事演劇の手法に怖れをなした観客、批評家から不評を受けたために、早々と公演打ち切りになった（Swanberg 360, 369, 372, 438; Lingeman 340-43, 396）。ピスカトールはブレヒトの兄貴分にあたる存在だったから、この脚色にあたってブレヒトの援助を求めた可能性があり、ブレヒトが『シスター・キャリー』を読んだのもその経緯のなかでのことだったかもしれない。

エイゼンシュテインといい、ピスカトールといい、階級社会に根ざしたドライサー小説はラディカルな脚色につながりやすいことを浮かび上がらせてくれた。ドライサー流の自然主義小説風「悲劇」は、登場人物のアナグノーリシスに欠けていても、既成価値観の再考を読者に促す含蓄に富んでいるから、ブレヒトに連なるラディカルな脚色家は、その含蓄を明示化する誘惑に駆られるのではないだろうか。『シスター・キャリー』は、少なくとも、詩のなかで「きみ」（"man"；"Mensch"）と呼びかけられる中年男性読者に対し、ハーストウッドの破滅を見せつけて、身につまされる思いをさせ、日常を見直すように迫る可能性を孕んでいる。ブレヒトの詩は、『シスター・キャリー』四七章が帯びるアイロニーを梃子に、ハーストウッドの「悲劇」に秘められた革命の必要性の認識へいざなう仕組みを明示しようとしている、そう読むこともできよう。

『マルクス主義批評の現在』の末尾でフォーレイは、「左翼の文化行事でポスターやTシャツのロゴによく用いられ、ブレヒトからの引用句ということになっている言葉」（156）であると途中で説明しつつこの本のなかですでに何度か引いてきた、「芸術は現実に向けて掲げられた鏡ではなく、現実を形づくるために振り下ろされるハンマーである」（224-25）というスローガンを掲げる。そしてこれに、「哲学者はさまざまなやり方で世界を解釈してきただけだが、肝心なことはそれを変革することだ」というマルクスの言葉を重ねて、「ブレヒト――およびマルクス――に最後の締めくくりの言葉を言ってもらったことにしよう」（225）という一文で本書を結んでいる。

■引用文献

Brecht, Bertolt. "A Bed for the Night." Tr. George Rapp. *Bertolt Brecht Poems*. Ed., John Willett & Ralph Manheim. Eyre Methuen, 1976, p. 181.

——. "Die Nachtlager" ; "Kommentar." *Bertolt Brecht Werke: Grose kommentierte Berliner und Frankfurter Ausgabe*. Band 14. HRSG von Werner Hecht, et al. Aufbau-Verlag; Suhrkamp Verlag, 1993, S. 137. cf. *Gedichte* III. Suhrkamp Verlag, 1961; *Gesammelte Werke*. Band 8. Suhrkamp Verlag, 1967.

——. 野村修訳「夜のねぐら」、『ブレヒトの詩』野村修編、野村修・長谷川四郎訳（「ブレヒトの仕事 3」）河出書房新社、二〇〇七年、九二―九三頁。

Chaplin, Charles. *My Autobiography*. 1964. Penguin, 2003.

Dreiser, Theodore. *Sister Carrie*. 1900. In *Theodore Dreiser: Sister Carrie, Jennie Gerhardt, Twelve Men*. Ed. Richard Lehan. Library of America, 1987, pp. 3-455. 村山淳彦訳『シスター・キャリー』（岩波文庫）岩波書店、一九九七年。

Eagleton, Terry. *Marxism and Literary Criticism*. U. of California P., 1976

Flaig, Paul. "Brecht, Chaplin and the Comic Inheritance of Marxism." *The Brecht Yearbook* 35, 2010, pp. 38-59. https://www.academia.edu/962648/

Foley, Barbara. *Marxist Literary Criticism Today*. Pluto Press, 2019.

"Kearney, Patrick (playwright)". *Wikipedia*. https://en.wikipedia.org/wiki/Patrick_Kearney_(playwright)#:

Kobayashi Hideo. 小林秀雄「小説の問題I」(『新潮』昭和七〔一九三二〕年六月号)、『文芸評論』上巻、筑摩書房、一九七九年、二〇八-二二五頁。

Lingeman, Richard. *Theodore Dreiser: An American Journey, 1908-1945*. Putnam's Sons, 1990.

Lukacs, Georg. 藤本淳雄訳「批判的リアリズムの現代における意義」(一九五七年)、大久保健治ほか訳『ルカーチ著作集』一二、白水社、一九六八年。

Montagu, Ivor. *With Eisenstein in Hollywood: A Chapter of Autobiography by Ivor Montagu*, Seven Seas Publishers, 1968.

Newlin, Keith. "Appendix 3: Productions of Dreiser's Plays." *The Collected Plays of Theodore Dreiser*. Ed. Keith Newlin, et al. Whitston, 2000, pp. 331-353.

Swanberg, W. A. *Dreiser*. Scribner's Sons, 1965.

Tanizaki Jun'ichirou. 谷崎潤一郎『文章讀本』(一九三四年)、中央公論社、一九七四年。

Williams, Raymond. *Marxism and Literature*. Oxford UP, 1977.

第八篇　ドライサーと大戦後文学

一九二〇年代、一九三〇年代におけるドライサーの名声を踏まえれば、第一次世界大戦後米国文学界に新たに登場した作家たちはドライサーから何らかの刺激を与えられたはずだと思われるのに、彼らをドライサーの系譜に入れることはおろか、彼らがドライサーから受けた刺激を探ることさえ、文学研究の課題として取りあげられた例は滅多に見られない。それどころか、ドライサーは自然主義作家、戦後作家たちはモダニストと決めつけて、両者間の交渉を探ってみても仕方がないと突き放し、むしろ両者間の差異や世代的較差を批評的に解明することこそ重要とするのが、長年続いてきた慣わしになっている。しかしながらここでは、そんなこれまでの趨勢に逆らって、無視されてきた、あるいは隠蔽されてきたとさえ言える、ドライサーが何人かの代表的戦後作家たちに及ぼしたかもしれない影響を、あえて探ってみることにする。

1

先人と後進とのあいだには連続性も断絶も認められるだろうから、連続性よりも断絶を強調したからといって、そのこと自体はたしかに単なる選択の問題かもしれない。フィリップ・ヤングは『アーネスト・ヘミングウェイ再考』で、ヘミングウェイの文体の「起源」を探るという課題に取り組み、「文学における派生の問題はつねに困難に瀕する」と述べたあと、つぎのように論じている。

たとえある作家が、自分の著書が現在あるような形になったのは、他の本をいくつか読んで感銘を受けたからだとか、自分が現在のような考え方をするようになったのは、いくつかの経験をしたからだとか言ってくれたとしても、われわれはそういう言明を最終的に決着をつけてくれるものとして信用するわけにいかないし、疑わしいと思う。他方、作家が自分の起源についてほんとうに明確なことを何も言ってくれなかったり、矛盾することをあれこれ言ってくれたりしたら、他の誰かがそれについて何を言っても、ただの推測というよりもさらにあやふやな憶測になってしまう。それでもなお、いくつかの事実に基づいて推測できることも多い。（略）作家とは、彼にいつであれ降りかかってきたことすべてによって、いかなる形であれ、きわめてささやかな程度であれ、形成されるものであり、降りかかってくるもののなかには、彼が読む本や知り合いになった作家たちも含まれている。（173）

だから、「いくつかの事実に基づいて推測」して、ハロルド・ブルームが『影響への不安』で論じたような、世代の異なる詩人、作家間で働いているオイディプス的敵意に注目した結果として、断絶を強調することもありうる。しかしながら、文学研究における流行や批評傾向の変化によって、断絶を実際以上に強調する「憶測」が幅をきかすということも起こりうる。そういう場合には断絶の強調が文学史の歪曲につながる。第一次世界大戦とロシア革命のあとにあらわれた若手作家たちのモダニティや斬新さを強調するために、戦前の文学からの彼らの訣別は徹底していたという見方を宣伝した批評家たちが多くなった。ドライサーについては、まるで戦前の作家であって一九二〇年代以降もはや古くさくなったとでも言わんばかりである。ところがドライサーは大戦後も、古くさくなったどころか、代表作と見なされる『アメリカの悲劇』をはじめとしてさまざまなジャンルの著作を精力的に発表し続けていたばかりか、拙論「ドライサーの一九三〇年代」で概説したように一九三〇年代には社会評論家としてめざましい活躍をしていたから、年下の作家たちにとって手ごわい競争相手だったはずである。だからこの段階では、ドライサーの影響力を低く見積もる批評家たちの「憶測」が功を奏する余地はあまりなかったであろうから無理もないが、アメリカ文学がようやく学問として認められはじめ、諸外国に見劣りしないアメリカ文学史を作り上げなければならないという要請に迫られてはいても、批評家たちがこぞってドライサーこき下ろしに励んだようにはまだ見えない。何しろ、アメリカ文学史創出運動最初の記念碑的業績ともいうべき『アメリカ・ルネッサンス』の著者F・O・マシセンの遺作が、ドライサー論だったのだから。

むしろ第二次世界大戦後の論調が、ドライサーと後続の作家たちとの断絶を決定的なものに仕立てたのではないかと思われる。戦後世界で二大国となった米ソが、それまでの反ファッシズム協調路線からいわゆる冷戦に転換したことに伴って、米国にはマッカーシズムとしてあらわれた反共主義がはびこるようになり、そのなかで共産主義に幻滅したり裏切られたと感じたりした知識人がアメリカ文学研究を学問として確立していったから、この動静にドライサーをめぐる議論も大きく左右されていった。この間の事情については私の旧著『セオドア・ドライサー論』で一通り述べたので、詳述は避けるけれども、戦後米国文学界を支配するにいたった反共主義とその文学批評版としてのニュー・クリティシズムは、ドライサー排撃論を前面に押し出した。大戦中の人民戦線路線や構造改革路線を誤読したアール・ブラウダーの指導の下ほとんど解党に瀕した合衆国共産党が、立て直しを図るなか、戦後直後に入党したドライサーを、黒人指導者デュボイスとともに共産党甦生の立役者に仕立てていったから、戦後の文学評論分野でドライサーをたたく課題が浮上していたのである。

その課題をみごとに果たしたのは、ドライサーが入党後間もなく一九四五年一二月に亡くなったあと、ライオネル・トリリングが雑誌に発表した書評を膨らませて書いた著書『リベラル派の想像力』（一九五〇年刊）であり、仕上げをしたのはスワンバーグによる伝記『ドライサー』（一九六五年刊）であった。これらは、ポー亡きあと、狂人、薬物中毒者などという人格的攻撃をポーに加えて、その後のポー評価に悪影響を与えたことで知られるルーファス・グリズウォルドの所為を想起させる。グリズウォルドの悪意にみちた評伝の余波は、その後一〇〇年間も多くの論者のポー観をひずませ、現代でも通俗的なポー像に影を落としているほどである。トリリングやスワンバーグの著作も、一般のドライサー観にこれと似たような影響を及ぼした。二一世紀にいたってもその悪影響がほんとうに払拭されきったかどうか、今でも判然としない。第二次世界大戦後、リチャード・

ライトやジェイムズ・T・ファレル、ジョン・スタインベックから、ノーマン・メイラー、ビート作家詩人たち、ジョイス・キャロル・オーツ、E・L・ドクトロウなどへと、まぎれもないドライサーの系譜が続いてきたにもかかわらず、ドライサーの遺産は、一部の熱心な愛読者による再評価の試みを除けばほとんど顧みられていないのである。

第二次世界大戦前にもドライサーに対する敵意はじゅうぶんすぎるほど文学界に立ちこめていたとはいえ、一八七一年生まれのドライサーよりちょっと年下で、ドライサーの子どもというよりも弟というほうが近いような年齢差の売れっ子作家たち――シャーウッド・アンダーソン（一八七六年生まれ）、H・L・メンケン（一八八〇年生まれ）、シンクレア・ルイス（一八八五年生まれ）などにとって、アメリカ人小説家としてのドライサーの重要性に疑問を差しはさむ余地はなかったし、彼らに対するドライサーの影響力が疑われることもなかった。たとえばルイスは一九三〇年に、アメリカ人作家としてはじめてノーベル文学賞を受賞したのであるが、ドライサーが受賞したほうが「米国作家たちのあいだでもっと受けがよかったはずである」（343）とリンゲマンが述べているように、文学界ではまるでルイスがドライサーからノーベル文学賞を横取りしたかのように受けとられた。それかあらぬか、ルイスは受賞演説で「今日、私にとっても他の多くのアメリカ人作家たちにとってと同様、ドライサーは誰よりも厳しい孤高の道を歩んでいる作家です。彼はたいてい評価を受けることもなく、しばしば迫害を受けながらも、アメリカ小説におけるハウエルズ流のヴィクトリア朝式小心さやお上品さに別れを告げて、人生に対する正直、大胆、情熱に通じる道を切り拓いてきたのです」（111-12）などと、ドライサーを絶賛することに言葉を費やしたのであった。しかしながらこれら弟分の作家たちの評価もその後下落したから、そのために、もっと若い作家たちとドライサーの関連性は乏しいなどという見方が通用しやすくなったのであろう。

第一次世界大戦が戦前と戦後の作家たちを鋭く分断したという見方は、たしかに学界、批評界で主流になっている。けれども、米国は大戦に参戦する一九一七年以前に大きな文化的変貌を遂げつつあったのであり、それが大戦後も続いていたと捉える論者も一部にいた。たとえば『アメリカ的無垢の終焉』の著者ヘンリー・メイは、その点を早くから指摘していて、つぎのように論じている。

なるほど、〔戦前の〕公認文化の表面を見れば、ほとんど耐え難いほどの穏やかで自足した雰囲気が支配している。しかしながらその表面のほとんどどこでも穿ってみれば、その後に起きた革命にそなわる多様性と興奮と潜在的破壊力とをみなぎらせた胎動が見出される。たとえば一九二〇年代に関連づけられる傾向が一つ残らず見出されるのである。(viii)

とはいっても、いわゆる「失われた世代」はアメリカ文化刷新の先陣を切ったドライサーに追随していたなどと語りはじめたら、物笑いの種になるだけかもしれない。「失われた世代」の作家とは、マルコム・カウリーの『亡命者の帰還』巻末の「付録――生年」によれば、「一八九四年から一九〇〇年までのあいだに生まれた」(315) 年齢層の――つまりドライサーの子どもに相当する世代の――作家たち一〇〇名以上からなる。ここではそのなかでも代表的な五名の作家――マルコム・カウリー（一八九八年生まれ）、ジョン・ドス・パソス（一八九六年生まれ）、F・スコット・

フィッツジェラルド（一八九六年生まれ）、アーネスト・ヘミングウェイ（一八九九年生まれ）、ウィリアム・フォークナー（一八九七年生まれ）――を選んで、モダニストと見なされる彼らがドライサーからいかなる影響を受けているか、既成の常識にとらわれることなく考察してみたい。

2

カウリーとドス・パソスがドライサーにもっとも近づいたのは、彼らが全米政治囚擁護委員会（NCDPP）の一員として活動したときだった。本書第五篇で説明したように、NCDPPが共産党系フロント組織であることは周知の事実だった――合衆国共産党史研究家セオドア・ドレイパーによれば、一九三〇年の世界革命作家大会（通称ハリコフ大会）で採択された「合衆国に関する決議」の一部を実行に移すために、ILD内の作家グループとして創設された組織であった（179-81）。その結成にあたりドライサーは、この委員会の初代議長に就任していた。

カウリーは自分の一九三〇年代回想記『黄金山の夢』で、「私がいわゆる〈運動〉にはじめて巻き込まれるようになったのは、一九三一年四月セオドア・ドライサーのアトリエでのある夕べ以後のことであった」（51）と語りだし、ドライサー主催によるNCDPP結成レセプションに出席したときの思い出を書いている。そこにはドライサーに対する彼の深い敬意があらわれている。

その頃私はセオドア・ドライサーのアトリエで催されるある会合への招待状を受けとった――

それはほとんど王からの召喚状に等しかった。五七丁目ウェストの住所に行ってみたら、大きな共同住宅の建物で、装飾豊かな大建築物だった。たいして遅刻もせずに到着して会場に入ったら、執事が私のコートを受けとってから、スコッチウィスキーの入ったグラスを渡してくれた。リンゴ酒か自家製ジンまがいぐらいしか飲めなかったあの時代としては、なかなかお目にかかれないような銘酒がずらりと並んでいるなかからあつらえてくれた一杯だった。広いアトリエはすでに混雑していた。小説家、批評家、リベラルな編集者、改革的なジャーナリストなど、文筆業界の人びとで、アメリカ社会の運命に関心を示したことのある者はほとんど全員そろっていた――もっとも、赤毛のルイスとドロシー・トンプソンは見当たらなかったが。これほど多くの人びとを集めることができる人物は、ドライサー以外に誰もいなかったであろう。(55)

ルイスとその妻に言及しているのは、ドライサーとルイスに関わるゴシップにさりげなく触れていると思われる。ジェローム・ラヴィングの書いた伝記によれば、ドライサーは、ルイスにノーベル文学賞をさらわれたという見当違いな恨みを抱いていたさなか、このレセプションの一ヶ月前、同年三月のロシア人作家歓迎会の席上で、トンプソンのロシア革命ルポから剽窃したとルイスに公衆の面前で糾弾されたことに堪忍袋の緒を切らせ、ルイスを平手打ちして、「この会には三、四〇人の出席者がいた上、翌日あちこちの新聞紙上に長い記事があらわれた」(358)というスキャンダルを引き起こしていた。しかしながらカウリーの記述では、ドライサーの怨嗟がまるで王者にふさわしいかのように描き出されているではないか。

　元来リベラルだったカウリーが書いていることには、「当時のやり方に従って堂々たる頭文字の連なりを用いてあらわせばＮＣＤＰＰとなるこの組織は、思うに、ミドルクラスのシンパを会員として獲得するために仕組まれ、その後何百となくあらわれた〈フロント組織〉の初期のものだった。私にとってそれは、大学を卒業してから加入した（三つか四つの編集部を除けば）最初の組織らしい組織だった」(58)。じじつこの組織は、共産党が提起したいくつかの有名事件へ世間の耳目を集めることに成功した。そのなかには、ケンタッキー州炭鉱地帯で起きたストライキの参加労働者たちに対する弾圧を調査し、その暴力的実態を暴露する活動も含まれていたが、これにカウリーもドス・パソスも深く関わったのである。

　一九三一年一一月にケンタッキー州ハーラン郡に入ったＮＣＤＰＰ調査団は、ドライサーが率いたために「ドライサー委員会」と呼ばれ、ドス・パソスをはじめとする十数人の作家からなっていた。この視察は成功し、現地の実態を全米に知らしめるとともに支援の輪を広げた。他方、カウリーがエドマンド・ウィルソン（一八九五年生まれ）とともに加わった第二次調査団は、ウォルドー・フランク（一八八九年生まれ）によって率いられた作家グループであった。彼らは翌年一月に現地に入ったものの、何もできないうちに警察と炭鉱経営者側の自警団に捕まり、夜中ケンタッキー州とテネシー州の州境にある山中に連行されて、リンチまがいに手ひどく殴られたあげく、夜闇のなかに置き去りにされてしまった。この出来事は、ドライサーたちが取り組んだ視察調査がじつはいかに危険な行為であったかということを如実に示した。

カウリーの回想では、第二次調査団が失敗に終わった主因は団長の無能に帰せられ、鉱山町の有力者たちの前で「ウォルドー・フランクは筋道の立った話をして、われわれの要望を申し出た（だが彼の声は甲高く、ドライサーがそなえている堂々たる押し出しに欠けていた）」（70）とされる。カウリーはさらにＮＣＤＰＰによるハーラン炭鉱調査活動を総括して、つぎのように述べる。

調査団派遣は全国的に報道され、おかげで、ケンタッキー州その他の地域におけるストライキが勝利したわけではなかったとしても、ストライキ支援（および党活動支援）の資金を調達する助けにはなった。それとは別の一連の効果もほかならぬ作家たち自身にあらわれた。共産党に利用されていると気づいて手を引く者たちが出てきたのだ。たとえばエドマンド・ウィルソンがその一人である。しかしそれ以外の作家たちは利用されることに甘んじた。そうするほうが共通の利益になると考えたからだ。彼らは新しい生き方に自らを賭けようとして、意見に賛同するだけでなく、意見などというものは一日もすれば変わってしまう可能性もあるからもっと持続できるように、自らの行動を通じて関わろうとしたのだ。それこそ、ケンタッキー調査団参加とその余波から私が受けた効果であった。思いもよらなかったことに私は、〈運動〉に肩入れして、活動したり演説したりするようになっていた。（75-76）

ドライサーに対するカウリーの敬意は、ＮＣＤＰＰで活動することによってますます深まったにちがいない。

その後カウリーは『亡命者の帰還』をはじめとする自伝性を帯びた文学クロニクルの著作で知られるようになるが、彼がこのジャンルの著作を手がけるようになったのは、ドライサーの文学クロニクル的な自伝に触発されてのことかもしれない。ドライサーの自伝は刊行された書物としては『夜明け』と『私自身に関する本』（のちに『新聞記者時代』と改題）の二巻からなっているが、読書を通じて作家として開眼していった過程がみずみずしい筆致で書かれている。ドライサーの自伝は、自らの反社会的な経験や反時代的な独学と思索の過程を告白して、ドライサーの文学観を浮かび上がらせる仕組みをそなえているのである。

ドライサーはこの種の自伝の企てをさらに広げるつもりでいて、たとえば一九三一年出版の『悲劇のアメリカ』を見れば、その扉裏に印刷されている出版リストのなかに、「自伝的」という項目のもとに『私自身の歴史』があげられ、既刊の『夜明け』、『新聞記者時代』に加えて「『文学修業時代』（刊行予定）、『文学的経験』（刊行予定）」という書名を含む全四巻からなる著作であると記されている。このうち三巻目、四巻目はついに出版されることなく断片の遺稿が残存しているだけのようであるが、書き上げられていたら、たとえば「偉大なアメリカ小説」に見られるような文学評論を手がけたはじめた一九三〇年代の著作として、『新聞記者時代』にまさる文学クロニクルになっていたはずで、惜しまれる。

『新聞記者時代』は手稿を復元したペンシルヴェニア版が出たが、編者ノストウィッチによると、流布本の『新聞記者時代』は、オリジナルの手稿版が「九四六ページ、九三章」（679）あったのと比べると、「五〇〇ページ、七七章」（680）と半分近くに短縮されている。削除された部分は大部分が猥褻の廉で検閲に引っかかりそうな箇所だったとされるが、読み比べてみるとわかるように、古今の作家についてのコメントが削除されている箇所も少なくない。ペンシルヴェニア版『新聞記者時代』「序文」でトマス・リジオが書いているように、それらの論争的、告白的なコメントは、「芸術家の人生はユニークでありながら、時代のなかで作動している諸力の産物として代表的である——なかんずく哲学な意味を孕んでいる、というあのおなじみの一九世紀的観念に現代的ひねりを加えている」(x)と解することもできる。そういう文学クロニクル的な要素は流布本の自伝からも読みとることができるから、カウリーはそれに刺激されたのではないだろうか。

「ドライサー委員会」に同行したドス・パソスにも、カウリーにあらわれたのと同様の効果がうかがえる。ドス・パソスの旅行記集『あらゆる国々にて』のなかのハーラン炭鉱現地調査に関するくだりには、調査団長ドライサーが二度描き出されるが、調査のための証人喚問会を終えたあと、兇徒集団が調査団を襲撃しようとやってきつつあるという警告を受けた状況について、つぎのような描写があらわれる。

丘を下っていくと、戦闘が小康状態に入ったときの戦線におけるあの不気味な寂寥感が感じられた。(略)道路を少し上ったところにあるガソリンスタンドまで行ってみたら、ドライサーがその戸口に立っていて、夕日の薄れゆく残光に見入っていた。(略)私たちはガソリンスタンドの戸口に長い間立ちつくしていた。私は何年も前にアヴォクールの森で部署についていたときに感じた、あの言うに言われぬ息詰まるようなしじまを感じとっていた。そうだ、これは

たしかに戦争だった。(383)

この少しあとの箇所では、「もうすっかり暗くなっていた。私はドライサーと並んでガソリンスタンドの戸口に立っていた。彼は、戸外の静まりかえった夜を見つめ、外套のポケットに両手を突っ込んだまま、一言も口をきかずに立ちつくしている。いったい何を考えているのだろうと私は思った」(385)と、深い瞑想にふけるドライサーが描かれている。この旅行記全体のなかで意外なことにドライサーへの言及は少ないのだが、彼の超然とした憂愁を描き、第一次世界大戦でドス・パソス自身が経験した独仏国境近くの戦場を連想として呼び起こしている文章には、ドライサーに対する畏怖があらわれている。

「ドライサー委員会」は、地元の保安官、検事、新聞記者からも、炭鉱夫やその家族、スト支援者からも、多くの証言を聴取し、ストライキ中の労組が受けている迫害の実態を世間に知らせるという目的を立派に遂げた。調査結果の報告書『ハーラン炭鉱夫たちが発言する』は、調査趣意書、ドライサーによる「序論」、参加した作家たちによる手記、証言聴聞会議事録、一二月に催されたニューヨーク市における抗議集会でのアンダーソンによるスピーチなどを収録している。議事録には、ドライサーが裁判における首席判事のような役割を演じて、仕組まれた聴聞会における質疑を主導した様子がはっきり描き出されていて、ある箇所には「尋問の大部分はドライサーによっておこなわれた」(102)と明記されている。そして本書の編集は、どこにも明示されていないけれども、ドス・パソスによってなされたと推定できるのである。

本書の本体となる「第九章　炭鉱夫たちが自ら発言する」の冒頭には「ジョン・ドス・パソスによる説明文」(91)という語句が副題のように示されていて、彼の貢献が明記されている。それだけでなく、本書の混成的なフォーマットや様式の異種混淆性にも、彼の関与がうかがわれる。『USA』など彼の小説に取りこまれたフォーク・カルチャーやマス・カルチャーへの関心は、アント・モリー・ジャクソンのフォークソング「ケンタッキー鉱夫の妻たちのボロ着と空腹のブルース」を本書巻頭に掲げる構成にあらわれている。鉱夫やその妻たちの証言には、現代ならばオーラル・ヒストリーと呼ばれるであろうが、一九三〇年代にはフォークロアと呼ばれていた記録の特徴がたっぷり見出される。だがこのような趣向はドス・パソスがドライサーから継承し、それをモダニズム風に変容させた手法だとも言える。ドス・パソスはドライサーよりももっと直截で単刀直入に、たとえば大衆文化の製品である流行歌や、街頭から蒐集してきた「民衆の話し言葉」(*USA* vi)や、「ニューズリール」と称した新聞記事の切りつなぎなどを、小説のなかに生の形で組み込んだが、ドライサーもそれほど目立たないやり方ではあれ、パピエ・コレに似た新聞記事の断片、バラッドの定型、民話の再話、メロドラマや大衆文学からの借用など、フォーク・カルチャーや大衆文化からさまざまな要素——バフチンが「他者の言説」(204)とよんだもの——を小説に取りこんでいたではないか。

ドス・パソスもカウリーも、ドライサーの挙措に敬服せざるをえないと感じていた。ドライサーの重要性に対する彼らによる評価は今日の学界であまり取りあげられないけれども、彼らが第一次世界大戦後の合衆国におけるドライサーの威光を証言しているとともに、それぞれの文学にドライサーからの余韻をとどめていることは確認されなければならない。

3

カウリーやドス・パソスのような左翼作家がドライサーに影響されていたとしても驚くにあたらないかもしれないけれども、フィッツジェラルドやヘミングウェイとドライサーとの関係となると、これまで埋没させられてきたから、ほじくり返さなくては見えてこないであろう。ドライサーとフィッツジェラルドは、ドイツ系とアイルランド系の違いこそあれ同じカトリック教徒家庭出身であり、一見してたくさんの類似点を共有しているから、比較研究がもっと盛んにおこなわれても不思議でないはずなのだが、実際はトマス・リジオが論文「ドライサー、フィッツジェラルド、および影響問題」で指摘しているとおり、「主題や物語構成が似通っているからといって、批評家たちはためらいもせずに、ドライサーを自然主義者の側に、フィッツジェラルドをモダニストの側に振り分けて固定する壁を築き続けてきた」(234)。

たしかに、ドライサーとフィッツジェラルドが同じ系譜に属するというのは言うまでもないと考える批評家もいる。たとえば一九三〇年代米国文化研究『闇のなかでのダンス』の著者モリス・ディクスタインは、つぎのように述べている。

『シスター・キャリー』、『アメリカの悲劇』その他のドライサー小説は、のちにあらわれた数多くの成功と挫折を描く小説にとって原型となってきた。（略）フィッツジェラルドも『夜はやさし』で『シスター・キャリー』のスター誕生物語構造を借用している。ハーストウッドが転落していくにつれキャリーは上昇するように、ディック・ダイヴァーがかすんでいくにつれニコールは強くなる――一九三七年に映画オリジナル版『スタア誕生』で監督ウィリアム・ウェルマンがみごとに使いこなすことになるのと同じシーソー型物語構造である。(268)

ディクスタインはドライサーからフィッツジェラルドへの連続性を、あたかも詳細に検証するまでもない自明な事柄であるかのように扱っている。

作家経歴の初期において、まさに自然主義文学の影響のもとに出発した「フィッツジェラルドは、ドライサーへの賛嘆を何はばかることなく公言していた」(235)とリジオは書いている。リチャード・アストロは「『美しく呪われし者』(98)と［フランク・ノリスの］『ヴァンドーヴァーと野獣』とのあいだにある相似関係」を突きとめている。リジオが慎重ながらも主張するには、フィッツジェラルドは「小説二作目『美しく呪われし者』においてドライサーを（またもっと控えめにはフランク・ノリスを）あからさまに模倣するようになった」(236)し、しかもさらに「『偉大なギャッツビー』の着想を、ドライサーの『一二人の男』に収められているスケッチ「空の空なるかなと説教師は言えり」から得ている」(238)。リジオは『ギャッツビー』のプロットや人物設定の出典を探るにとどまらず、「『ギャッツビー』の文章に見られるリズムやイメージというもっと複雑な次元における影響からは、重要な箇所でフィッツジェラルドが自分の想像力のなかにいかにドライサーの文体を取りこんだかが明らかになる」(239)と言うところまで踏み込んでいる。フィッツジェラルドはドライサーと自分の文学的親近性に気づいて、じつは「年長の作家が自分の作品を〈余計な類似品〉にしてしまうのではないか」(237)という不安にさいなまれていた、というのだ。

しかしながら、後半期のフィッツジェラルドは、リジオの言い方に従えば、「ドライサーの多弁に対してあらわれはじめた批判を受け売りする機会が見つかったら、めったにその機会を逃さなくなる」(237)。『アメリカの悲劇』と同年一九二五年に出版された『ギャッツビー』は、金持ちに対する羨望を主題としていることによって、ドライサーが『シスター・キャリー』以降長年追究してきた主題に重なっている。リジオが指摘するように、「『アメリカの悲劇』発表後、ドライサーがフィッツジェラルドにとって心配な競争相手らしいと見えてくるにつれ」(237)、フィッツジェラルドはドライサーからの距離をとりはじめた。自分を自然主義の門弟としてではなくモダニストに仕立て上げてくれる批評家たちによる売り込みに応じるようにもなり、『ギャッツビー』を仕上げたことによって作家としての再出発を遂げたと気負うようになった。

他方ドライサーもフィッツジェラルドに劣らず意趣を含んだ態度を示し、リジオによれば「この潜在的な競争相手にたいして自身も何らかの困惑を感じていた」(243)かのように、フィッツジェラルドについては沈黙し続けた。ドライサーは、同時代のアメリカ文学をちょっとふざけた調子で概説する評論「偉大なアメリカ小説」のなかで、「目覚ましい、ないしなかば目覚ましい成功」を遂げた自分よりも年下の小説家として、「シンクレア、キャザー、アンダーソン、ルイス、デル、ドス・パソス、ヘミングウェイ、フォークナー」(24)の名前を列挙しているのだが、目立ったことに、フィッツジェラルドは自分のエピゴーネンにすぎないと見たのか、彼の名前をこの名簿から欠落させている。

ヘミングウェイの場合、彼とドライサーのつながりを論じた文献はフィッツジェラルドの場合よりもさらに希少である。ヘミングウェイの著作には、マーク・トウェインからガートルード・スタイン、アンダーソンその他アメリカ人作家への言及があちこちにあらわれるが、ドライサーは含まれていない。ヘミングウェイはハードボイルドの文体に凝った文章家であり、おそらくドライサーなどという冗長な作家からもっともかけ離れていると見なされるであろう。しかし、そっけない言い方をすれば、ヘミングウェイといえどもドライサーから作品の着想を借りたのである。

ヘミングウェイは、先輩作家から何らかの感化を受けたことを認めなかったわけではないが、この何ごとにも競争心むき出しの作家にとって負い目を承認できる相手は、すでに死んでいてもはや争うまでもなくなった大家でなければならなかったようで、たとえば『アフリカの緑の丘』では「うまい書き手とはヘンリー・ジェイムズ、スティーヴン・クレイン、マーク・トウェインだ」(26) と書いている。彼が編集したアンソロジー『戦う男たち』には、ドライサーと生年が同じであっても夭折したクレインの『赤い武功章』を全編収録し、「序説」で「わが国最高の文学作品であり、私がそれを全編省略なしに収録したのは、それが偉大な詩と変わらず全体を把握せずには作品として理解できないからだ」(xvi) と絶賛した。じっさいヘミングウェイの戦争小説『武器よさらば』の主人公フレデリック・ヘンリーとは、実質的には『赤い武功章』のヘンリー・フレミングを倒置しただけの名前であり、そこにヘミングウェイのクレインに対するオマージュがさりげなくこめられていると見られる。

しかしながら、フレデリックとキャサリン・バークリーとの恋愛描写に、ドライサーの『天才と呼ばれた男』からいくつかの要素が借用されているとは、ヘミングウェイによっても認められたことがなかったし、ほとんど知られていない事実である。ただしロバート・マッキルヴェインだけは、論文「『武器よさらば』における帝王切開の文学的出典」においてこの点を婉曲に指摘している。『天才と呼ばれた男』におけるアンジェラ・ブルーと同様に、キャサリンは帝王切開の手術を受けたあげくの出血で死ぬのであるが、ドライサーのこの小説は帝王切開を直截に描いたおそらく米国最初の作品であり、猥褻と冒涜の科で禁書処分にされた作品であった。この文学検閲にたいしてドライサーは果敢にたたかい、メンケンや著作家同盟（Authors League）が出した支援の抗議声明は、合衆国のみならず世界各国の作家たちによる賛同署名を集めて、有名な事件を巻き起こした。リンゲマンの説明によれば、「このような集団的な声明の発表は米国の文学界未曾有のできごとであり、不当な検閲に反対するという原則のもと、ラディカルから保守派まで、若い世代も年長の世代も結束して、文学界の幅広い統一を一時的にせよ実現した」（137）。『天才と呼ばれた男』がこのような悪名高い筆禍事件を起こしていたことに鑑みれば、事件から多少時を隔てていたとはいえ、ヘミングウェイが小説に帝王切開の場面を含めたときに、この文学的先例を知らなかったなどとは考えにくい。

『天才と呼ばれた男』におけるアンジェラの帝王切開手術の場面は、自伝的といわれるこの小説のなかで作者の伝記的事実に基づかない、ほぼ純粋な虚構として想像されている。この場面の始まりでユージン・ウィットラは手術室の外にいて、室内で医者が「手術しなきゃならんな。そんなことするのはぼくも遺憾なんだが」と言う声を耳にし、ひどく不安に駆られる。待合室で控えているようにと言う看護婦の忠告に反して、ユージンは「自分の目で見たいんだ」(719) と言い、手術室のなかへ入っていく。そのあと三ページ以上にわたって彼の視点から手術の様子がくわしく描き出される。『武器よさらば』におけるフレデリックも、キャサリンが手術を受けなければならないと医者から知らされて動転するが、看護婦から手術室に入るように促されるにもかかわらず入っていこうとはせず、したがってこちらの小説に手術自体の描写はない。ユージンは手術を見つめ、フレデリックは手術から目をそらす。アンジェラは女児を出産し、キャサリンは男児を死産する。だがこのような対蹠は、両小説に潜在する類似性を際立たせるだけであろう。

マッキルヴェインは両小説における手術の場面の共通性をいくつも指摘しながら、これは「単なる偶然の一致にすぎないかもしれない」(446) と推測し、いわば疑わしきは被告に有利に解釈してやる裁判原則に従ってヘミングウェイを救済するかのように、まぎれもない借用の事例であると結論することをためらっている。とはいえ、両作家が赤児を描写するのにまったく同一のイメージを用いたという事実に向き合わざるをえなくなると、マッキルヴェインも難儀している。ユージンは医者が新生児を高々と持ち上げるのを目にして「まるで皮を剝かれたウサギみたいだ」(720) と考える。フレデリックは一人称の語りで、「医者は両手に、皮を剝かれたばかりのウサギみたいに見えるものを抱えていた」(272) と物語り、また、キャサリンに赤ん坊の様子を訊かれて、「口をすぼめた年寄りみたいな顔をして、皮を剝かれたウサギみたいに見えるよ」(274) と答え、再度同じイメージを持ち出す。マッキルヴェインは「ここに見られる類似性はあまりにも近接しているから、純粋な偶然事とは言いにくい」と書きながら、依然として「私はヘミングウェイが何らかの意味でドライサーから剽窃したなどと言うつもりはないが、ドライサーが書いた場面が、意識的にせよ無意識的にせよヘミングウェイの描写の部分的なモデルになったようにも見える」（447）と言い張っている。

『天才と呼ばれた男』も『武器よさらば』も半自伝的であるという点において似ているのであるが、類似点はそれだけにとどまらない。帝王切開の場面に加えて、両小説は結末部分であらわれるプロット要素も共有している。すなわち、恋愛の対象だった女性の死に直面した主人公による、人生の意味を探りあてようとする哲学的模索が描かれるという筋書きである。アンジェラの死後、ユージンの思想的混迷が小説の結末にいたるまで一〇ページ以上にわたって延々と綴られる。このくだりの冒頭には、「この話の残りの部分は、哲学的な懐疑と思弁、および平常への徐々たる回帰の記録となる」（724）とある。ユージンは、クリスチャン・サイエンスからショーペンハウエル、ニーチェ、スピノザ、ジェイムズ、スペンサーなどにいたる宗教や哲学の広範な文献を渉猟する。そのあげくに末尾の「反歌」最終ページで、つぎのような締めくくりの疑問にたどり着く。

「いったい、こういうことといっさいのなかのいずこにアンジェラが——実体として——存在しているのか」と彼は、髪の毛をかき上げながら考えた。「いずこに私なるものが実体として存在することになるのか。生とはいかに甘美な混沌であることか——いかに豊かで、いかに憐れ

み深く、いかに陰鬱で、いかに色彩豊かな交響曲に似ていることか」（736）

生の謎や驚異を見極めようとしてユージンが演じるとりとめもなく長々しい探究と比較すると、キャサリンの死に直面してフレデリックが陥る精神状態や哲学的瞑想の描写は、ヘミングウェイの文体に似つかわしく単純でそっけない。しかしながらフレデリック／ヘミングウェイは、キャサリンの妊娠を生物学的な「罠（trap）」（116, 268）と表現し、ユージンがアンジェラの妊娠を表現したときに用いた「策略（trick）」（566, 569）という言葉をおそらく反響させて、『アメリカの悲劇』ではもっとはっきりする妊娠、避妊、堕胎などの、性をめぐるドライサーの運命論的な把握を踏襲する自然主義的見方に立っている。それにまた、キャサリンを失う絶望感に駆られたフレデリックの哲学的瞑想は、「世界の終焉」（275）に喩えられるたき火のなかで焼かれていくアリの群れという、ドライサーと同様の自然主義的な動物イメージを通じて、神秘主義的な人生観を非合理的に抱擁するにいたるユージンの諦念とどこかで重なる実存主義的世界観を表明しているのである。

二人の作家のもう一つの共通要素は、女性の登場人物が水と結びついた死に対する恐怖を語ることである。ユージンが夢中になる女性のひとりルビー・ケニーは、ラブレターのなかで愁嘆して、「昨夜わたしは窓のそばに立ち、戸外の通りを眺めていたの。月が輝き、枯れ葉が風に揺れていた。向こうの野原にある池に月が映っていた。まるで銀でできてるみたいだったわ。ああ、ユージン、あたし、死にたい」（104）と書く。アンジェラもまた、結婚についてユージンが優柔不断であることに悩まされて眠れぬ夜を過ごす場面で、つぎのように描かれる。

彼女の心のなかで二つの図像がかわるがわる振り子のように入れ替わりながらあらわれた。片方は、結婚式の祭壇とニューヨークのすてきなアトリエが組み合わされた絵図だった。そのアトリエには、ユージンがたびたび話してくれたように、友人たちが自分たちに会いに訪れてくれている。もう一方の絵図は、オクーニー湖の静まりかえった青い水面だった。その底に自分が青ざめてじっと動かずに横たわっていた。そうよ、あの人がすぐにでも結婚してくれなきゃ、自分は死ぬのよ。（189）

女性の水死はドライサーが著作にたびたび用いた扇情的イメージであり、そのもっとも顕著な例は、『アメリカの悲劇』において湖で水死するロバータ・オールデンである。

他方『武器よさらば』ではキャサリンがやはり死と水を結びつける。キャサリンは水のなか（この場合は雨のなか）での死に対する恐れについて、「あたし雨が怖いの。雨のなかで死んでいる自分の姿が目に浮かんでくることがあるんですもの」（105）と語る。フレデリックとスイスへ脱走するためにマッジョーレ湖をボートに乗って渡るときはたえず雨に打たれているし、じっさい彼女は雨が降っている日に帝王切開を受けて死んでいくのである。キャサリンとアンジェラは水のなかで自分が死ぬイメージを共有していると言えるであろう。このような類似表現は、一部の論者のように、集団的深層心理の普遍性のあらわれとしてすませるわけにいかず、作家個人の独創の産物が貸借された結果であるともみなされるべきではないだろうか。

しかしながら、ドライサーとヘミングウェイのもっとも深いレベルでの共通性は、フィリップ・ヤングが見出した現代アメリカ文学の決定的特徴に由来していると言うべきかもしれない。ヤングは「ペシミズム」が「現代文学の隠れもない特徴」であると述べ、つぎのように続ける。

だが文学史ではある特別な瞬間がよく見過ごされている。そのときにこそ、米国の小説のなかで多少とも「モダン」であると認められる要素が――つまり「悪い面だけ」見るべきだということへのこだわりが――あらわれはじめたと言ってもいい瞬間のことである。現代の作家たち一般、とりわけヘミングウェイがはまっていると難じられるこのこだわりには、一種の発端となった瞬間があって、それは一八九〇年代中頃のある日、セオドア・ドライサーが机に向かって「当節の雑誌を吟味」し始めたときであった。(250-51)

ドライサーが雑誌のなかに見出したのは、「現実がめちゃくちゃに検閲され、偽の満足や感傷的な悲哀で塗り込められた模写に仕立てられていること」(251-52)であった。ヤングは「〈理想の偉大さや単純なものごとに見出される喜び〉などというものに、今日反対もせず保留もつけずにすましているような本格的作家などというものは、われわれみんなが現実とわきまえているもの大部分を無視する陰謀に荷担しているだけになる」(252)と論じた。ヤングの意見によれば、ヘミングウェイは本格的作家として、陰鬱な現実にこだわり続ける性向をドライサーと共有しているのである。こういう指摘は、両者のつながりを単に文学的借用のみならず世界観における親近性からも探りあてようとした重要な試みであろう。

4

フォークナーはフィッツジェラルドやヘミングウェイと異なり、ドライサーへの讃辞を繰り返し表明した。たとえば『庭園のなかのライオン』に収められたインタビューの一つでフォークナーは、日本人学者から「一九世紀末までのアメリカ人小説家のなかで最高の作家五人をあげるとしたら誰だとお考えですか」と問われて、「マーク・トウェイン、ハーマン・メルヴィル、セオドア・ドライサーです――あと二人選ぶのは難しいですね」と答えている（167）。同じ本にある別の質疑応答では、以下のようなやりとりが記録されている。

質問――あなたはきっとシャーウッド・アンダーソンから恩恵を受けていると感じているのでしょうが、作家としての彼をどのように見ていらっしゃるのですか。
フォークナー――彼は、私と同世代のアメリカ作家にとって、また、その後続の者たちが受け継いでいくアメリカ文学の伝統にとっての父でした。彼は一度もきちんと評価されたことがありません。ドライサーは彼の兄であり、マーク・トウェインが彼ら二人の父です。（249-50）

フォークナーは講演やセミナーの質疑応答のみならず著作においてもドライサーへの敬意を書き

あらわした。初期の小説『サートリス』においては、ホレス・ベンボウの言葉として、妹のナーシッサをからかう台詞のなかでドライサーを持ち出している。ちょっと諷刺的に描かれていると思われるナーシッサが、シェイクスピアは「おしゃべりしすぎる」から女性読者に好かれないと言ったのに対して、ホレスは「ご贔屓のアーレンとかサバティーニといった連中だってずいぶんおしゃべりだぜ。それに、ドライサー爺さんくらい言いたいことをしこたま持っていて、それを言いきることに難儀してる作家は他にいないじゃないか」と言う(150)。現代文学愛読者らしいナーシッサをやり込めるために、一九二〇年代の人気作家マイケル・アーレン（一八九五年生まれ）とかラファエル・サバティーニ（一八七五年生まれ）を引き合いに出すホレスは、自身も妹に劣らぬ文学愛好者らしく、ドライサーを、言いたいことをたくさん持っているという意味でシェイクスピアに似ている作家と見立てている。このホレスの揶揄にフォークナーのドライサー観がこめられているではないか。

そのことは、小説発表後三〇年近くも経って一九五八年におこなわれた、ヴァージニア大学でのセミナーにおけるフォークナーの発言によって裏づけられる。『大学におけるフォークナー』に収録された記録によれば、彼はつぎのように言った。

思うにドライサーは、自分が何を言いたいのか百も承知していました。しかしそれを言うのにひどく困難を感じていました。彼にとっておもしろいことなんか一つもありませんでした。喜びがなかったのです。彼は自分には伝えたいメッセージがあると確信していました。イデオロギー的ないし政治的なメッセージのことではありません。ただみんなにこう言わずにいられなかったのです。これこそおまえたちの実態であると。自分は楽しみのために書いているのじゃないと。おもしろくて書いているのではないと。だから書いている最中は凄絶な時間でした。そんな凄まじさをアンダーソンは経験していません。書くのが大好きだったからです。ドライサーを悩ませたのは彼自身の困惑でした。でもそれをけっして嫌がりませんでした。けれど私は――私には想像できますが、ドライサーは目の前にある白紙を見るのが嫌だったのです……（234）

これはホレスの言葉に重なり、フォークナーが小説家としてドライサーへの共感を遠回しに語っていると思われる。

ドライサーの名前を出して語るよりももっと人目につかない形ながら、フォークナーは一部の小説のタイトル名をドライサーの著作、とりわけ『フージアの休日』から借りてきているかもしれない。『フージアの休日』は、ドライサーが一九一五年八月、故郷のインディアナ州まで画家の友人フランクリン・ブースのお供として出かけた自動車旅行の記録であり、売れ行きはよくなかったもののの、ドライサー作品群のなかでももっとも魅力的な本であると評価する作家もいた。たとえばメンケンは、評論「ある小説家の信条」でこの本を熱烈に賞賛し、「ジョセフ・コンラッドとセオドア・ドライサーの基本的思想が似ていることは、これまでもたびたび指摘されて米国の一般読者にあきれられてきたが、ドライサーの『フージアの休日』という、回想と観察と思索と信仰告白とが入りまじった一冊の書物があらわれるに及んで、一点の曇りもなく明らかになった」(760) と書いた。アンダーソンもこの本を大のお気に入りにしていた。そのことは、ドライサー宛一九三五年一二月一日付けの手紙に、「私の記憶では前に、貴兄の本から選んだ私のお気に入りについてお話ししたことがありますが、そのとき四〇歳の旅人と言ってしまったのは、フージアの休日の間違いでした。それを最近楽しく再読しました」(335) と書いていることからわかる。アンダーソンはある時期フォークナーの師に近い存在だった(そういうことを言えば、アンダーソンはドライサーの一種の弟子だった)から、フォークナーにこの本を読めと勧めたかもしれない。ともあれ、フォークナーがこの本を読んだ兆候が認められるのである。

『フージアの休日』には、夏の南部の大気に満ちる神秘的な光についてブースが吐いた言葉として、つぎのような興味深いくだりが出てくる。

「こいつはきわめて独特な状態だね。ここらあたりの七月、八月のいわゆる快晴の日になるとほとんど必ずあらわれる、何とも名状しがたい陽炎のようなものがあらゆるものにかかって地平線の見分けがつかなくなり、遠方が何となく神秘めいてくるんだ。ぼくはいつもそんな気がしてるんだが、こいつはある種の精神の持ち主に一種の錯乱を呼び起こさずにいないのさ。そういう光のなかでは、頭上高くで宙づりになっているノスリや森の上を飛んでいくカラスが、もはやそのものとしての実体を失い、そう言ってよければ霊的な、あるいは美的な象徴みたいになって、逃れようのないきわどい心情を誘発するんだよ。」(429-30)

このときドライサーとブースが通りかかっているエヴァンズヴィルは、インディアナ州の一部とはいえその南端に位置しケンタッキー州との州境に近いので、南部に属する地域と見なされている。私が指摘したいのは、ブースの発言に帰せられているこのくだりのイメージには、フォークナーの『八月の光』冒頭のつぎのような有名な場面に、どこか似ているところがあるということである。

〔馬車の〕古びて油の切れた木部と金具がこすれる耳障りな鋭い音は、ゆっくりとまた悲愴な、連続した乾いた物憂い響きとなって、暑くて静まりかえり松の芳香に包まれた八月の午後のなかを半マイル向こうから伝わってくる。ラバどもは催眠術にかかったようにたゆまずせっせと歩み続けているのに、馬車は進行してるように見えない。馬車は、遠景におさまっているわけでもないのにいついつまでも宙づりになっていると見えるほど、進み方があまりに微細であり、まるで薄赤い糸のような道路につながれた一個のつまらぬビーズ玉のようでもある。そんな感じがあまりに強いため、見つめていると視力や感覚がボーッとしてきて混じりあい、いつしか馬車の姿は見失われていく。(5-6)

この場面に描き出された風景は、『フージアの休日』で語られる「七月、八月のいわゆる快晴の日」の様子とあまり変わらない。「遠景におさまっているわけでもないのにいついつまでも宙づりになっていると見える」馬車は、「頭上高くで宙づりになっているノスリ」に相応するし、「見つめているると視力や感覚がボーッとしてきて混じり」あい、ものの見分けがつかなくなるというのは、「何とも名状しがたい陽炎のようなものがあらゆるものにかかって地平線の見分けがつかなくなり、遠方が何となく神秘めいてくる」のと同じことを述べているではないか。ドライサーの旅行記で南部特有の現象として描かれる「七月、八月の」「そういう光」とは、フォークナーの小説に用いられた『八月の光』というタイトルのネタであろう。

『八月の光』執筆のためにフォークナーは『フージアの休日』からタイトルばかりでなく、プロットの重要な要素をも借りたとさえ言いうる。ドライサーの旅行記における記述に従えば、本書第五篇でも述べたように、ジョージア州でユダヤ人レオ・フランクがリンチされるという事件が起き、その新聞報道が旅行先のドライサーの耳に届いた。その記事に触れてドライサーは旅行記のなかで、南部の「狭隘さ、無能さ、無知」(237)について自らの見解を表明している。この南部批判は、反ユダヤ主義を含めた人種差別に起因するリンチの横行が特徴となっている地域の住民に向けられており、フォークナーが人種的所属の不確かなジョー・クリスマスに対するリンチを『八月の光』の構想に採り入れたのも、この批判に刺激されたからだったとしても、不思議ではない。

『フージアの休日』のなかの南部批判は、フォークナーに『アブサロム、アブサロム！』の登場人物シュリーヴをも構想させるきっかけになったかもしれない。というのも、ジョージア州で起きたリンチ事件に憤慨したドライサーは、「彼らには頭脳や平衡感覚や判断力があるのだろうか。あるというのなら、子どもや野蛮人に等しい異様な振る舞いや逆上に酔い痴れるのはなぜなのか」(237)と疑問を投げかけているからで、この疑問は、『アブサロム、アブサロム！』のなかでシュリーヴによってつぎのように繰り返されているのである。

それはクウェンティンが九月にケンブリッジに来てから、シュリーヴばかりでなく他の多くの学生からも、何度も訊かれた質問だった――南部について話してくれ。南部というのはどんなところなんだ。南部の人たちはどんな暮らしをしてるんだ。なぜ彼らは南部で暮らしてるんだ。そもそも彼らはなぜ生きてるんだ。（174）

米国北部よりももっと北のカナダ出身のシュリーヴこそ、想像を絶する異世界としての南部の社会や生活について、しつこく質問することによってこの小説の物語を進める推力の役目を果たす登場人物であるが、実際上は、南部について疑問を持たざるをえない北の人びと、否、もっと具体的にいえばドライサーを代弁している人物である、と言ってもいい。したがってこの小説は、彼らの疑問に応答しようとする南部人の試みといった様相を帯びてくるのである。

フォークナー小説のタイトルについては、先に触れた日本での質疑で「一長野市民」から、「これらのタイトルと小説の登場人物とのあいだに何らかの関係があるのですか」という質問が出された。フォークナー作品のタイトルは謎めいたものが多いから、当然の疑問であろう。この質問に対してフォークナーは、「いいえ。作品名は字義通りというより象徴的なものです。名前と物語や登場人物との結びつきはわずかしかありません――名前はある観念をあらわしたものなのです」と答えた（169）。フォークナーは『八月の光』のタイトルのみならず彼の他の小説タイトルの出所についても、きちんと説明するのを拒んだわけだが、これらのタイトルは聖書やシェイクスピアから引かれているというだけでなく、ドライサーの著作を経由しているかもしれないのである。『響きと怒り』というタイトルも、『マクベス』の一節中の語句を借用していることは言うまでもないが、この一節が『フージアの休日』のなかで引喩として用いられていることに触発された結果、この旅行記から拾い出されてきた可能性もなくはない。というのも、ドライサーの旅行記のなかには、生に対する困惑を慨嘆するつぎのような一節があるからだ。

とまれ、なぜ理性があるのか。また、何の目的があるのか。たとえば、いわゆる解決にたどりつくまで理性的に考え抜き、ほんとうに解決を見出し、その後はこの一片の正確な知にしたがって生きなければならず、それ以上の知はもはや必要でなくなって、いついつまでもそれでやっていくということになったらどうであろうか。そんなことになるくらいなら、私には、何の意味もない響きと怒りを与えてくれたらいい。白痴が風に乗って踊りながら歌う歌を。(153)

いずれにしても『マクベス』の一節からの引喩であるが、フォークナーがこの語句をタイトルに使おうと思いついたのは、じつは『フージアの休日』を読んだことがきっかけだったかもしれないのである。

『アブサロム、アブサロム！』というタイトルについて言えば、それが聖書からの引喩であることは間違いないけれども、これを引喩として用いた先例が『アメリカの悲劇』に見出せることは注目に値する。ドライサーの小説では、クライドの母が息子の死刑の不可避性を悟って「おお、アブサロム、我がアブサロム！」(806)と心の裡で叫ぶのである。それは、息子ヘンリーを実質的に失ったトマス・サトペンの嘆きと重なる。フォークナー小説のタイトルと『アメリカの悲劇』の一節との一致に注意を喚起したのは、大橋健三郎である。大橋はこの点を談話でときどき話題にしたほか、その全三巻からなる『フォークナー研究』の第二巻巻末の注で、エステラ・シェーンバーグの『アブサロム』論に触れながら、「なお、シェーンバーグ女史が、ドライサーの『アメリカの悲劇』に、クライドの母の嘆きの言葉として「おお、アブサロム、私のアブサロムよ！」という叫びが見られると指摘しているのは、たいへん示唆的である。ここでは述べる余裕はないが、他にもこの二人の作家に共通する細目がかなり多く見出されるからである」(391)と書いている。しかしながら、大橋が「二人の作家に共通する細目」をこれ以上究明した跡は見られないし、大橋の指摘に沿って他の研究者が追究した形跡も見出せない。

だがほんとうは、「この二人の作家に共通する」特徴を探ろうとするならば、「細目」のみならずむしろもっと根底的な、小説の語りにおける複数性が両者に見出されるという点に着目するべきである。ドライサーの語りの文体における複数性、異種混淆性について私は本書第二篇で論じたが、大橋が『八月の光』やとりわけ『アブサロム、アブサロム！』を扱うくだりで俄然「語り」の「ポリフォニー」(111. 232-37)について論じはじめるのは、フォークナーの文体に見られる明らかな複数性に光を当てようとする術語を起用しているようにも見える。もっとも大橋は「ポリフォニー」

という語を説明ぬきにやや唐突に持ち込んでいるし、バフチンにまったく言及していないから、バフチンの用語と同じ「ポリフォニー」という言葉で大橋がいかなる概念を意味しているのか、バフチンの謂う対話法を取りこんでいるのか、私には読みとりかねる。いずれにしても『フォークナー研究』では、「ポリフォニー」が「この二人の作家に共通する」特徴であるなどとはおくびにも弁じられていない。しかしながら、ドライサーの語りの文体における分裂や矛盾を明示的に形式化したのが、フォークナー小説における複数の視点からなる語りを重層させた構造である、と言えるかもしれないと私には思われるし、そうだとすれば、ドライサーにとって「書いている最中は凄絶な時間でした」と同情を洩らすフォークナーの発言は、そういう複雑な文体を何とか書きあげようとする苦悩を、自分もドライサーと共有していると告白しているに等しい、とも言えるのではないだろうか。このような語りの文体における両者間の続柄を検討してみることこそ、両者が同じ系譜に属していることをもっとも重要な次元で明らかにすることになるであろう。

5

フォークナーは、表現や着想をドライサーから借りたなどと単刀直入に認めたことはなかったとはいえ、あれほど何度もドライサーへの讃辞を披露しているのに、両者の比較や影響関係についての研究や論及がほとんど見られないことは奇妙である。ロバート・ゲイル編『F・スコット・フィッツジェラルド百科事典』も、チャールズ・オリヴァー編『アーネスト・ヘミングウェイA〜

Z』や今村楯夫・島村法夫監修『ヘミングウェイ大事典』も、ドライサーの項目を欠いているのは、それぞれの作家がドライサーに冷たかったことを考慮すれば、まだしも仕方がないと言ってもいい。だが、フォークナーについての百科事典が、ロバート・ハンブリン編『ウィリアム・フォークナー百科事典』にしても、日本のフォークナー協会編『フォークナー事典』にしても、マーク・トウェインやシャーウッド・アンダーソンについては立項しているくせに、ドライサーについての項目を入れていないのはおかしい。文学事典の類に見られるかぎり、日米の学者はそろって、ドライサー無視を通念とする立場に与していると言わざるをえまい。

ロレンス・シュウォーツが『フォークナーの名声の創出』で論じているとおり、「批評家たちはアメリカ文学に対する評価を改変してきた」(2)。シュウォーツがさらに言うには、「第二次世界大戦後の時代や強まりゆく文化的冷戦を背景にして、米国の重要な国民的作家を見つける必要が出てきて、フォークナーが選ばれるにいたった」(3)。そのためにドライサーのような社会的意識の強い小説家は切り捨てられた。その結果ドライサーとフォークナーとの関係は、批評家や学者によって系統的に隠蔽され、見えなくされてきた。ドライサーに対する謝恩を明言したフォークナーの場合でさえドライサーとの関係を断たれたくらいだから、フィッツジェラルド、ヘミングウェイなどその他の戦後作家とドライサーとの連続性が見えなくなっても不思議ではなかった。

だが、そのような戦後状況がとっくに打ち切られて新しい世界秩序に突入したはずの今日でも、ドライサーの系譜が見えてこないのはどうしてだろうか。ドライサーを無視したり排撃したりするアメリカ文学史は、どこか脱臼しているにちがいない。グローバリズムのもとで米国の文化的覇権を維持しようという展望のなかに、ドライサーを読み返す契機は見出されまい。第一次世界大戦後の作家たちに対するドライサーの影響について考察しようとすれば、第二次世界大戦後にはびこった通念に今さらながら抗う必要があるということであろう。

■引用文献

Anderson, Sherwood. “Letter to Dreiser, Dec. 1, 1935.” *Letters of Sherwood Anderson*. Ed. Howard Mumford Jones and Walter B. Rideout. Little Brown, 1953.

Astro, Richard. “*Vandover and the Brute* and *The Beautiful and Damned*: A Search for Thematic and Stylistic Reinterpretations.” *Modern Fiction Studies,* 14 (1968): 397–413. In *F. Scott Fitzgerald: Critical Assessments*. Vol. 2. Ed. Henry Claridge. Helm Information, 1991, pp. 97–112.

Bakhtin, Mikhail. *Problems of Dostoevsky's Poetics*. Ed. and trans. Caryl Emerson. U. of Minnesota P., 1993.

Bloom, Harold. *The Anxiety of Influence: A Theory of Poetry*. Oxford UP, 1973.

Cowley, Malcolm. *The Dream of the Golden Mountains: Remembering the 1930s*. Penguin, 1981.

____. *Exile's Return: A Literary Odyssey of the 1920s*. Viking, 1973.

Dickstein, Morris. *Dancing in the Dark: A Cultural History of the Great Depression*. Norton, 2010.

Dos Passos, John. *In All Countries*. In *Travel Books and Other Writings 1916–1941*. Library of America, 2003, pp. 269–430.

____. *U.S.A.* Houghton Mifflin, 1960.

Draper, Theodore. *American Communism and Soviet Russia: The Formative Period*. Vintage, 1986.

Dreiser, Theodore. *An American Tragedy*. World, 1953.

____. *A Book About Myself*. Fawcett, 1965.

____. *Dawn*. Fawcett, 1965.

____. *The "Genius"* . World, 1943.

____. "The Great American Novel." *American Spectator* 1 (Nov. 1932): 2–3. In *The American Spectator Yearbook*. Ed. George Jean Nathan, et al. Stokes, 1934, pp. 16–25.

____. *A Hoosier Holiday*. Greenwood, 1974.

____. *Newspaper Days*. Ed. T. D. Nostwich. U. of Pennsylvania P., 1991.

____. *Tragic America*. Horace Liveright, 1931.

____. "'Vanity, Vanity,' Saith the Preacher." *Twelve Men*. Fawcett, 1962. pp. 225-244.

Dreiser, Theodore, et al. *Harlan Miners Speak: Report on Terrorism in the Kentucky Coal Fields, Prepared by Members of the National Committee for the Defense of Political Prisoners*. Da Capo, 1970.

Faulkner, William. *Absalom, Absalom!* Chatto & Windus, 1965.

____. *Faulkner in the University*. Ed. Frederick L. Gwynn and Joseph L. Blotner. U of Virginia P, 1995.

____. *Light in August*. Random, 1968.

____. *Lion in the Garden: Interviews with William Faulkner, 1926–1962*. Ed. James B. Meriwether and Michael Millgate. U of Nebraska P, 1980.

____. *Sartoris*. New American Library, 1964.

____. *The Sound and the Fury*. Penguin, 1970.

Fitzgerald, F. Scott. *The Beautiful and Damned*. In *F. Scott Fitzgerald: Novels and Stories 1920-1923*. Library of America, 2000, pp. 435-795.

____. *The Great Gatsby*. Penguin, 1967.

____. *Tender is the Night*. Penguin, 2000.

Gale, Robert L. ed. *An F. Scott Fitzgerald Encyclopedia*. Greenwood, 1998.

Hamblin, Robert W., and Charles A. Peek, eds. *A William Faulkner Encyclopedia*. Greenwood, 1999.

Hemingway, Ernest. *A Farewell to Arms*. Bantam, 1976.

____. *Green Hills of Africa*. Penguin, 1975.

____, ed. *Men at War: The Best War Stories of All Time*. 1942. Wings Books, 1991.

Imamura, Tateo, and Norio Shimamura, eds. 今村楯夫・島村法夫監修『ヘミングウェイ大事典』、勉誠出版、二〇一二年。

Lewis, Sinclair. "Our Formula for Fiction" [excerpt from Nobel Prize Acceptance Speech, 1930]. In *The Stature of Theodore Dreiser: A Critical Survey of the Man and His Work*. Ed. Alfred Kazin and Charles Shapiro. Indiana UP, 1965. pp. 111–12.

Lingeman, Richard. *Theodore Dreiser: An American Journey 1908–1945*. Putnam, 1990.

Loving, Jerome. *The Last Titan: A Life of Theodore Dreiser*. U of California P, 2005.

McIlvaine, Robert M. "A Literary Source for the Caesarean Section in *A Farewell to Arms*." *American Literature*, 43 (1971): 444–47.

May, Henry F. *The End of American Innocence: A Study of the First Years of Our Own Time 1912–1917*. Quadrangle, 1959.

Mencken, H. L. "The Creed of a Novelist." *Smart Set*, 50 (Oct. 1916): 138–43. "Appendix 2." *Dreiser-Mencken Letters: The Correspondence of Theodore Dreiser & H. L. Mencken 1907–1945*. Ed. Thomas P. Riggio. U of Pennsylvania P.,1986. pp. 760–67.

Murayama Kiyohiko. 村山淳彦『セオドア・ドライサー論――アメリカと悲劇』、南雲堂、一九八六年。

____.「ドライサーの一九三〇年代」、『一橋大学研究年報　人文科学研究』二六、一九八七年、五三―一二二頁。

Ohashi Kenzaburo. 大橋健三郎『フォークナー研究』Ⅱ、南雲堂、一九七九年。

Oliver, Charles M., ed. *Ernest Hemingway A to Z: The Essential Reference to the Life and Work*. Facts On File, 1999.

Riggio, Thomas P. "Dreiser, Fitzgerald, and the Question of Influence." In *Theodore Dreiser and American Culture: New Readings*. Ed. Yoshinobu Hakutani. U of Delaware P, 2000. pp. 234-47.

——. "Preface" to Theodore Dreiser, *Newspaper Days*.

Schwartz, Lawrence H. *Creating Faulkner's Reputation: The Politics of Modern Literary Criticism*. U of Tennessee P., 1988.

Trilling, Lionel. *The Liberal Imagination: Essays on Literature and Society*. Doubleday, 1953.

The William Faulkner Society of Japan, ed. 日本ウィリアム・フォークナー協会編『フォークナー事典』、松柏社、二〇〇八年。

Young, Philip. *Ernest Hemingway: A Reconsideration*. Pennsylvania State UP, 1966.

あとがき

旧著『セオドア・ドライサー論――アメリカと悲劇』が世に出てからだいぶん長い時間が経った。この間にドライサー研究は着実に進められ、ドライサー研究者の国際組織が創設され、遺稿を活用した新しいドライサー著作テクストも少なからず刊行されて、状況がかなり大きく変わった。そのなかで私も折に触れてドライサーを論じる文章を書いては発表してきた。『ドライサーを読み返せ』は、第一篇を除けば、すでに発表した拙稿のなかからいくつかを選んで、もう一度手を加えた文章を集めた本である。まとまりのある作家論を再度仕上げることはできなかったが、旧著以降私がドライサーに関して考えてきた要点は示すことができたと思う。

本書各篇の土台となった拙稿の初出を以下に明らかにしておく。

第一篇　『シスター・キャリー』にあらわれる群衆　←書き下ろし

第二篇　『シスター・キャリー』と語りの文体　←"But a Single Point in a Long Tragedy: *Sister Carrie*'s Equivocal Style." Yoshinobu Hakutani, ed. *Theodore Dreiser and American Culture: New Readings*. U. of Delaware P., 2000, pp. 65-78.

第三篇　『シスター・キャリー』本文批評　←「研究ノート　ペンシルヴェニア版『シスター・キャリー』について」、『言語文化』（一橋大学語学研究室）二二号、一九八五年、八一-八七頁。

第四篇　謎と驚異と恐怖にみちた大都会　←"Dreiser and the Wonder and Mystery and Terror of the City." *The Japanese Journal of American Studies*, No. 19, 2007: 103-121.

第五篇　「アメリカの悲劇」はリンチから　←"Lynching as an American Tragedy in Theodore Dreiser." *Mississippi Quarterly*, Vol. 70/71, No. 2, Spring 2017: 163-180.

第六篇　ポー、ドストエフスキー、ドライサー　←「特別講演　『エドガー・アラン・ポーの復讐』に書きそびれたこと」、『ポー研究』八号、二〇一六年、七七-八八頁。

第七篇　ドライサーとブレヒト　←「研究ノート　ブレヒトとドライサー」、『世界文学』一三三号、二〇二一年、六五-七一頁。

第八篇　ドライサーと大戦後文学　←"Theodore Dreiser and the Modernists." *Studies in American Naturalism*, Vol. 11, No. 2, Winter 2016: 38-55.

旧稿を土台にしたとはいえ、英語で書いて米国のジャーナルなどに発表した文章も多く、それらは今回収録するにあたって日本語に改めなければならなかっただけでなく、その他のものも含めてだいたいは、大幅に構成を変えたり、加筆したりもした。言わんとするところを少しでも理解してもらえるようになったとすれば幸いである。

本書の典拠表示は、米国の学会ＭＬＡの方式に準じておこなっている。このやり方では、引用の出典をその前後から読みとってもらえるように論述の本文中に引用文献のタイトルや著者名を示し、引用箇所の頁ノンブルをカッコで括った数字で本文中に含める。そのために本文がちょっとゴタゴタする憾みがあるが、後注を省くことができる利点を多としたい。引用文献の書誌は各篇ごとにまとめてそれぞれの末尾に掲出する。引用の訳は、「引用文献」書誌で邦訳を示さないかぎり、岩波文庫版『シスター・キャリー』をはじめとしてすべて拙訳による。

本書の表題は、ドライサーの潜在的読者への呼びかけであるとともに、寄る年波や新型コロナのパンデミック、昨今のきな臭い政治情勢に抗するための自戒でもある。読み返すにつけ新しい発見があるドライサーは奥が深い。本書には常識を逆なでするような所説が含まれているので、一部の方々、とりわけアメリカ文学に通じている人たちには反感を買われるであろう、と私も承知しているが、こんな本を書いたのは挑発してやろうなどという動機からではなく、知られざるドライサーについての耳慣れないかもしれない見方をお知らせしたいという真情に動かされただけなので、ご海容いただきたい。

本書をまとめるまでの長い歳月、いろいろな方々からの恩恵に与った。いちいち名前を挙げる余裕はないが、これまでお世話になった大学での同僚、学生のみなさん、国際ドライサー協会、日本アメリカ文学会、日本アメリカ学会、日本英文学会、世界文学会、新英米文学会など諸学会のみなさん、拙稿発表の機会を与えてくれた雑誌や出版社編集部のみなさんにお礼申し上げなければならない。妻知恵への謝辞も言い尽すことはできない。

ドライサーをめぐる愚考がこのような書物の形に結実したことについては、ひとえに花伝社社長平田勝さんに負っている。平田さんは、刊行の労を執ってくださっただけでなく、ドライサーに関心を示してもくださり、おかげで私は大きな励みが与えられた。また、編集作業では大澤茉実さんの丁寧な仕事に助けられた。厚くお礼申し上げたい。

旧著刊行後のドライサー研究に関しては、とくに米国ケント州立大学名誉教授伯谷嘉信さんに励まされた。伯谷さんの存在なくして今日まで私がドライサー研究を続けられたかどうか、疑問である。国際ドライサー協会創設に私を巻きこんでくれたのも、米国の学界動向に多少は通じさせてくれたのも、すべて伯谷さんである。したがって本書は伯谷さんに捧げたい。ご期待に添えなかったとしても、精一杯の感謝のしるしとして受けとってくださると信じる。

二〇二二年　夏

村山　淳彦

人名索引

た

な

は

ま

や

村山淳彦（むらやま・きよひこ）
東京都立大学名誉教授。1944年、北海道生まれ。北海道大学文学部卒業。東京大学大学院人文科学研究科博士課程満期退学。國學院大學、一橋大学、東京都立大学、東洋大学で専任講師、助教授、教授を歴任。フルブライト・プログラム、米国学術団体評議会（ACLS）からフェローシップを得てペンシルヴェニア大学、コロンビア大学で客員研究員。日米友好基金アメリカ研究図書賞受賞（1988年）。
おもな著訳書に『セオドア・ドライサー論——アメリカと悲劇』（南雲堂、1987年）、『エドガー・アラン・ポーの復讐』（未來社、2014年）、ドライサー『シスター・キャリー』（岩波書店、1997年）、キース・ニューリン編『セオドア・ドライサー事典』（雄松堂出版、2007年）、I・A・リチャーズ『レトリックの哲学』（未來社、2021年）など。

カバー写真：
ニューヨークの街並み　(c) ClassicStock / Alamy /amanaimages
ドライサー　Portrait of Theodore Dreiser (1871-1945), from Wikipedia, public domain.

ドライサーを読み返せ——甦るアメリカ文学の巨人

2022年9月25日　初版第1刷発行

著者 ——村山淳彦
発行者 ——平田　勝
発行 ——花伝社
発売 ——共栄書房
〒101-0065　東京都千代田区西神田2-5-11出版輸送ビル2F
電話　03-3263-3813
FAX　03-3239-8272
E-mail　info@kadensha.net
URL　http://www.kadensha.net
振替 ——00140-6-59661
装幀 ——生沼伸子
印刷・製本— 中央精版印刷株式会社

ISBN978-4-7634-2028-2 C3098